小漁娘大發威 4 完

元喵 著

文創風 1044

目錄

第三十一章

第二天，黎湘便讓表姊拿錢去了滷味店，順便和他們說一聲，讓他們晚上到酒樓來吃團圓飯。

今日酒樓只營業半日，生意明顯冷清不少，年三十嘛，家家戶戶都忙著準備過年，自然是沒什麼興致出來逛酒樓的。過了午時，黎湘便讓關了酒樓，給夥計們和掌櫃都放了假。

姜憫有妻有子，自然也早早的回去了，廚房裡就剩下桃子姊妹和黎湘表姊妹，燕粟也放了假，不過還沒走，因為黎湘有東西要讓他帶回去。

「杏子，火別太大了。」

「知道啦師父。」

鐵鍋很快熱了，黎湘將自己準備好的細沙倒了進去。沙子有重量，鏟起來還有點費力，整個鍋裡都是沙沙的聲音。

等沙子都燙了，她才將自己買回來的生瓜子倒進去。

這些生瓜子她買得不虧，都是大顆大顆的，裹在滾燙的沙裡翻炒一盞茶左右便可熄火舀進篩子裡將沙篩掉。

過年不嗑點瓜子那真是沒有靈魂，她到現在都還記得小時候過年嗑過的瓜子帶著柴火氣的獨特堅果香味。可惜長大後許多瓜子都不再是原汁原味的了，不管是超市買的五香奶油，還是自己去買生瓜子回來炒，總是帶著股陳味，很難吃到真正的好瓜子。

眼前的瓜子倒真是給了她驚喜，燙的時候吃還不覺得，等它一涼，那脆生生的感覺，濃濃的瓜子原汁原味的香氣，嗑得人停不下來。

「阿粟，這些瓜子和臘肉香腸帶回去，桌上也能添兩道菜，別的師父就不給你了。」

「嗯嗯！謝謝師父！」

燕粟也走了。

黎湘端著炒好的瓜子，放到了院子裡。

今日陽光溫和，一家子乾脆將桌子搬到院子裡，一邊曬太陽，一邊嗑瓜子，簡直不要太舒服了。這會兒關氏正拿著她快要完成的小衣服小鞋子給兒媳婦看，父子倆則是繫著圍裙蹲在井邊刷臘肉，殺雞殺魚。

晚上吃飯的人可不少，要做的菜也不能少。

黎湘炒了一整袋瓜子讓桃子給隔壁有來往的商家每戶都送了一些，剩下的留著自家吃。

「這些沙我放櫃子裡啊，還能用的，你們可別丟了。」

「嗯嗯！」

師徒仨說著話，關翠兒回來了。

「表妹，晚上阿澤就不過來了，他說竹七和二生才剛到城裡不久，不想讓兩個人孤零零的過年，他得去陪著。」

「啊，陪兄弟不陪媳婦兒哦～～」

黎湘笑了笑，也理解。自家過年他過來可以說算是半個親戚，可竹七他們大概不好意思過來，熱熱鬧鬧的一家人加兩個不甚熟的小伙子，兩邊都會很彆扭，駱澤還真是識趣得很。

「行吧，今兒他不來可是他的損失，我就勉為其難替他陪陪媳婦兒。」

只有她們四個的時候，黎湘說話都是毫無顧忌的，桃子姊妹倆頓時就笑了，關翠兒臉紅紅的掐了她一把。

「做妳的菜去。」

「好好好，做菜做菜。」

黎湘把炒瓜子的鍋給刷了刷，加水燒熱，然後提了爹和哥哥殺好的雞鴨進來焯水，準備煲湯。

「表姊，妳把肉切出來吧，一會兒要炸小酥肉還要蒸梅菜扣肉。桃子，妳去舀一大碗粟米給我，另外磨點黃豆出來。」

她一條一條交代下去，關翠兒和桃子也不多問，照做就是了。

黎湘將焯完水的雞鴨都分別裝進了罐子裡，一個要做小雞燉蘑菇，一個是酸蘿蔔老鴨湯，弄好放到火上煨著便是。

十個人，兩個湯，夠了夠了。

她拿著碗抓了點花椒、香葉、桂皮，和粟米混在一起，直接下熱鍋翻炒，等炒香了，粟米開始變顏色了，便撈出來，揀掉花椒等大料，放到臼裡搗碎，香噴噴的米粉就做好了。

接下來黎湘拿了塊瘦肉，切成略厚的肉片加料醃製，中間打了兩個蛋進去，攪拌均勻，這時再裹上米粉，放到鋪著芋頭厚片的盤子裡就行。

先準備著，等快到吃飯的時候，拿到蒸籠裡一蒸就能上桌。

她做的這道菜是川渝年夜飯桌上的常客，粉蒸肉。

「師父，這魚是準備做糖醋魚嗎？」

黎湘回頭一瞧，桃子正指著兩條大大的花鱸。

「不了，拿去做魚丸和魚片，咱們晚上吃火鍋。」

這麼冷的天做十個人的菜，放到桌上沒多久就涼了，吃起來那多沒意思，還是吃火鍋好，熱鬧又不會涼肚子，再隨便做幾道熱菜搭配，就很完美了。

「吃火鍋好！我這就去刮魚泥去！」

桃子歡歡喜喜的提著花鱸去弄魚丸了，關翠兒切了一堆肉條，醃製完又忙著一起去和麵，四個姑娘在廚房忙得熱火朝天，外頭幾個人劈柴的劈柴、洗菜的洗菜，齊心協力做團圓飯。

時間一點一點過去，天色也逐漸暗了下來。

酒樓後院好幾張桌子拼成一張大大的桌子，擺上兩個火鍋，空餘的地方擺滿了各種食材，有炸好的小酥肉、定型的小魚丸和各種蔬菜、肉片、魚片，黎湘還特地買了羊肉回來切片，可能沒有現代捲得那麼好看，但在火鍋中涮肉片的味道肯定不會差到哪裡去，這裡的可是純天然吃草放養出來的綠色小羊。

「翠兒，妳表妹還在忙什麼，怎麼還不出來？」

「她說還有兩個菜，馬上好了。」

翠兒挨個將碗筷擺放好，又溫了豆漿，每桌放了一壺。桃子杏子則是負責給火鍋放炭火點上，湯底本就是煮開的，現下炭火一續上，立刻又咕嚕嚕滾開了。

香辣暖融的氣息瀰漫在後院，久久不散……

「表妹，外頭都準備好啦，妳還在幹啥呢？」

「我啊，在包餃子～～」

黎湘樂呵呵的捏上最後一個麵皮，將餃子放到蒸籠裡蓋了起來，這二十個餃子裡頭她一共包了六個銀貝，就看誰好運吃到了。

「表姊，妳幫我把湯端出去吧，我把蒸肉拿出來，馬上就好。」

「是這罐雞湯和鴨湯？」

「嗯嗯，都端出去，分到四個大碗裡。」

黎湘戴著自製的手套將最底下的幾層蒸籠都起了出來，打開蓋子，那香氣便一陣一陣的往外頭冒。

四碗梅菜扣肉、八碗粉蒸肉，粉蒸肉其中有四碗是蒸羊肉，因為羊肉腥味比較重，所以裹它的米粉有加了些辣椒粉進去，聞著味道和以前自己做的差不了多少，羊肉的香味真真是勾人得很，不過還缺了點東西。

黎湘切了點香菜放上去，才端到了桌上。

「湘兒，別忙了，來坐下一起吃。」

「小妹，這麼多菜夠啦，快來快來。」金雲珠拍拍身邊的位置，朝著黎湘招手。

「好啦，馬上就來。」

就最後一道餃子，蒸熟上桌便完事。

這一桌琳琅滿目的菜，除了金雲珠兩口子，其他人還真是沒見過這陣仗，一時都不知該從哪兒下筷子。

「娘，嚐嚐這個粉蒸肉。」

黎湘坐在娘和大嫂中間，拿著公筷給她們一人挾了一塊。

「這是新菜吧，之前沒有看過。」

金雲珠眼巴巴的瞧著婆婆動筷子了，才跟著咬了一口。

「嗯？好像是羊肉啊！」

肉質緊而不柴，軟嫩香辣又透著一丟丟的膻味，外面裹一層不知是什麼東西，綿香不膩，她有些意外的又咬了一口，確定這就是羊肉。可羊肉為什麼會這麼好吃呢？

從小到大家裡的廚子沒少燉羊肉，可即便廚子手藝再好，燉出來的羊肉都會帶著腥膻味，聞著便叫人覺得噁心。

小妹是怎麼做到將羊肉燉成這樣香的呢？

「大嫂，我剛剛挾錯了，這是羊肉，妳吃豬肉的吧。」

黎湘真是忙昏了頭，將羊肉和豬肉的位置都給放錯了，她正要換回來，便瞧見她那身懷六甲的大嫂一口將羊肉吃了下去。

「不用換，這個也好吃，香得很。」

金雲珠又自己挾了一塊，還給身邊的丈夫也挾了。

見她是真的能吃，黎湘也就放心了，專心涮起了眼前的火鍋，吃了兩口突然想起了什麼，提醒道：「我在餃子裡包了銀貝哦，看誰運氣好能吃到，吃到銀貝的人明年財氣肯定旺。」

「喲！小妹包了銀貝？餃子裡頭包錢，這是什麼新鮮的吃法？我得嚐嚐～～」

黎澤等餃子上桌後挾了個餃子，可惜直到吃光了都沒有吃到銀貝。二十個餃子，一人兩個，結果第二個還是沒有，倒是黎湘吃到了一個。

「算了算了，我沒有財氣，小妹有就行了，左右都是一家人。」

這話頓時將一家人逗笑了。

大家都先吃了餃子，黎家就黎湘一個人吃到了一個銀貝，剩下的桃子姊妹吃到了兩個，關福兩口子吃到了兩個，關翠兒吃到了一個。

「看來明年表姊家的財氣很旺哦～～」

關翠兒不好意思的笑了笑，將自家的三塊銀貝拿水洗了洗，準備還給黎湘，這個黎湘自然不會收的。

「誰吃到就是誰的，咱不興把錢還回來的道理，表姊妳收起來，快吃菜去，一會兒涼了。」

關氏也在一旁笑道：「翠兒，妳就別替妳表妹省錢了，過年圖個吉祥。」

若是在兩、三個月前，這六銀貝關氏可是要心疼死，就是現在她都有些捨不得，不過女兒自己賺的錢，想怎麼花就怎麼花，過年就是要這樣熱熱鬧鬧的，來年才能更加興旺。

這一桌子有魚有肉有雞鴨，是他們往常過年從來沒有過的豐盛，明年必定會更上一層樓，她對女兒充滿了信心。

「吃菜呀，鍋子都滾了，該放菜了。」

黎湘一招呼，一家子都動了起來，燙菜的燙菜、吃肉的吃肉。

「這羊肉真好吃！」

「還有這個這個，燙的才更好吃！」

「我喜歡吃這個扣肉，真是入口即化……」

「我喜歡吃這個臘排骨，越嚼越香！」

一大家子品嘗著美食，一邊討論著味道，實在熱鬧。

黎家兩口子回想起去年過年的時候，一家三口就只有一碗雜魚湯、兩個雞蛋、三碗清粥，十分寒磣，那時候誰會想到短短一年時間，家裡就會有如此大的變化？

黎江吃一口肉，又喝上一杯酒，背過身去用衣角拭了拭眼角。今日給老祖宗們供了那麼多的吃食，想來他們定能感受到自己這番誠心，保佑兒子和女兒一生順遂吧。

有這相同感慨的，還有關家一家。

去年過年時，關福還能上桌，可包氏和女兒只能窩在廚房裡，一把豆子和熱水就是她們的晚飯。過年家裡上上下下都是她們打掃，等關家人吃完飯，也是她們收拾，每天起得比雞早、睡得比狗晚，幹的活真是比牛還多，說的就是她們母女倆。

當然，這其中也有母女倆性子太過懦弱的原因。

包氏是因為生不出兒子，關翠兒則是從小受了奶奶、大伯娘謾罵欺辱才慢慢形成的性子。

現在回想起來，雙溪村的日子就宛如是一場噩夢，而黎湘帶她們走了出來。

包氏再也不覺得一定要生兒子才能挺起腰桿，如今她的女兒有手藝有工錢，拿的分紅比她爹都還多。關翠兒也重新撿起了自信，再不會畏畏縮縮的覺得自己是個沒用的人，她可以賺錢，可以養活爹娘，她一點都不比兒子差。

如果說黎關兩家去年過年時是寒磣的話，那桃子姊妹倆就是淒慘了。

年三十主家都會給下人們賞點東西，有時候是銀錢，有時候是一頓飯食，去年便是賞了一頓好飯，聽說有三個肉菜，許久沒有吃過肉的姊妹倆饞得不行，一忙完手裡的事便偷偷去了廚房，想看看什麼時候能輪到自己吃飯。

結果撞見了當家夫人的大丫頭偷吃夫人的燕窩，結果還來個惡人先告狀，說燕窩是桃子姊妹倆偷吃的。大過年的，姊妹倆被打了一頓板子，別說好飯菜了，連一口水都沒得喝。

正是曾經的苦，才讓她們更珍惜眼前的這份甜。

黎江開心地多喝了幾杯。「福子，來，再喝一杯！」

「姊夫，敬你！」

兩個男人曾經過得有多憋屈，今日便喝得有多痛快，都忘了還要守夜，很快就都喝醉了，被趕上樓休息。

黎湘索性讓關翠兒今晚到自己屋裡一起睡，將屋子讓給她爹娘休息。關翠兒自然是連連點頭，連忙進屋收拾了床鋪。

少了兩個男人推杯換盞的聲音，後院頓時清靜不少，金雲珠因著身孕，總是犯睏，吃飽沒一會兒也撐不住去睡了。

關氏亦是，身體雖然慢慢調養好起來，但還是不能熬夜的。

「姑姑，妳和我娘身體都累不得，別熬夜守著了，去睡吧。有我和表妹、表哥還有桃子她們守夜呢。」

黎湘也附和道：「娘妳去睡吧，一會兒子時大哥會去點爆竹的。」

關氏應了聲好，她確實是撐不住了，加上喝了點米酒，頭總是暈暈的。

四個長輩一走，座上便只剩下了幾個小輩。

黎湘瞧見桌上的米酒罐子空了，便跑到廚房將自己釀的其他米酒拿出來，兌了熱水。

「子時還早呢，咱們慢慢吃。」

四個姑娘收拾了下碗筷，坐到了同一邊。黎澤坐在對面一邊慢慢吃，一邊給她們講著這些年自己經商時聽到的一些奇聞異事。

黎湘聽得入迷，不知不覺便喝多了米酒，只有一點點暈，還好。她覺得沒事，喝了點老鴨湯後，舒服了很多。

「表妹，妳是不是喝醉了？」

「沒有，怎麼會？我精神著呢。我這鍋快沒湯了，我去加點。」

她剛起身，就聽到自家後門被人拍響了。

關翠兒立刻站了起來。

「我去開門。」

桃子姊妹倆相視一笑，都覺得肯定是駱澤來了，結果門吱呀一開，只聽到關翠兒很詫異的說了一句。

「怎麼是你……」

門外的自然不是什麼駱澤，而是風塵僕僕剛剛回來的伍乘風。

緊趕慢趕的，總算是在年前趕了回來，一行人累歸累，但三十晚上又能和家人在一起，再累也不覺得什麼了，所有人在進城的那一刻便各自分開回了自己家。

柴鏢頭也邀請了伍乘風，但他沒有去。

師娘這麼久沒有看到師父，肯定有很多話要說，他跟著做甚？於是他獨自回了鏢局，簡單的打理了下自己，來回奔波這麼久，他以為自己肯定會累得倒頭就睡，結果躺到床上翻來覆去怎麼都睡不著，總覺得一覺睡到明天會很遺憾。

這個念頭折磨著他，只能又爬了起來，晃晃悠悠的不知怎麼就到了黎家酒樓外頭，聽著院子裡頭黎澤大哥的聲音和湘丫頭時不時的說話聲，他這才明白自己是想見湘丫頭了。

明日便是新的一年，辭舊迎新，今日怎麼也該和她說上句話才行，所以這才大著膽子拍了門。

關翠兒讓了讓，將人請了進去。

「四哥？」

黎湘是真沒想到來的人會是他。

「你怎麼瘦了這麼多？」

伍乘風萬萬沒想到再相見，湘丫頭竟是立刻注意到他瘦了，心裡暖暖的。風餐露宿這麼長時間，吃得又不是很好，會瘦是自然的。

「押鏢嘛，都這樣，養個半月又能長回去。」

他轉頭看向黎澤，喚了他一聲黎大哥。

黎澤已經想起了很多事情，對小時候這個自己帶過的可憐弟弟沒了之前那麼陌生，多了幾分親近。

「你小時候可是喚我阿澤哥的。」

伍乘風一喜，立刻又喚了聲阿澤哥。

「四哥別站著，坐吧，我去給你弄個鍋子，正好一起吃點。」

黎湘說著便去了廚房，桃子正要起來跟著去燒火，就見那伍乘風已經跟上去搶了活計。

「我去給妳燒火吧。」

兩人一前一後進了廚房，黎澤這才覺出點不對勁來。他皺了皺眉頭，看向關翠兒，那眼神滿是對兩人關係的疑惑。

「他倆？」

關翠兒沒忍住，笑了笑。

「現在還沒什麼吧，不過伍乘風肯定是心儀表妹的。」

他看表妹的眼神，和阿澤看自己的眼神真是差不多，可表妹現在一心事業，那伍乘風估計要好等了。

「四哥，你是吃辣鍋的對吧？」

「都好，只要是妳做的都行。」

伍乘風生起了火，坐在灶前透過灶孔去瞧她。兩個半月沒見，湘丫頭整個人倒像是長高了，還豐潤了不少，渾身沒了那些稚氣，已經宛若一位大姑娘了，叫他莫名有了些緊迫感。酒樓才剛做起來，她應該不會太早說親吧？

「四哥，你們這回出去一路都順利吧？」

「啊，順利順利。」

不順的他當然不能說了，平白叫人擔心害怕。

押鏢這兩回，他還真沒有一路順風的將鏢押到目的地過，總是會遇上些小強盜、賊人等等，好在一路的鏢師多，倒也出不了什麼大問題，頂多受點傷。

想到傷，他便覺得後背又開始疼了起來。去的時候沒受傷，回來卻叫一夥賊人偷襲打上了，幸好是沒淬毒，否則真是要交代了。

差點給忘了，他還沒有吃藥。

伍乘風手伸進懷裡，碰到了裡頭那袋銀貝才突然想起自己來的正事。誠然，他來是想見湘丫頭，但也是有正經事要找她的。

能在裕州將羽絨賣出那麼高的價錢，要說功勞，湘丫頭絕對是頭一個。若是沒有她，自己又怎麼會知道羽絨這東西？

「對了丫頭，這個妳拿著。」

他把裝著一百銀貝的錢袋放到灶臺上，黎湘忙著炒鍋底，也沒騰出手去看。

「這是啥？」

「這是錢……」

伍乘風把自己是怎麼將那批羽絨賣掉的事講給黎湘聽。

「錢我不能拿，你自己去收的羽絨、自己帶到裕州，我可啥忙都沒幫。」

「怎麼沒有！要不是妳送的手套，我都不知道什麼東西是羽絨呢。」

黎湘搖搖頭，態度很堅決。

「總之我不會收的，你趕緊收回去。把火熄了，出去吃東西吧。」

她把鍋裡的湯底舀到小鐵鍋裡，正準備端出去時，旁邊伸過來兩隻手接了過去。

「我來端，妳別燙著了。」

伍乘風端著湯鍋走了出去，灶臺上的墨青色錢袋十分顯眼，他沒有收。

黎湘嘆了口氣，只好自己先收起來，不然等下被她們看到了，又要費上一番口舌解釋。

兩人都入了桌，桌上除了炒菜涼了，其他菜還有不少，反正幾個人是夠吃了。

伍乘風坐在黎澤旁邊，正對著黎湘，正燙著菜呢，突然聽到身旁的人問他家裡的事。

「小四，你是什麼時候進鏢局的？你家人肯讓你來？」

黎澤可是記得對門那家人的德行，完全就是拿他當奴才在使喚，就連和自己去割個草回來都要挨頓罵，挨打更是家常便飯。這樣養大的娃，他們居然同意讓他進鏢局學武，怎麼想都覺得不可能。

「他們自然是不肯的，不過我有法子。」

伍乘風便把自己帶人回去演戲斷了親的事當成故事講給了在座的人聽，黎澤絲毫沒有反感，甚至聽著聽著竟也跟著激動起來，一巴掌拍到了他背上。

「幹得好！」

伍家那些人，尋常手段可治不了他們。

黎澤這一巴掌恰巧拍在了伍乘風的傷處，那一瞬間的疼痛險些叫他痛喊出聲，好在他嘴裡正吃著東西，咬著牙才忍住了。

大家熱熱鬧鬧的，他若是叫喊出來未免有些掃興，反正也不是什麼太重的傷，裂了就裂了，等回去再上個藥過幾日便能好。

他忍著疼一邊吃著東西，一邊講著自己跟隊押鏢一路上的見聞，有些東西就連黎澤都沒聽說過，尤其是大雪，在場除了黎湘在現代見過，其他人連大概的樣子都形容不出來。

「裕州的雪那是真的大，下一晚上，等你起床要出門時一開門，那積雪深到都能埋到你的膝蓋，若不是每日都有官府的人早早將路上的雪清了，那真是寸步難行。」

「埋到膝蓋啊？那麼深?!」

黎澤聽著他描述的畫面，真是想去裕州瞧瞧。

「伍大哥，那雪真是白的嗎？我聽說雪是最純白之物了。」

「自然是白的，下起雪來，路上、屋頂、荒野全是白茫茫的一片，能晃得人眼睛疼。」

伍乘風第一次見的時候被震撼得不行，從來不知道世間竟有如此美景，只不過美是美，就是有些傷眼，對趕路的人來說真是難受得很，走久了又冷又累，瞧著也沒了興致。

他就這麼講著一路的見聞，其他人安安靜靜的聽著，黎湘已經吃飽了，鍋子裡的炭火也沒再續，聽著伍乘風說話不知不覺又喝了兩碗米酒水。

幾個人說著話，很快便到了子時，街上的更夫剛打了更，噼哩啪啦的爆竹聲便一聲接著一聲的響了起來。黎澤起身去屋子裡先看了看媳婦兒，見她被嚇醒了便安撫了一番，然後才抱著爆竹去大門外點。

爆竹響了很久，原本有些睏意的幾人都精神起來。

桃子姊妹倆和關翠兒一起收拾著桌上的東西，黎澤和伍乘風則是將桌子擦了搬回大堂裡，黎湘也想幫忙，奈何有些酒醉，起身剛拿了個碗便不小心摔了。

「碎碎平安，碎碎平安，師父，妳就老老實實坐著吧，這裡我跟杏子來收拾，很快的。」

「好……」

黎湘捏了捏眉心，站到一旁靠在牆上。

伍乘風搬完桌子回來瞧見她這樣，忙轉身去廚房找關翠兒要了杯熱水。

「湘丫頭，喝點熱水，洗洗去睡吧。」

「我沒事，就是喝多了，頭有點暈，站一會兒吹吹冷風就好。」

黎湘還是接了水，給面子的喝了兩口。

「那行，妳在這兒站著別動，我去幫他們收拾院子。」

院子裡東西多，但他們人也多，整理起來非常快，不到半個時辰院子裡又是乾乾淨淨，連石板都叫他們打水沖過了兩回。

桃子姊妹倆洗了把臉就去睡覺了，黎澤因著屋子裡媳婦兒怕爆竹，早早便進了屋子去哄她，院子裡就剩下黎湘表姊妹倆和伍乘風。

這個時辰，飯吃了、話說了，錢也給了，他該走了。

「妳們趕緊去睡吧，我這就回鏢局去。」

黎湘點點頭，將人送到了後門口，關翠兒瞧著人都要走了，便直接進了屋子等表妹。

「四哥，路上黑，你自己小心些。」

「沒事，這不有火摺子嗎？再說我手裡還有燈呢。我走啦，妳快回去睡覺。」

伍乘風擺擺手轉過身要走，黎湘突然想起自己錢還沒還他，下意識的伸手一拉。

「等下！」

習武之人穿衣習慣穿束袖的，這樣顯得幹練，結果黎湘一拉沒拉到袖子，倒是拉住了他的手。

伍乘風愣住。「！」

黎湘的酒霎時嚇醒了。

她手裡拉住的那個東西，好暖……是伍乘風的手！

清醒過來的黎湘趕緊收回手，清咳一聲後換了隻手將懷裡的錢袋拿出來塞到他手裡。

「你把錢拿回去。」

伍乘風這會兒腦子還是懵的，手裡拿著個錢袋，眼睛卻直愣愣的看著黎湘。

「快回去呀，這麼晚了。」

黎湘輕輕一推，伍乘風便老老實實的轉過了身。

「等等！」

儘管這天色黑沈，可藉著院子裡的光隱隱還是能瞧見他背後黑了一塊，黎湘上前一摸，那布料黑的一塊已經硬邦邦的，都乾了。

他背上有傷？

出來前他肯定是換過衣裳的，結果剛剛被大哥拍了背，應該是拍到傷口了。

「你是不是傻啊？有傷你不說！」

黎湘想拍他，可一想到他身上有傷就下不了手，只能瞪著他，要他趕緊回去上藥，自己家裡雖然會備些跌打損傷的藥，卻治不了他這背上那麼大的傷口。

伍乘風尷尬的伸手往後摸了摸，在肩頭下面的位置，摸了個寂寞。

「我沒事，一點都不疼的。」

「有傷哪會不疼的，你當我是傻子啊？」

黎湘抿了抿唇，多了句嘴。

「這個點，你回去有人給你上藥嗎？」

伍乘風一愣，還真是，鏢局的人都放假了，大劉他們都回去和家人團圓了，剩下的那些人，他也沒有什麼交情，這個點去把他們吵起來給自己上藥？怕不是要挨一頓揍。

不過不能叫小丫頭擔心，他正準備編個什麼人出來，就覺得胸口一緊，竟是湘丫頭抓著自己胸前的衣裳將他往院子裡扯。

「進來把藥換了再走。」

當然，黎湘不是準備自己給他換藥，大哥才進屋沒一會兒，肯定還沒有睡，讓他來。

伍乘風根本沒法子拒絕，只能老老實實的坐在廚房裡，讓黎澤給他簡單的用點傷藥包紮起來。

等包紮完了傷口，他才被黎湘給「攆」了出去。

「小妹，四娃這小子，不錯啊。」

又聰明又有韌性，還能吃苦忍痛，不過又有點傻，想當年他身上被大舅子打了幾個小小傷口，他便使了苦肉計到雲珠面前，惹得她對自己好一番憐愛。

嘖，還是沒自己聰明。

黎湘沒回大哥的話，直接回了屋子裡睡覺。

都過子時了，照理來說，她應該很睏才是，可她一想到伍乘風那血淋淋的傷口就怎麼也睡不著了。

他這個年紀在現代還在讀高中呢，卻已經要自謀生計，冒險去押鏢，上回受了不少傷，這回更嚴重，下回呢？

迷迷糊糊的酒勁又上來了，黎湘竟然想著要不就跟他明說了，讓他入贅黎家，自己來養他吧？

好像不太好，人家都沒說過心儀自己的話。

可是他都表現得那麼明顯了呀，娘和表姊都看出來了，沒道理她看不出來，他這會兒要是沒走，就該去抓著他的衣裳問問他才是。

醉暈暈的黎湘胡天海地的想了一堆，甚至連多年後娃娃的名字都想了出來，結果早上一醒，只恨不得將喝醉的自己暴打一頓，都在想什麼亂七八糟的。

還是起床吧。

黎湘安安靜靜的穿好了衣裳，又編好了頭髮，照照鏡子，覺得有些太素淨了，新年第一天呢，得戴點東西。

她在盒子裡找了找，有自己平時上街買的幾個小玉飾，還有娘去銀樓給她打的小珠花，另外就是大哥和嫂子送給她的了。
大哥和嫂子送的首飾，那真是比自己和娘加起來的都要多。
除了最開始的那個玉如意項鏈，還有各種耳飾、簪花、髮釵，個個都漂亮得很，就是可惜她一直沒勇氣去扎耳朵，戴不了那些耳飾。
黎湘找了下，拿了個紅珊瑚的雙結掛珠釵插在頭上，紅豔豔的很是喜慶。項鏈就不戴了，她不喜歡胸口硌著東西的感覺。手上戴的是伍乘風之前送她的手鏈，和生辰時爹娘給她打的細銀鐲子。
收拾好了後，她才開門出去。
表姊起得早，已經在外頭開始擇菜了。
大年初一不興催人起床，所以晚睡的一家子幾乎個個都還在睡，也就黎湘和表姊起得早。
「表妹怎麼不多睡會兒？妳昨晚有點醉了，頭疼不疼？我熬了解酒湯，要不要喝一碗？」
「不了，只喝一點米酒，後勁沒那麼大。」
黎湘去廚房看了下，表姊已經準備得差不多了，大年初一照著這邊的習俗要吃個米餅，他們沒有要吃餃子或湯圓的習俗，不過誰叫她來了呢，早上肯定要講究一些。
餃子要做，湯圓也準備一點，集南北風俗為一體，家裡這麼多人呢，吃豐盛一些沒關係。

「表姊，那妳包餃子，我去調點湯圓的餡。」

「嗯嗯！」

關翠兒抱著洗乾淨的大蔥和白菜回了廚房，準備開始剁餡、擀皮，黎湘打開櫃子拿了五個蘋果出來。

芝麻餡的湯圓吃多了也膩，這裡又沒有花生，不能做花生湯圓，她只能找找樂子，折騰一下水果湯圓了。

這些蘋果都是大哥年前買回來的，買的挺多，吃的也就大嫂和爹娘。桃子姊妹吃過一個就再不肯吃了，表姊也是，倔得很，再放下去肯定會萎縮流失水分，口感暴跌。

今日剁了做餡包成湯圓，看誰敢不吃。

黎湘哼著小曲兒，削了蘋果，全都剁成丁，然後丟到鍋裡頭加水加糖熬煮，煮到半軟半硬便撈起來和上一丟丟黍米粉放涼，然後包進湯圓裡。

新年第一天嘛，就是要甜甜蜜蜜的。

半個時辰後，家裡人陸陸續續都起床了，因著大年初一不能打掃，所以省了不少事，洗漱完便可去廚房端吃的。

「小妹！湯圓裡頭竟然是蘋果誒！」

金雲珠真是驚喜極了，還以為又是芝麻或紅豆餡，沒想到一口下去吃到了蘋果的碎粒。

「誰叫你們都不吃蘋果的，再放都要壞了，這不就做成湯圓了嗎？妳們多吃點啊，不許浪費了。」

黎湘包了不少，五、六個人的量，她知道爹和大哥肯定是吃餃子，桃子和表姊她們捨不得浪費就一定會吃湯圓的。

「對了，小妹，昨兒個子時過了，我好像聽到院子裡來了什麼人，是誰呀？」

金雲珠順口一問，不等黎湘回答，她大哥便主動說起了昨晚伍乘風來過的事。

關氏踩了自家男人一腳，夫妻倆四隻眼都亮晶晶的看著女兒，盯得黎湘如坐針氈，趕緊把餃子吃完便藉口消食出了門。

這會兒還早，街上幾乎沒有什麼人，黎湘在河邊轉了小半個時辰。

這裡沒有城市的喧囂，靜謐又祥和，偶爾看到幾個阿婆大娘帶著小孩出來打水，都很友好的和她打招呼。

黎湘出來時身上沒帶什麼東西，就帶了點瓜子，順手便分給了和她打招呼的小孩子。

等逛得差不多了，街上人也多了，她準備回家，結果不知怎麼走著走著到了一家藥鋪。

「老闆，我想買點那種止痛的藥膏，是黑瓶子的，大概這麼大的一個。」

黎湘一比劃，老闆便知道了。

「是祛痛膏吧，姑娘妳瞧瞧是不是這個。」

老闆拿了一瓶出來，打開蓋子給黎湘聞了下。那淡淡的薄荷香氣還有那瓶子，和黎湘之前用的一模一樣。

「就是這個，多少錢老闆？」

「這個啊，一瓶七百銅貝。」

「七百?!」

黎湘被驚到了。上回她從樓梯上摔下來受了傷，伍乘風拿了兩次這藥過來給自己，說是便宜得很，還是鏢局發給他們的藥。

當時她也沒想太多就用了，沒想到居然這麼貴！他騙了自己。

哪有鏢局會給鏢師發價值七百銅貝的藥？還發兩瓶，人家又不是冤大頭，所以當時是他自己掏錢買的藥，怕自己不收才說是鏢局發的……

黎湘心裡真是說不出的滋味。

「姑娘，這藥妳還要嗎？」

「哦！要的。給我拿一瓶吧，另外再給我拿點止血的好藥。」

「好好好。」

老闆麻利的又從櫃子裡拿了兩瓶藥出來，一起繫上繩子遞給了黎湘。

「姑娘，一共一個銀貝。」

黎湘痛快的付了一個銀貝，拿著藥直接去了鏢局。

以前她最多也就是在鏢局外頭站了站，今日忍不住走過去，找那門口的守門進去喊人。

伍乘風很快就跑了出來。

衣裳是新換的，頭髮綁好了，但是有點凌亂，應該出來得有些匆忙。

「湘丫頭妳怎麼來了？」

「是不是吵到你睡覺了？」

伍乘風忙說沒有，他早就起床了，只是在自己屋子裡收拾東西，也沒怎麼打理自己，聽到守門的叫他說有姑娘等的時候猜到是黎湘來了，才有些慌。

「這麼早就過來了，是有什麼事？」

「是有事。」

黎湘背後的手一鬆，提著兩個瓶子在他眼前晃了晃。

「來給你送藥的。」

伍乘風一聽，心裡頓時甜得不得了，抬眼一看那瓶子，渾身都僵了。

「這藥……呵呵，是我上次給妳的那瓶嗎？」

黎湘又晃了晃。

「當然不是，剛買的，還新鮮著呢。」

伍乘風張張嘴，半天沒說出話來。

「七百銅貝一瓶，四哥你可真捨得。」

「不是六百嗎？」

黎湘無言。「……」

她不說話，就這麼定定的看著伍乘風。伍乘風哪裡是她的對手，頓時萎了。

「湘丫頭，我頭次送妳的那瓶，真是鏢局裡面一個鏢頭送的，後面那瓶才是買的。」

「這是重點嗎？」

重點是為什麼要買那麼貴的藥膏給她呀！黎湘將藥瓶塞到伍乘風手裡，莫名有些期待。

可惜伍乘風沒有抓到重點。

「好丫頭，下回我再也不騙妳了，妳別生氣。」

「我沒生氣……」

黎湘攢起來的那股勁頓時散了，說話也變得有氣無力起來。

「藥你好好收著，記得要用，初一都說不能吃藥，可子時過後你都已經上過藥了，今日再忌諱也沒用了，還是把藥用著，早些治好傷才是，我先回去了。」

「誒！湘丫頭！」

伍乘風看著頭也不回走掉的心上人，感覺她好像是在生氣，可又不知道她在氣什麼。不過她會這麼早來給自己送藥，肯定是擔心自己吧？

這樣一想，他心裡才踏實下來，一會兒收拾好了去黎家拜年，到時候再看看她是不是在生自己氣。

一個時辰後，伍乘風收拾完自己的東西，也把帶回來的禮物都整理好了，都是一些北方的堅果和南方沒有的乾菇，他在城裡交好的也沒多少人，其中像鏢局裡頭的兄弟，等他們回來請他們去酒樓吃幾頓就行，需要親自拜訪的也就師父和黎家。

他先帶著東西去了師父家裡，新年第一天，去師父家拜年的有很多人，他拜了年，把乾貨交給師娘後便走了，然後直接去了黎家。

黎記酒樓今日雖然不營業，但大門是開著的，桌上擺著瓜子、果仁、糖塊兒，水果太貴了，只有後院的桌子上才有，來拜年的多是附近商鋪的人，還有些想占小便宜，來抓點瓜子、糖塊兒什麼的。

有黎江看著，他們也拿不了多少，新年圖個和氣，黎家人也沒怎麼去管。

「大江叔新年好呀，我來拜年啦。」

黎江看到人先是一喜，又想到這小子打女兒的主意，臉上的喜色頓時收了收。

「四娃啊，你來拜年人來就是了，帶東西幹麼？」

大包小包的搞得好像是去岳家一樣……

「你去後院吧，他們人都在後院呢。」

伍乘風點點頭，提著東西穿過大堂去了後頭，一撩簾子就看到了駱澤那傢伙，他就坐在關翠兒身邊，挨得十分的近，而且，他在給關翠兒剝瓜子！

旁邊可是坐著關家舅舅的，他怎麼敢？

什麼情況?!他才走了兩個半月，怎麼一回來駱澤這小子竟是一副將關家人拿下了的感覺，太神奇了吧！

「四娃？來來來，過來坐。」

關氏知道伍乘風在城裡是沒什麼親戚的，心裡也早算到了他會來，不過沒想到他會帶這麼多東西，未免有些過於正式了。

「這些是……」

伍乘風見她好像誤會了，連忙解釋道：「這些是我去裕州時買的一些特產，難得去一次才買了很多，並不是現買的拜年禮，嬸兒我可沒那麼見外，來您家拜年還要去買一堆東西。」

這話聽得關氏有些發笑，她倒也沒拒絕，而是收了東西放到廚房。

「過去玩吧，小駱他們都在，你跟他也認識。」

伍乘風應了一聲，大大方方的坐到了駱澤旁邊。黎湘仍舊是坐在他的對面，懶洋洋的嗑著瓜子，微暖的陽光從樹間透下灑在她的身上，真是說不出的好看。

駱澤看他那樣實在好笑得很，湊到他身邊小聲的調笑了一句。

「口水收一收。」

伍乘風一噎。「……」

好欠打啊。

他朝關翠兒那邊抬了抬下巴。

「駱澤你怎麼回事？」

「你說我跟翠兒啊？我們馬上要訂親了。」

那輕飄飄又含著蜜糖的一句話，對伍乘風來說簡直就像是整顆檸檬吃下肚，酸得要命。

「怎麼這麼快……」

駱澤白了他一眼。

「你不懂。」

他把手裡剝的瓜子都放到了翠兒的盤子上，看著她那紅紅的耳朵真是可愛極了，難得白日裡也能和她待在一起，他還是陪翠兒說話吧。

伍乘風心裡那真是如同貓抓一樣，就想知道駱澤是怎麼做到這麼快讓關家夫婦接受他的，更重要的是，怎麼叫關翠兒喜歡上他的！

明明自己比他還先認識黎湘和關翠兒，可現在，他居然都要訂親了！

憋不住的伍乘風坐沒一會兒便拉著駱澤去了後門，黎湘正好去廚房裝瓜子，等她出來時便沒瞧見人了。

原以為兩人是去了大堂，沒想到她回了房間，居然聽到兩個人在後門外頭說話的聲音。

駱澤先是介紹了一番自己是如何同表姊好上的，又開始給伍乘風支起了招數，一個比一個損，偏偏那傻小子還信了，一個勁的問，她忍不住大聲咳了咳。

牆外的駱澤震驚了！

原來屋子裡頭一聲咳嗽，外面竟然聽得如此清楚！那他平時和翠兒在這裡說話，豈不是都叫黎湘給聽去了？

「兄弟，這忙我幫不了了，走了走了！」

駱澤尷尬得都想鑽地縫去，哪還有心情去給伍乘風支招，他一走，伍乘風也準備回後院，剛轉身就瞧見黎湘出來了。

「四哥，你跟駱澤剛剛在這兒說什麼呢？」

「啊……沒、沒說什麼，就是恭喜他快訂親了。」

黎湘走近幾步，裙襬都已經蹭到了他的衣裳。

「可是我都聽到了。」

「聽、聽、聽到了？」

伍乘風下意識的退了一步，靠到牆上，他回想著自己剛剛和駱澤說的那些話，一顆心開始撲通撲通狂跳起來。

「湘丫頭，我剛剛和駱澤說的話……」

「難不成是假的？」

「不不不，不是！是真的！」

伍乘風上前站到黎湘面前，鼓起勇氣看著她的眼睛認真的說道：「我剛剛和駱澤說的每一句話都是真的。我心悅妳是真，想討妳歡心是真，想得到大江叔他們的認可也是真！我想入妳家門，和妳成婚……」

最後一句他的聲音有些輕，有著說不出的溫柔繾綣，那一番話在黎湘心頭滾了一圈，滾得她耳根子也染了紅。

她被那炙熱的眼光看得有些受不住，微微錯開了眼神，輕聲道：「我很早就說過，只招贅，不嫁人。」

「我知道，我不介意！方才我說過了，只想入妳家門，和妳成婚。」

伍乘風的腦袋總算又靈光了起來，看到黎湘這模樣哪裡還不明白，她對自己並不討厭，甚至還有好感。

「湘丫頭……」

「我、我還小！」

「我知道我知道，我可以等妳，等妳想成婚的時候……」

他話還沒說完，就見對面的黎湘臉也紅了。

「誰說我要跟你成婚了！」

伍乘風還來不及說什麼呢，就見她轉身跑進了院子，頓時有些傻眼。所以湘丫頭這到底是願意還是不願意呢？

第三十二章

黎湘自己也不知道。

她只知道自己心跳得很快，臉也熱烘烘的，再待下去絕對會紅成猴屁股，以前面對伍乘風怎麼沒有這樣的感覺呢，真是太奇怪了。

「師父，妳怎麼一個人在廚房裡？臉好紅啊，是不是生病了？」

桃子伸手就想探探黎湘的額頭，被她躲了過去。

「我沒事，就是剛剛太陽曬得有些熱。」

黎湘去打了盆水，洗了把臉，那股子熱勁總算是降了下來。

「桃子，剛剛伍家四哥拿的那袋東西呢，我瞧瞧。」

「哦哦！在這兒，我放到桌臺下了。」

桃子將那一大袋東西都拖出來放到了桌上，黎湘解開一看，好傢伙，還真不少。

大概有十幾斤大核桃，還有二十來斤拆下來的松子，看成色就知道是品質極好的東西，還有滿滿一小袋的乾榛蘑，北方名產，燉湯很是鮮美。

「桃子，拿個碗來，我抓點妳去泡上。」中午就拿它來燉湯了。

另外還有這袋松子……

黎湘將它提了出來，正好是過年呢，把它炒了拿來當零嘴和瓜子一起嗑，不然等過幾日酒樓忙起來，誰還有心思去吃它？

炒松子有先泡再蒸再炒的，就為了好嗑一點，不過那太麻煩了，左右不過是一錘子砸開的事，她把之前炒瓜子的黃沙拿出來倒進了鍋裡，又化了一大碗糖水倒進去，炒到鍋裡開始冒煙的時候，再將松子加進去翻炒。

差不多炒個一盞茶的時間就可以了，黎湘鏟起幾顆放到灶臺上，拿砸核桃的錘子輕輕一砸便開了口，裡頭的松仁已經焦黃，搓開皮後裡頭的肉直冒油光，丟進嘴裡一嚼，原汁原味兒，那就是一個字——

香！

黎湘端著松子出去的時候，情緒已經平穩多了，加上家裡人都在，她倒也沒有那麼不好意思。

一家子說說笑笑吃吃喝喝，一天很快又過去了。

黎記酒樓只休了三日，初四便開始正式營業。新年新氣象，他們家的菜單上自然也添了幾道新菜。

「老闆，這個缽缽雞是什麼東西？」

還賣得那麼貴，一份竟要一百五十銅貝。

酒樓裡好些客人都在問，也有幾位老食客直接就下了單。過年這幾日在家吃得沒滋沒味的，一聽到缽缽雞是道辣菜，他們便忍不住點了。

後廚一接到單子便立刻忙活了起來，因為早知道今日上新菜，所以缽缽雞的湯底早就準備好了，那就是用雞架和薑片、蔥、八角熬的湯。

其實黎湘本來準備的新菜不是這個，只是前兩天看到大哥殺完雞，將那些雞架、雞胗、雞心都被當成不能吃的東西給扔了，覺得有些可惜，才有了今日這道缽缽雞。

缽缽雞的湯底先用雞的骨頭架子熬出來，然後開始用辣椒豆醬炒紅油，加醬油和紅糖一起翻炒，顏色更濃，味道也更香。不過要注意火候，一旦太過，炒出來成了焦黑色的，那就不好看了。

黎湘炒得差不多了，這才將花椒丟到鍋裡，然後舀了雞架熬的湯進去一起熬煮，煮開再將準備好的食材連同鍋裡的湯一起騰到罐子裡端出去。

上菜還是很快的，因為鍋裡頭的食材都是煮熟的，已經在另一口鍋裡泡了快半個時辰了。

這些串串除了有切成片的雞胗、雞心，還有素菜、蓮藕、香菇、冬筍等等，豬肉也有幾串。總的來說，食材豐富，葷素都有，再加上那湯鍋裡鮮香麻辣的湯底，真是叫人吃得欲罷不能。

滿滿一鍋的食材，一百五十銅貝好像也不怎麼貴，缽缽雞一時受到了一致好評。

這菜一出來，便開始有人打包買回去，他們自帶陶罐，連湯帶料一丁點都沒有放過。

看著黎記酒樓生意那般紅火，其他同樣賣吃的商家誰不眼紅？尤其是他們家一開張，自家的生意就差了那麼多，誰又甘心呢？

不過東華都沒對他們動手，看來是有什麼後臺，他們也只能從菜式方面下手，看看能不能仿出黎記的菜來。

陵安這麼大，黎記也不能吃下所有的客人，剩下的就各憑本事吧。

不光別的酒樓有買，連東華都有派人去買。

此時的東華酒樓裡，廚房一切如舊，只是少了兩個廚子，少的那兩個這會兒正跟著大掌櫃上了頂樓，去了東家獨有的包間。

「東家，江師傅和齊師傅來了。」

「進來吧。」

時老爺手裡拿著個串兒，剛吃下了一塊肉。

「江師傅，你們來嚐嚐這道菜。」

他把鍋子推了推，示意兩人去拿。

鍋子裡都是串串，兩人一人拿了個盤子接著，各拿了一串蓮藕嚐了嚐味道。

「東家，這是黎記酒樓的菜吧。」

江師傅一嚐就知道，而且十分肯定。

「看來江師傅沒少研究黎記的菜啊。這的確是黎記的菜，還是剛剛出的新品，名叫缽缽雞。」

「缽缽雞……」

聽都沒有聽說過，黎記酒樓的菜名真的是……太稀奇古怪了。

江師傅又嚐了一塊雞胗。

麻辣中又帶著一點點肉香，口感說是肉吧，又有那麼一點點脆。他自問一生嚐過的食材無數，卻真是吃不出這串像肉片的東西究竟是什麼東西。

「這根串兒的口感好奇怪，但是也很好吃。當然，能好吃最重要的原因肯定是因為這個湯底。」

時老爺點點頭。

「我讓你們來呢，就是想讓你們品品這個湯底。我查看過，黎記酒樓一個月採購的東西，咱們廚房都有，你們倆現在的任務就是把這個湯底給我琢磨透，看看是怎麼做出來的。」

江師傅兩人靜默。「……」

東家這話說得輕巧，但要能琢磨出來，他們早就琢磨出來了，打從黎記酒樓一開張，他們就各種開始研究，到現在也才研究出幾道湯品，炒菜那真是望塵莫及。

「怎麼？不行？」

「東家……我們，盡力……」

江師傅兩人互相看了眼，都露出了一抹苦笑。

這湯底，毫無疑問是加了辣椒還有豆醬，可是就像之前那火鍋一樣，他們加了水也加了料，出來的味道就是不對。

兩人雖說廚藝是最好的，但僅限於蒸品和燉品，炒菜方面就是一個小白。

時老爺又何嘗不知道？可誰叫他廚房裡沒有精通炒菜的人呢，不行，得趕緊去挖一個。

「攆」走了兩個廚子後，他叫來了大掌櫃。

「老六，咱們後廚裡頭該添人了。」

「巧了，我和東家想到了一塊兒去，那黎記的廚房我打聽過，除了黎湘和她表姊，還有三個徒弟，其中兩個是買回去的丫頭，身契在黎湘手上應該請不來，而另外一個名叫燕粟，家中沒什麼底細，只有一個姊姊開了家布坊。對了，廚房裡還有個姜憫，之前做包子的那個，和他們酒樓簽了很長時間的契約，若是想違約的話，要賠的錢不少。」

大掌櫃打聽得很是詳盡。

「那姜憫會做包子，如今天天和黎湘他們在廚房，想來也是知道不少東西的，而且他的家底薄得很，最好從他身上下手。東家，你要是沒有意見的話，晚上我親自去趟姜家，明日再去接觸接觸燕粟。」

時老爺對大掌櫃信任得很，立刻同意了。

「你只管去談，錢不是問題。」

他雖然答應了秦六不再去找黎家人的麻煩，可他沒有答應不去挖酒樓的人。若是人家不願意走，他再想挖也沒有用，如果人家願意到東華，那只能說明黎家酒樓留不住人，怪不得誰。

大掌櫃得了令，早早便準備好了東西，只等黎家酒樓一打烊便去了姜家。

珍娘這會兒正在收拾著院子裡的各種雜物。

今日修葺房子的人來忙活了一天，院子裡亂得很，當家的還沒回來，只能她自己先收拾。

圓圓撅著屁股也在幫他娘撿著瓦片，他精力旺盛得很，一次拿個一、兩片，跑來跑去也幫了不少的忙。

「娘，有馬兒來了耶！」

珍娘抬眼往門口一瞧，還真是，路邊停著輛馬車，下來的那個大腹便便的男人直直朝自家走了過來。

她下意識的上前將門關了栓上，眼下天都要黑了，當家的還沒回來，她放個男人進屋，一會兒被人瞧見還不知道要傳出什麼話去。

「你是來找我家當家的吧？他就快回來了，煩勞你在外頭等上一會兒。」

隔著門大掌櫃很是憋屈，但一想到自己的任務，還是忍了下來。

等了兩刻鐘後，總算等到了姜惘回來。

他那一身的麻辣香氣，除非近距離接觸才能沾染上，大掌櫃眼一亮，立刻迎了上去。

「姜兄弟，你可算是回來了。」

姜惘本還在疑惑家門口的馬車，現在看到人，哪還有什麼不明白的？他認識東華這位大掌櫃，不用說都知道他今日是來幹麼的。

「大掌櫃，這麼晚了你不回東華吃晚飯？我家可沒什麼好招待的，你請吧。」

竟是連家門都不準備讓他進。

大掌櫃明顯愣了下，還是厚著臉皮跟了進去。

「姜兄弟說笑了，這事還沒談完呢，你且聽我說完呀。」

他自顧自的找了個板凳坐下，將自己帶來的一些糕點果脯放到了桌上。

「來，這是小圓圓吧，來吃糕。」

正黏著爹的圓圓一聽糕，頓時嚥了嚥口水，不過他沒有過去，而是看了爹娘一眼，見他們都是不贊同的神色，便立刻搖了搖頭。

「謝謝伯伯，我不吃。」

大掌櫃尷尬的笑了笑，將糕點放回桌上，直接說起了正事。

「姜兄弟，你既然知道我是東華的掌櫃，想來也知道我來你家是所為何事，咱們明人不說暗話，我們東家想請你到東華掌勺，如何？」

說完生怕被拒絕似的，他又立刻補充道：「當然，你和黎記酒樓的契約賠償，我們東華可以全部承擔，而且每月給你兩銀貝的月錢。」

兩銀貝的月錢對姜憫來說可算是翻了一倍，一般人估計就要心動了。

可姜憫卻是想都沒想就拒絕了大掌櫃。

自己現在一月有一銀貝的工錢，年底還有分紅。兩個半月就有八銀貝，十二月至少也有四十銀貝，這福利比起東華開的，那簡直好了不是一點點。

而且，黎家對自己有恩，在黎記酒樓裡做事又格外的輕鬆，一點都沒有排擠和歧視，更別說還有那麼多新奇又好吃的美食，他是傻了才會答應去東華。

大掌櫃費盡口舌，奈何姜憫態度堅決，最後只能無功而返。

他想不明白，待在黎記酒樓一個月才一個銀貝，而東華卻是直接翻倍，這樣都不動心是為什麼？

而且明明姜家都破爛成這樣，一看就是缺錢的主兒，難不成這姜憫真是什麼不為財帛動心的正人君子？

大掌櫃回到酒樓和東家商量了下，第二日一早去了燕粟住的地方，他也是拚了老命，天剛亮就起床。

燕粟每日清早一起來，頭一件事就是去井裡擔水回家，這樣自己出門了，姊夫在忙的時候，姊姊也不用再去提水。

這一早他剛擔了水回家，就瞧見門口有個男的在和姊姊說話，隱約還聽到了兩聲「大掌櫃」。

等他走近了看到正面，喲，還真認識。

當初他跟師父一起去的東華樓，那站在門口迎客的便是這人。

東華的大掌櫃啊，來姊姊家做什麼？

「阿粟！你回來啦，這位何掌櫃說有事找你。」

燕粟點點頭打了招呼，先將水擔了進去，洗了把臉才坐下來說話。

「何掌櫃，這麼一大早來我姊姊家找我，不會是來挖人的吧？」

「哈哈哈哈……燕小兄弟真是幽默。」

何掌櫃嘴上笑著，心裡卻有種不太妙的預感。按理說黎記酒樓才開張多久，不可能有東華的名氣，這燕粟也才剛剛拜師兩個月，能有什麼師徒情分？他原想著自己親自來挖人應該很順利才是，沒想到頭先就在姜惻那裡碰了釘，這燕粟知道自己是東華的大掌櫃也沒有絲毫親近之意，還一舉道破了他的來意，一點都不怕他生氣，看起來恐怕也不是會被輕易挖走的人。

「燕小兄弟，聽說你現在是拜在黎湘姑娘門下學廚，師父手藝那般不俗，想來你這徒弟手藝也差不到哪兒去，我們東家很是欣賞你，願意以每月兩銀貝的月錢聘請你到東華酒樓，如何？」

「不如何。」

燕粟臉突然就沈了，聲音也大了起來。

「何掌櫃，你都說了，我已經拜了師父，如今我師父正是用人的時候，若我在這時背叛她去別家酒樓，那不是欺師滅祖嗎？太不是人了吧！不管你們開多少錢、多高的價，我都不會去的，大掌櫃以後還是不要來了，這畢竟是我姊姊家，實在不方便招待你們這樣的貴客。」

竟是又一次被人送客了。

何掌櫃有些愣，連忙又說道：「燕小兄弟，你先聽聽我們東華開的價啊！不算月錢，只要你肯去東華，還會另外給你兩百銀貝呢！」

話音剛落，旁邊突然伸過來一根大笤帚，直直往他身上拍。

「胡說八道什麼呢！我弟弟才不幹這等不要臉的事！多少錢都不幹！你給我滾！」

燕粿一頓大笤帚將那何掌櫃給趕了出去，回頭看見弟弟一副若有所思的樣子，立刻也給了他一下。

「阿粟你不會真的動心了吧？」

「怎麼會！姊，我是那樣的人嗎？我只是在想這何掌櫃既然來找了我，會不會還有找酒樓的其他人。」

「管他找了誰，反正你不許動心思，等一下去酒樓的時候和你師父說一聲就成。」

背師可不是個小罵名，那是要叫人戳一輩子脊梁骨的。哪怕東華給再多錢，拿著虧心得很，還不如不要。人家阿湘那般認真的教徒弟做菜，真是再好不過的師父了，弟弟若是敢動心思，不說別人，自己就先收拾了他。

燕粟連連點頭，他肯定是沒那個意思的，到了酒樓後，他第一時間便將東華酒樓大掌櫃上門的事告訴了師父。

「這麼巧？」

黎湘看向姜憫。

方才他來的時候也說東華的大掌櫃昨晚去了他家。

「師父，看來東華想從我們廚房挖人，這該怎麼辦？」

「不怎麼辦，他又挖不走。」

黎湘心裡有數，表姊是絕對不會走的，桃子杏子更不會，燕粟嘛，雖然相處得不是很久，但他是個實心眼的孩子，自從拜了師那真是拿她當師父在尊敬，背師他是不會幹的。

這廚房裡啊，唯一一個有可能會被挖走的就是姜憫，畢竟東華不缺錢，幾百銀貝的違約金那是說出手就能出手。

不過今日他一來就把何掌櫃去找他的事告訴了自己，明顯也是不願意走的，這倒是叫黎湘心裡安慰了許多，這些日子總算是沒白對他們好。

「東華的老闆和秦六爺有約定，不會幹出格的事，你們拒絕了就行，以後不理會就是了。」

黎湘默默嘆了一口氣，開始繫上圍裙準備上工。

說實在，心裡是憋屈的。自己就是一個小小酒樓的廚子，家裡也沒什麼背景，說話就是不夠有底氣。人家想挖你的人就挖，想整你就整你，若不是認識秦六爺他們，這會兒酒樓不知有多少麻煩。

想要不再被人欺負，要麼自己強大起來，要麼找個靠山，黎湘是想靠自己，但是這個時代有些東西還真不是平民能夠超越的，這也是她為什麼每日給小蘊兒做吃食那般精心的緣故，除了一部分是真心疼小孩子，另外就是想和李大人搞好關係。

如今還算不錯吧，李大人過年時還送了年禮來，加上秦六爺，那東華才不至於太放肆。

「師父！剛剛送菜的人送來了一些我不認得的東西，妳看看這是什麼？」

黎湘聽到燕粟的話回過神來，轉頭一看，眼都瞪大了。

這一顆顆黃色的小胖子，太熟悉了！

「馬鈴薯！」

「師父妳認得啊，我剛剛聽那送菜的人說這是從沿海那邊傳過來的，咱們陵安剛開始種，這才第二年呢。」

燕粟正要將馬鈴薯放回籃子裡，突然手上一空，連帶著籃子都被師父拿走了。

「真是馬鈴薯……」

有個前輩在就是好啊，好多東西她都已經先找出來了，從辣椒到醬料再到馬鈴薯，還有各類海鮮、乾貨，也不用自己再費心去尋，真是叫人佩服。

「阿粟，快去問問那送菜的，這些馬鈴薯都是在哪兒買的，多給我訂些來。」

黎湘囑咐了燕粟一聲便提著籃子去了水井旁打水，將那一籃馬鈴薯洗得乾乾淨淨。

一眨眼都來這兒半年了，一直也沒吃過馬鈴薯，今日可要做道好菜嚐嚐才是。可惜今日只有這麼一小籃，供酒樓是不夠的，還是留著自家人吃吧。

她剛提著籃子進廚房，燕粟也跟著進來了。

「師父，送菜的大哥說那戶賣馬鈴薯的量很多，他問要多少，我想著妳剛剛說要多訂點，就說了五十斤。」

「五十斤？」

「太多了嗎？」

「不是，有點少了，沒關係，先訂吧，等那送菜的來了再訂就是。」

黎湘可不只打算拿馬鈴薯做菜。酒樓裡用的澱粉量大，之前用芋頭做的已經沒剩多少了，加上芋頭一過季，再想做得等到冬天，她可一直惦記著這個。

現在好了，馬鈴薯可是出澱粉的大戶，等哪天多訂一些，把澱粉都做出來放它兩缸，幾個月都不用愁了。

「湘兒，妳出來一下。」

聽到門口娘在叫，黎湘立刻放下了馬鈴薯。

「怎麼啦，娘妳有事？」怎麼還要關在屋子裡悄悄說……

「初七妳表姊不是要訂親了嗎？妳小舅母想在咱家訂兩桌席，我不收錢嘛，她就硬塞，這不，昨晚剛給我的，說想訂個好的席面，熱鬧熱鬧。」

黎湘看著娘手上那兩銀貝，嘆了下。

「收就收吧，小舅母也真是的，咱兩家還要分得這樣明白，娘妳放心吧，兩桌席面我心裡有數，保證做得漂漂亮亮。」

說完她又想到一事。

「娘啊，那表姊訂親我要不要給份子錢啊？」

黎湘潛意識還當自己是已經獨立了門戶的老闆，這話一問，關氏愣了一下，突然笑了。

「哎呀我的傻丫頭啊，訂個親妳送什麼份子錢？妳要有心，送個小禮物給妳表姊就成了。再說，就算成親了，份子錢也是我和妳爹給呀，妳個沒成親的丫頭隨什麼隨？」

她笑得不行，給女兒好好的講了下基本的婚慶習俗。

瞧著女兒那十分感興趣的樣子，關氏忍不住問道：「湘兒，這幾日我瞧著妳和那四娃不對勁，妳有事可不能瞞著娘。」

「娘……沒瞞著妳，該和你們說的時候肯定會告訴妳的，現在就這樣處著吧，反正我又不急著成親，怎麼也要等到十八歲再說。他若能等便等，若不能等就罷，日子還長著呢，慢慢瞧著吧。」黎湘說完便到廚房忙活去了。

關氏好半晌才回過神來，女兒這話，怎麼像是有什麼，又像是沒有什麼？

真是叫人捉摸不透。

黎湘本來還有些不好意思的，不過一忙起來就忘了，一直到中午準備午飯的時候，突然想起了被自己冷落的一籃子馬鈴薯。

「師父，馬鈴薯好吃嗎？」

「杏子，妳這話問得不對，妳想師父做的菜有不好吃的嗎？」

桃子的這個馬屁黎湘非常受用，她笑著將她們都叫到了身邊，開始給她們講一些做馬鈴薯的小知識。

「這東西啊，皮要去掉，尤其是青皮長了芽的一定不能吃，吃了可是會中毒的。」

幾個小徒弟連連點頭，看著那削乾淨的馬鈴薯在師父手下去了皮切成了絲，然後丟到盆裡用水泡著。

「馬鈴薯澱粉含量很高，做菜燉出來是十分軟綿的。不過我要炒絲的話就要泡泡水，將它的澱粉泡走一些，炒出來便會是爽脆的口感。」

黎湘準備清炒一個酸辣馬鈴薯絲，另外又讓燕粟拿了塊五花肉來，以前做的紅燒肉沒有馬鈴薯一起搭配總覺得少了點什麼。

今日有馬鈴薯了，再搭配做做看，她最喜歡綿軟的馬鈴薯吸飽肉汁的味道了～～

這會兒雖然已經過了中午最熱鬧的時候，但酒樓裡的客人依舊不少，所以桃子她們只看了一會兒便接著去忙客人點的菜，只有姜憫，暫時沒有需要他做的，可以在黎湘旁邊看著。

黎湘一邊將五花肉切塊，一邊詢問他對於東華那邊的拉攏有什麼想法。

「我啊，沒什麼想法，我對現在的生活挺滿意的，東華名氣是大，不過那都是看在上頭人的面子而已，真正要說陵安最好的酒樓，我覺得應該是咱們黎記。」

這話他可不是拍馬屁，那是真真切切的有感而發。

黎湘的手藝在他看來真是和神仙沒什麼區別，你永遠不知道她腦子裡還能蹦出多少菜式來，明明年紀比自己小那麼多，可她做菜的時候就是有種令人折服的光芒。

若不是自己年紀大了，他也要厚著臉皮去拜個師。

見他說得真誠，黎湘便也就笑笑不再問他了。

想走的人留不住，不想走的人走不了。

她把切好的肉塊都下了熱鍋，小火煎著，這樣可以煎掉肥肉多餘的油脂，吃起來便不會那麼油膩。不過也不能煎太久，不然肉裡的油都被榨乾了，也就沒什麼吃頭了。

等鍋裡的肉都煎得差不多的時候，先撈出來，直接用熬出來的油加糖炒出糖色，然後下肉翻炒均勻的裹上，這時候就可以加水加料了，什麼八角香葉桂皮、花椒辣椒醬油等等等等，通通加進去直接燜上。

馬鈴薯如果太早燜的話容易燜爛，所以黎湘是等肉已經燜了半刻鐘的時候才加進去的。

一揭開鍋子，香飄飄的肉味傳得滿屋子都是，勾得他們肚子咕咕直叫。

紅燒肉這種大菜肯定是要配乾飯才好吃的，所幸廚房裡什麼都缺，就是不缺飯，中午一大群人吃得那叫一個油光嘴滑。

五花肉就不說了，還是和以前一樣肥而不膩，濃香下飯，裡頭新加的馬鈴薯又綿又軟，吸了肉汁還自帶了股肉香，光是幾塊馬鈴薯就能配一大碗米飯。

黎湘都沒吃肉，舀的全是馬鈴薯，吃得開心極了。

其實就這樣平平淡淡的生活也挺不錯的，每天認真做菜賺錢教徒弟，閒了就做點美食犒勞犒勞自己，家人和朋友都在身邊，還有一個小傻子時不時的送上門讓她逗逗樂子。

可惜，她不找事，事卻一定會找上她。

年後兩個月裡，城裡的酒樓陸陸續續的開始推出和黎記酒樓差不多的菜品，相似度最高的自然是那些湯品，還有一些炒的時蔬和簡單的炒菜。

這些都在黎湘的預料之內，人家廚子多年的廚藝也不是擺設，興許你剛做新菜色的時候他們沒有見識過會發懵，可時間久了，人家總是能琢磨出竅門來的。

不過像自家的那些招牌菜，一般人還真就仿不出來，另外還有需要用到澱粉的菜，他們也沒辦法，例如沒有用澱粉和過的肉，炒出來都是柴柴的、乾巴巴的，沒有一絲嫩滑，和自家沒法兒比。

黎湘一點都不擔心，廚房裡的幾個人卻是抓心撓肝的日漸浮躁，尤其是桃子姊妹倆，這兩日做菜都放錯了好幾味調料，直到她擺出師父的架子訓她們一頓才清醒過來。

不管外頭的酒樓如何仿自家的菜，總之自家的客流量沒受到多大影響，甚至那些去吃過的客人覺得味道不對又回來了，無形中還替自家固了粉。

廚房裡的人安撫好了，苗掌櫃又開始鬱悶起來。

「東家啊，往年這個時候，可是有不少夫人小姐來咱們酒樓訂糕點訂席面呢。」

春日正好，不管是踏春還是賞花，那都是少不了糕點美食的，就算不訂糕點，那三樓的包間也會有不少的夫人小姐預訂賞景。

如今卻是一點動靜都沒有，苗掌櫃總覺得不太對勁。

「這有什麼難猜的，左右不過是被其他幾家茶樓搶去了唄！人家有人脈又有名氣，咱們現在都改成酒樓，也不做糕點了，那些夫人小姐不來有啥好稀奇的？」

黎湘每日查看帳面，並沒有客人減少的現象，所以苗掌櫃擔心的那都不叫事。

兩個人這前腳才剛討論，沒想到後腳酒樓裡便來了位楚夫人要訂席面，這會兒大哥嫂子都不在，人家點名要見主事者，苗掌櫃也只能找黎湘了。

黎湘收到通報後來到了三樓，一推開包間的門就聞到一陣清幽寧神的香氣，有點熟悉。

三樓的房間除了特地留給自家的那一間嫂子有薰香的習慣，其他房間都是清清淡淡的原木香氣，所以這香味是來自那位夫人身上的……

可她抬眼見了，這位楚夫人長相明豔，叫人一見難忘，她實在是沒見過。

「妳就是黎湘吧？」

「嗯？夫人認識我？」

「聽說過，只是真正見到還是頭一次。」

楚夫人朝黎湘招招手，讓她坐到自己身邊。

「我呀，最近可是吃了不少從妳這兒出去的好東西，尤其是那個甜豆花，最合我意。」

一說豆花，黎湘頓時福至心靈，想起在哪兒聞過這香了。

「您是靜慈住持的朋友？」

「不是，不能說是朋友，靜慈住持是我的嬸嬸。」

楚夫人大概是因著靜慈的原因對黎湘很是和氣，笑著跟她解釋自己和嬸嬸的關係後，直接說起了明日要來酒樓宴客包場的事。

「嬸嬸一直同我誇讚妳的手藝，我也嚐過你們家做的豆腐，味道實在不錯，所以明日的宴席，我希望由妳親自來掌勺。」

黎湘沒什麼意見。

「那您對宴席有什麼要求嗎？比如想甜一些還是要辣一些？」

楚夫人一聽立刻搖了搖頭。

「不要辣，儘量做甜食，但不要弄得太油，要清爽些，像那個甜豆花就很不錯，最好再做幾道帶鮮花的甜食，春日嘛，宴上得有點意頭。」

她的要求黎湘都記在心裡，之後又問了一些有沒有忌吃的東西後，她才將人送出酒樓。

其實她看出來了，這位楚夫人也並不一定要在自家酒樓訂席，只是她想用玄女廟特有的豆腐來宴客，顯得她和靜慈的關係不錯而已。偏偏這豆腐除了玄女廟，也就自家酒樓有，自然把宴席辦在這裡最合適。

聽說當年靜慈是下嫁到陵安，男方的兄弟個個都不成器得很，而這位楚夫人瞧著倒是混得不錯，其中的彎彎繞繞那肯定深得很，不過這些都和自己這個小老百姓沒有關係，她只要把明日的春日宴給辦好就成。

黎湘在心裡默默盤算了下，楚夫人邀請了十二位賓客，訂的是常辦宴席的廊臺，兩人一桌，桌子並沒有合併在一起。

這一桌子六道菜，完全小意思。

不過要用鮮花入菜，她還得去摘些花回來才是，只是黎湘剛下樓就被拉進廚房裡一頓忙活，根本抽不出空去採花，正好呆子伍乘風來了，便被她使喚出去採花了。

大好的春光，桃花、海棠開得郊外到處都是，伍乘風也不管什麼花，反正只要看到了能摘的就摘，不能摘的就買，攢了兩大袋子才提回去給黎湘。

「師父，妳弄這麼多花回來，不會是要做菜吧？」

「對啊，就是要做菜。」

鮮花既然能做糕點，自然也能入菜，可惜桃子杏子早年孤苦，什麼好東西都沒有見過，黎湘將花插到缸子裡先養著，只拿了一點出來準備做兩道吃食，權當給她們試菜了。

「對了四哥，一會兒還要麻煩你出去幫我跑跑，尋些牛奶回來。」

「牛奶……這我知道哪兒有，要多少？」

「一桶兩桶都可以，最好他們可以明日一早送新鮮的過來。」

黎湘都不記得已多久沒嚐過牛奶的味道了，真是莫名有些想念，她也是剛剛看到馬鈴薯才想要用牛奶來著。

話說牛奶能做的甜點還真不少，像什麼雙皮奶、奶糕、奶凍等等，可惜她不擅長做甜點，知道一大堆名字也只能是望洋興嘆。

她唯一會的，就是打奶油。

看上去挺雞肋的，不過在這個時代，一口奶油對甜食愛好者那絕對是足夠了。

「師父，這桃花要怎麼做菜啊？」

黎湘回過神，看著自己薅下來的一堆桃花有幾朵都被捏爛了。罪過罪過，趕緊收攏起來洗乾淨準備做好吃的。

「現在呢，教妳們一道特別簡單的用花做的菜。」

「什麼呀？」

「師傅妳和麵糊做什麼？」

「嗯？還要用油詼，莫不是要炸？」

幾個人圍在一起嘰嘰喳喳的討論著，黎湘的麵糊也調好了，她直接把花瓣倒進麵糊裡，挾起來就往油鍋裡放。

滋啦一聲，油香和花香同時蔓延出來。

其實很多菜都是可以裹了麵糊下鍋炸的，黎湘沒準備將這道炸花瓣放到明日宴席上，只是給小徒弟們展示一下菜式的多樣性。

炸好的桃花瓣外頭酥脆，裡面卻是裹著花香，帶著一點點恰到好處的苦澀，倒是別有一番風味，一盤子炸花瓣很快便被幾人給分食了。

黎湘又倒了一大碗桃花瓣在臼裡，直接搗個半碎，搗碎的桃花瓣大幅縮水，弄出來也就小小一碗，加上蜂蜜後被她拿來包湯圓。

桃花湯圓，一口下去都是甜蜜的花香，就連黎湘自己都小小驚豔了一把。

說實在她以前沒有吃過這樣的鮮花湯圓，只是試著包一包，沒想到會這麼香甜，桃花的香氣並不濃郁，而就是這樣淡淡的花香，摻著那滋滋的甜味才更叫人喜歡。

明日宴上加上這個吧！黎湘自己算了下，明日一道桃花湯圓、一道甜豆花，再準備點水晶包，另外還有桃花羹或者海棠花羹，加一道牛奶馬鈴薯泥，剩下的就隨意發揮了，做多了那些夫人小姐也吃不完，浪費得很。

「好啦，湯圓吃完了收拾下，晚飯妳們做。」

黎湘解下圍裙回了屋子，拿起筆寫著明日要準備的菜單，剛寫完便聽到外頭一聲轟隆巨響，天變得比人臉還快，不過一盞茶的時間，外頭就下起了小雨。

一刻鐘後雨越下越大，她心裡也越來越擔心。

伍乘風出去幫自己找牛奶去了，身上啥也沒帶，一路不知道要淋多少雨，這裡沒有傘是真的不方便，那種獸皮傘又貴得要死，之前也沒買，她只能穿著蓑衣戴著斗笠拿上另一套出門在附近轉轉，看看能不能遇上。

這會兒酒樓裡的客人少了不少，燕粟也被她打發出去找人。

可惜誰也不知道他是去哪兒買牛奶的，兩個人轉了快兩刻鐘了還是沒有看到人影，最後鞋襪都濕透了，凍腳得很，只能先回酒樓。

四月雖然沒有冬天那麼冷，但雨水冰涼，沾濕了也是很冷的。

黎湘穿著自製的拖鞋在屋子裡跳了好一會兒才暖和起來，想著一會兒伍乘風可能會淋雨回來，又叫桃子去熬了薑湯，還去爹娘屋裡拿備用的拖鞋出來。

這一串上上下下的忙活，連黎江都有些察覺不對勁了。

不等他去問個明白呢，守在後門的燕粟突然喊一聲伍大哥回來了便跑了出去，很快的，他又提了個蓋著厚厚一層衣裳的木桶去了廚房。

黎湘一見桶上的衣裳就愣了，這是脫了幾件啊？

「師父，伍大哥說讓妳看看這牛奶還能不能用。」

燕粟扯開濕透的薄襖，露出桶裡奶白的牛奶。

「他人呢？」

黎湘剛問出口就看到渾身濕透的伍乘風進了廚房，全身脫得就剩一件單衣，看著就凍得很。

「你瘋啦！雨下這麼大還管什麼奶？脫這麼多衣服還淋雨，不要命了！」

黎湘將他扯到灶前，用灶膛的火烘烤著，總算是比外頭要暖和一些，她拿了一套爹的衣裳過來，又把廚房的人都趕了出去讓他換掉濕透的衣服，換好了衣裳又給他灌了薑湯，這才安心了些。

「湘丫頭……」

「你說你犯什麼傻，牛奶淋雨不能用了，明日我再去買就是，身體才是最重要的。」

伍乘風抱著罐熱水，乖乖點了點頭，又解釋道：「只是明日去怕是買不著了，那戶人家說有人已經訂了他們明日一整天的奶。」

「那也沒關係啊！這下著雨，明日的春日宴辦不辦還是兩說呢，就算還能辦，那我也可以改別的菜式，或者再另外找奶，反正用不著你犯傻。」

黎湘將一塊乾淨帕子遞給他擦頭，結果碰到了他的手，真是透心的涼，趕緊又往炭盆裡加了些炭，讓他自己坐一邊慢慢烤去。

從頭到尾插不上話的黎江兩口子，就這麼瞧著兩人你一句我一句的說著話，心裡跟明鏡似的。

算了算了，四娃也不差，只要女兒喜歡，那就隨她去吧。

外頭的雨越下越大，客人也越來越少，酒樓裡的其他人都放假回去了，就黎湘師徒幾個在廚房裡鼓搗著吃食。

伍乘風呢，就負責給師徒幾個燒火、試菜。

因為牛奶放隔夜不太好，又趕上了下大雨，黎湘索性就拿它來做吃食，先用牛奶和了麵，蒸了幾籠的奶香饅頭，又和磨成粉的甜杏仁一起熬煮，煮了一大鍋甜甜香香的牛奶杏仁露。

炒了點青椒肉絲和臘肉、鹹菜一起夾在饅頭裡，就這樣，一家子愛喝湯的喝湯、愛喝甜的就喝杏仁露，圍著炭火倒也吃得樂呵。

天色漸晚，雨卻是越下越大，伴隨著一陣陣的閃電雷聲，那真是嚇人得很。想想一個人走在漆黑的夜裡，冷不防一道閃電劈下，震耳欲聾的彷彿就在身邊那多可怕。

黎湘看了看爹，父女倆突然默契了一把。

「四娃，你今晚在酒樓裡歇一晚上吧！省得再回去被淋一道，生病了就不好了。」

黎江開口，伍乘風自然不會拒絕，還有那麼一點點受寵若驚的感覺。

晚上，伍乘風一個人睡在三樓，棉被、褥子都鋪得厚厚的，比他在鏢局的窩好多了，只是睡到半夜不知為何出了許多汗，驚醒過來後口乾得要命。

桌上茶壺裡的水很快喝光了，他原想忍忍，結果才躺下半個時辰就忍不住了，一摸額頭竟是有些發熱。

這些年他吃的苦、淋的雨不少，生病卻是屈指可數，沒想到昨日就淋了那麼一場雨居然就發了熱，當真是日子越好越嬌氣了。

還是得下樓倒點水才是，他感覺自己的五臟六腑都好像要著火了一樣，渴水得很。

伍乘風起床點了燈，拿著下了樓。

也不知現在是什麼時辰，外頭一片漆黑，雷聲仍舊不斷，雨也是絲毫未小，他的燈剛出酒樓大堂就被風給打滅了，一直走到廚房門口才又給點了起來。

廚房桌上有一壺涼開水，他倒出來一連喝了兩大碗，整個人才稍稍舒服了些，正想再去缸裡裝點水上樓，就聽到吱呀一聲，不知道是誰的門開了。

除了怕打雷的黎湘也沒別人了。

儘管睏得厲害，可是只要雷聲一響，她的神經便會緊繃起來，想都別想睡。一開始聽到外頭像是有腳步聲，她還以為聽錯了，結果又聽到廚房門開的聲音，起來打開門一瞧就發現裡頭點了燈。

這個點也不知道是誰，左右睡不著，她便乾脆去廚房打算瞧瞧。

「四哥？下來喝水啊……」

「嗯，樓上的水被我喝完了，妳怎麼這麼晚還沒睡？」

伍乘風看到黎湘進門，提著的燈又放回了桌上，黎湘沒注意這個，倒是看了他好幾眼。

這人耳朵怎麼那麼紅？看見自己再喜歡也沒這麼快有反應吧？

黎湘想到他昨日淋了雨，忍不住問道：「四哥，你有沒有哪裡不舒服？」

「我……」

伍乘風剛想逞強說沒有，突然記起駱澤給自己傳授的那些奇奇怪怪的招數，其中一招就是裝可憐讓對方心疼憐惜。

他也不用裝，這不現成的生病嗎？示一下弱看看丫頭會不會心疼他。

「我好像有點發熱，頭暈暈的，渴得厲害，所以忍不住下樓來找水了。」

「發熱了？」

黎湘下意識的伸手去探了探他的額頭，還真是燙得很，好在家裡現在都會備著藥，尤其是退熱的。

「你等等，我去拿藥給你。」

發燒這事可大可小，肯定是早治早好。家裡只有配的中藥，所以還得生火熬，這都不用黎湘叫，伍乘風自己就坐到了灶前乖乖開始生火，平時滿是菜香的廚房很快飄起了一陣陣的中藥味。

伍乘風此刻居然有些慶幸自己生病了。

從小到大不管他是累是痛，沒有人關心過，唯一的一點溫暖都是來自湘丫頭一家。以前他從不敢想自己會喜歡上一個姑娘，滿心滿眼都是這個人，更不敢想這個姑娘居然會這樣照顧他。

「四哥，在想什麼啊，喝藥了。」

「哦！來了！」

伍乘風幾口喝完了藥便催著黎湘回去睡覺，自己把廚房收拾了，這才拿著燈回三樓。藥喝完效果還不錯，天快亮的時候他自己摸了摸已經不熱了，就是精神有些亢奮，一直沒有睡著。

這雨啊，下了一個晚上，淅瀝嘩啦的吵人得很，直到隔日早上還未消停。

「師父，今日的春日宴那楚夫人是不是取消了？」

黎湘點點頭，這麼大的雨，出來一趟衣衫鞋襪都容易弄濕，最重要的是，姑娘家的妝沾了水會花！哪還有人有心情搞什麼宴席。

「說是會改期，雨太大了，正好你們今天也可以輕鬆一點。」

「好咧！謝謝師父！」

一大早的，黎湘便收到了楚夫人那邊的通知，說是春日宴席要等雨過天晴才能辦，得了準確的通知，她也定下心來，就是有些可惜四哥弄回來的花，今日一過大概就要枯萎了。

關翠兒也覺得可惜得很，姊妹倆乾脆一起將花瓣都擼了下來，摻在麵粉裡一頓揉，做了鮮花饅頭。

伍乘風帶回來的可不只有桃花，還有梨花、海棠等等，這些全都摻雜在一起，還沒開始蒸呢，就能聞到一陣陣花香了。

可惜這裡沒有玉米，不然做些鮮花窩窩頭那該多好吃。

黎湘和表姊一邊說著最近要添的菜，一邊揉了不少饅頭，個頭都不大，十分小巧玲瓏。

本來粉粉嫩嫩的桃花蒸過後顏色暗淡了許多，不過有花香彌補，做出來的饅頭一大家子都還挺滿意的。

「不過我還是更喜歡昨日那個奶香的饅頭，真的好香啊。」

杏子邊說邊嘸口水，將一眾人都給逗笑了。

「奶香饅頭要用牛奶呢，那東西可不怎麼好買。」

「要是咱們院子裡就有一頭奶牛就好了，想吃的時候隨便擠。」

見她們幾個越說越離譜，黎湘沒好氣的一人賞了一個腦瓜崩。

「還養院子裡，瞧瞧院子裡有牛圈嗎？不然妳們騰間屋子出來，我可以幫妳們改建成牛圈。」

「不了不了！」

幾個丫頭嘻嘻哈哈的鬧著，吃完手裡的饅頭又開始忙起來。

黎湘見還剩下不少的饅頭，便讓她們給前面的客人送了些許。

今日下雨客人沒那麼多，很是清閒，黎湘便將廚房交給了表姊和三徒弟，自己難得的休息了下。

當然不可能就待在家裡閒著發呆，她穿戴好斗笠蓑衣，去了趟秦宅。

楚夫人是個什麼來歷她絲毫不知，所要宴請的那些朋友是哪個圈子她心裡也一點底都沒有，她心想著總是要打聽清楚才行，而對城中這些富戶比較清楚的，那就非秦六爺莫屬了。

黎湘猜過，秦六原本的職業應該和電視裡那些打探江湖信息的組織差不多。瞧他手下那些能人，一個比一個能打，消息又那麼靈通，反正不可能是個普通商人。

她還挺慶幸的，早先因著柳夫人和他交了好，如今關係還不錯，上門問個消息也不至於那麼尷尬。

「湘丫頭，下著雨呢，怎麼還出門了？」

「青芝姊姊！好長時間沒看到妳了，又變漂亮了！」

黎湘自然的上前挽住了她，一手把帶來的食盒遞過去。

「給妳和夫人帶好吃的來。」

「好丫頭，沒白惦記妳！」

青芝嘿嘿一笑，接過了食盒，帶著她一起到後院見了夫人。

不出意料的，秦六爺也在。

這位爺不知道是不是要把那分開的幾年都補回來，成日裡也不見出門了，夫人到哪兒他到哪兒，這會兒夫人想做個針線活，他便在一旁幫著穿針引線，好不賢慧。

「夫人，湘丫頭來了。」

柳嬌一聽便來了精神，立刻朝黎湘招了招手。

「今日下著雨呢，妳怎麼還出來了，身上有淋濕嗎？」

「就邊邊角角淋到一點，沒事的。」

「沒淋到就好，等下回去坐馬車，別自己走了。對了，妳嫂嫂怎麼樣，我有半個月沒有看到她了。」

柳嬌拉著黎湘把她家裡人都問過一通，這才說起了正事。

「妳說楚夫人？靜慈夫家的親戚，長相明豔……」

她轉頭看了看丈夫，彷彿是在和他確認是不是自己想的那個人。

秦六點點頭。「湘丫頭說的應該是她。」

柳嬌多年不與城中夫人小姐們來往，記憶也不是很深，但這個楚夫人未出閣前，和她是有些淵源的，倒是讓她有些印象。

都是一些閨中雞毛蒜皮的事，可這麼多年了，她還記得很清楚。

「我記得她心胸略窄，愛挑人毛病，還十分的好面子，不過丫頭妳手藝那麼好，給她辦宴席的話，肯定能給她長臉，她應當不會為難妳。」

「那不一定，妳不知道她請了哪些人。」

秦六當真是消息靈通得很，掰著手指頭將那楚夫人發帖子邀請的人一一數了出來。

黎湘腦子裡當下就一個想法——今日這趟真是來對了！

連她都只知道一共請了幾個人，秦六卻連人家姓甚名誰都說得出來。

「別的不說，就她請的那江家夫人便不是個好相與的，倘若她刻意針對，湘丫頭做的菜有十分的話，她能貶成五分，等出了酒樓再往外頭傳一傳，五分變三分，估計就不會再有哪家夫人小姐想去你們酒樓訂席了。」

黎湘無言。「……」

「她是跟楚家夫人有什麼深仇大恨嗎？還帶這樣殃及無辜的。」

秦六搖頭笑道：「倒也不是，她和楚夫人最多不過是一點小磨擦，會抬抬槓逗逗嘴罷了，我說她會針對妳，是因為她是『食為天』的老闆娘，食為天妳知道吧？外城離你們家最近的一家酒樓，以前你們家還是茶樓的時候，外城就她家的酒樓生意最好，只不過現在嘛……」他笑了笑，話沒說完。

黎湘卻是懂了。

現在外城最火的，當然是自家酒樓，兩家隔得近，受影響最大的自然也是他家，這也是沒辦法的事……

所以楚夫人請食為天的老闆娘到自家酒樓來是想幹啥？

「不過食為天在內城的生意還不錯，興許人家不在意那點油水也不一定。」

這個興許真是說得虛無縹緲，一看就是假的。

秦六顯然不光是知道楚夫人請了哪些夫人，還知道那些人的性格行事如何，那江夫人定然不是什麼善茬兒。

「等等！」

柳嬌突然站起來小跑回屋子，不知道在幹麼，好一會兒才拿著竹簡出來。

「我才想起來，前幾日我也收到了一份請柬，當時哪兒也不想去就給扔在了一邊。」

柳嬌頗為仗義的摸了摸黎湘的頭道：「等下我便讓青芝去回她，到時候我一起去，要是有人敢欺負妳，我幫妳收拾她。」

一旁的秦六沒忍住，笑了。「夫人啊，妳怎麼收拾？吵個架話都說不索利。」

一句話不知道戳到了柳嬌哪個點，她的臉居然以肉眼可見的速度紅了起來。

這夫妻倆定是有什麼情趣在這個吵架上。

黎湘只覺得吃了一嘴的狗糧，趕緊問完了想要問的問題，拉著青芝就走。

「湘丫頭，妳要回家了嗎？」

「不，我想去食為天看看他們家的菜。青芝姊姊，妳把我送到食為天就回去吧，那兒離我家酒樓也不遠，我可以自己回去。」

青芝想了想，突然又跑回院子裡，一會兒後回來，一臉開心道：「我和夫人說了，今日出去玩個半日，我陪妳一起去食為天。」

「那敢情好。」

有青芝陪著，黎湘真是求之不得。

兩個人套了馬車歡歡喜喜的繞過了黎家酒樓，去了食為天。

第三十三章

下雨天不管哪家酒樓都一樣，客人實在不多，黎湘下了馬車一進食為天便感受到了什麼叫冷清。

大堂裡好幾個夥計靠在柱子上打瞌睡，掌櫃的也是聽到她咳嗽才反應過來上前迎客。

「二位姑娘想用些什麼？」

黎湘看了下酒樓的食牌，選了一份菌菇燉雞湯、一份仿著自家出的炒青菜和水煮魚，另外還點了聽說是招牌菜的燕窩兩盅。

話說這家的水煮魚居然比自家賣的還貴了十個銅貝，莫不是量多些？

「好咧！姑娘稍坐，菜很快就上來了。」

黎湘點點頭，拉著青芝找了個位置坐下，大堂裡的幾個夥計聽到是姑娘都醒了神，他們將黎湘和青芝上上下下的打量了一番，眼神充滿了邪氣，一看就不正經得很。

青芝眉頭一皺轉頭狠狠瞪了他們一眼，大概是瞧見了她放在桌上的劍，那幾個夥計收斂了些，擦桌子的擦桌子，上樓的上樓。

「湘丫頭，這家酒樓好不舒服啊。」

黎湘也有同感，大堂的夥計直接敗掉進門的第一印象，加上下雨天酒樓裡光線暗沈，有種壓抑的感覺，確實讓人不太舒服。

「沒事，咱們嚐嚐菜就走，一會兒到我家了，給妳做好吃的。」

「這還差不多。」

青芝撐著腦袋，左看右看，實在無聊得很，乾脆從懷裡掏了根繩子出來玩。

「咦……」

黎湘看著那條紅豔豔的繩子，獨特的編法，她確定自己沒有看錯，這是她上回去玄女廟時看到的東西。

那玄女廟中有一棵姻緣樹，專給山下的善男信女求姻緣時掛籤所用。姻緣樹旁便有賣這種紅繩的小尼姑，兩百銅貝一條呢，貴得要命。

當時她瞧著編得好看想買，結果一聽價錢直接被勸退。她只是覺得好看，又不是拿來綁心上人的，所以覺得花那兩百沒有必要，沒想到又在這裡看到了。

「青芝姊姊，這繩子是誰送妳的呀？」

「嗯？妳怎麼知道是別人送的？」

她晃了晃手上的繩子，扯開看了一下。

「前陣子受傷了，一個兄弟給我送傷藥的時候繫在瓶子上的，我瞧著好看便留了下來。」

「哦～～」

「兄弟」兩個字就非常靈性了，難怪要繫在瓶子上才能送。

「青芝姊姊，妳以前有陪夫人去過玄女廟嗎？」

「有哇，一年要去好幾次呢。」

「那妳有去瞧過那姻緣樹嗎？」

「看過兩眼，沒太注意，都是些癡男怨女，沒啥好看的。」

青芝雖然不知道黎湘問她這些做什麼，但很認真的回答了，就是不知道為啥聽了她的回答，湘丫頭笑得好厲害。

「青芝姊姊，下回妳要是再去玄女廟的話，去姻緣樹那兒仔細看看吧。」

「哎，看那個做什麼，姻緣求它若是有用，那我家主子也不會被晾在宅子裡那麼多年了。」

黎湘一愣，趴在桌上笑得更是厲害。

她說得好有道理，哈哈哈哈哈哈……

青芝完全不懂黎湘的笑點在哪裡，玩了一會兒繩子，見夥計開始上菜便收了起來。

先來的是炒青菜、燕窩和一桶粟米飯。

黎湘看了一下燕窩，中規中矩，熬得還算不錯，倒是沒有以次充好。她嚐了一口，味道也還可以，不算雷，再看炒青菜，賣相和自家的差不多，不過一嚐嘛，她驚到了，味道居然也差不多！

炒青菜雖然聽著簡單，但炒起來也是有竅門的，像她自己的話，炒青菜會加蠔油進去，這是一般人都想不到也不會去試的，沒想到食為天的青菜炒法會跟她這麼像。

「湘丫頭，怎麼了？」

「沒事，就是覺得這菜味道還不錯。」

黎湘扒了兩口飯，這下真是萬分期待那道水煮魚了。

一刻鐘後，她點的水煮魚上了桌。

光聞著味道她就放下了一半的心，雖然像，但仿得還不到位，可是，這家的水煮魚竟然也會在魚肉上放蔥蒜潑熱油，這就讓她很驚訝了。

還有，這魚肉上的澱粉雖然裹得少，但並不是沒有，明顯讓魚片變得嫩滑了些。

太詭異了……

不是她看不起古人的智商，是有些小技巧真的不是那麼容易可以自己研究出來的，就像澱粉，市面上沒有賣，自己也只在幾個徒弟面前做過，所以這食為天的澱粉是從哪兒來的？

「湘丫頭，妳怎麼不吃啊？雖然這家的水煮魚沒有妳做的好吃，但勉勉強強還過得去，就是魚肉還有點腥，味道有點淡，將就將就吧。」

青芝不是個浪費的人，飯菜一到便扒著開始吃了，黎湘將心裡的疑惑暫時壓下，也吃了一碗飯。

坐在回去的馬車上，黎湘仔細的琢磨了一下幾道菜的疑點，推論出應該是自家廚房裡出了內奸！說實話，她第一個想到的可疑對象就是有個跟著姜憫的小夥計。

平時看著很老實，姜憫除了發麵是自己在家做了帶來的，調餡、捏包子、做饅頭從來沒背著人過，那小夥計若有心學，也可學得一點包包子的技巧。

這個她沒特意說要防著不讓人學，只是包包子的技巧而已，若是真有天賦學起來，日後當個掌廚也不是沒可能。

他和姜憫的灶臺在自己和幾個徒弟的對面，隔著寬寬的過道，聽是能聽到一些話，看也能看到一些動作，就像自己水煮魚做好後會撒上蔥蒜、辣椒等再澆熱油，他是可以看到的。還有澱粉，這東西她做得多，酒樓裡頭也用得快，以往她沒有特別檢查過一日的實際用量，若是有心每天偷帶一些走，也不無可能。

黎湘沒懷疑過燕粟和桃子表姊她們，姜憫就更不可能了，他連東華的收買都不看在眼裡，就更別說只是一個食為天。

想來想去，整個廚房就那小夥計最為可疑。

「湘丫頭，在想什麼呢？一臉的嚴肅。」

「青芝姊姊，你們要是發現有背叛的人，一般是怎麼處置啊？」黎湘心血來潮突然問道。

青芝眨巴眨巴眼，直接在脖子下劃了一道。

「……」

實。

太凶殘了，告辭告辭。

黎湘現在只可惜當初沒多買兩個打雜的，這年頭啊，還是要身契在自己手裡的人才會老實。

回到酒樓後，黎湘便去了廚房。這會兒姜憫沒什麼事做，正在給表姊她們燒火，那個小夥計則是在幫燕粟燒火，她去看了一下，燕粟正在做自己上次教的魚羹。

「師父，妳看我做的這魚羹怎麼樣？」

黎湘接過勺子嚐了一口，已經很不錯了，不過她還是故作不甚滿意的樣子。

「阿粟，你這魚羹啊，太稀了，不是跟你說過？魚羹要濃稠，靈魂都在澱粉上，你這澱粉水加得太少了。」

「啊？」

燕粟有些丈二金剛摸不著頭腦，自己做的魚羹味道雖然不能說和師父一模一樣，但這濃稠度也是差不多的，怎麼就稀了呢？

不過師父說的話都是對的，他轉頭就準備去拿澱粉，想再和點澱粉水出來。

「別弄了，前面客人還等著吃，下次注意就成。」

黎湘催了下，燕粟便又聽話的開始盛魚羹，等小徒弟走了，黎湘瞄了一眼放澱粉的罐子，還有一半的量，看完便出了廚房。

青芝別的地方遲鈍，但這方面可精得很。

「怎麼，妳那廚房出叛徒啦？」

「還不知道呢，等晚些時候打烊再看看。」

青芝詫異的一挑眉。「還要等打烊？何必這麼麻煩，這事多簡單，把人拉出來吊上，我幫妳問，保證不到一盞茶的工夫他就能招個乾乾淨淨。」

黎湘無語。「……」

真要把人吊起來審問，明兒她就該去衙門喝茶了。

「我家這種情況，不適用妳那法子。走走走，我帶妳去做好吃的。」

黎湘拉著青芝去瞧她新發現的寶貝。

「妳看，這馬鈴薯才剛到沒多久，妳肯定沒吃過。」

「是沒吃過……」

青芝吃過的所有稀奇古怪的東西，都是在黎湘這兒吃到的。

「這東西要怎麼做啊？」

「簡單，妳在旁邊幫我搭把手，遞個東西就成。」

黎湘將袖子抽繩繫上，又繫上圍裙，然後拿了五顆馬鈴薯出來削皮、切條，切完放水裡泡上個一刻鐘左右。

青芝瞧著她那一做飯就像是進了自己戰場的模樣，真是整個人都變得不一樣起來。

「湘丫頭，真是可惜啊……」

黎湘剛把另外洗乾淨的馬鈴薯放進蒸籠就聽到這話，十分不解。

「可惜什麼？」

「可惜我沒有弟弟啊。若是我有個弟弟，肯定要押著他來妳家提親，這樣我就能頓頓吃上妳做的好吃的了。」青芝傻笑著，緊接著又道：「不過我兄弟多！湘丫頭，妳喜歡什麼樣的人？能文的還是能武的？」

「省省吧妳，我啊，既不喜歡文的，也不喜歡武的，我喜歡……傻的。」

「傻的也有啊！就那個給我送藥的傻子，他就傻傻的，每次見他說話都說不索利，真不知平時是怎麼執行主子交給他的活兒的，不過他年紀好像有些大了，跟妳不太合適，對了，說起來他弟弟妳見過的，就那個大龍啊，兄弟倆長得差不多，都是憨憨傻傻一副沒心沒肺的樣子。」

青芝一本正經，彷彿真是在認真考慮。

黎湘為那兄弟默哀了半秒，非常斬釘截鐵的拒絕了。

「您老啊，有這閒心還不如操心操心妳自己的婚事，妳可比我大呢……」

她剛說完這話，就瞧見灶前的青芝略有些害羞的低下了頭。

「我的事夫人說了她心裡有數，反正日後都看夫人和主子的意思。」

青芝這樣一個大大剌剌的姑娘突然這副樣子真是叫黎湘怪不習慣的，莫名的有些替她悲哀。在階級分明的封建社會，做為奴婢的人真是太叫人心疼了，根本沒有自己追求幸福的權利，完全只能看主人的意思。

再次為那位兄弟默哀一分鐘，但願他能入得了夫人的法眼。

黎湘不想再討論這個話題，乾脆拉著青芝讓她自己來做菜，同時自己準備的馬鈴薯條已經泡得差不多了，她準備拿來炸薯條。

能在這樣的地方吃到炸薯條，想想也是開心得很。

「湘丫頭，這一根一根的馬鈴薯煮好就能吃了？」

「煮好是能吃，但沒有炸的香。妳先等等，把鍋裡的撈起來，咱們換油炸。」

青芝倒也聽話，一步一步都按著黎湘教的做，就是第一鍋炸的時候撈得有點晚，焦了小半鍋，不過前面出鍋的還是非常不錯的。

金黃色的薯條外皮酥脆、裡頭綿軟，炸薯條那種特有的焦香真是最勾人舌頭的，青芝抱著碗一根一根吃得停不下來，走的時候還想外帶，聽到黎湘說放久會變軟不好吃才作罷，左右她自己也會做，回去再自己炸也是可以的。

送走了青芝，酒樓也差不多到了打烊的時候，平常黎湘都是把廚房交給桃子她們去打理，晚飯也是桃子她們做，她自己通常會去洗個澡換身衣裳，然後吃完飯回屋裡看帳。

今日還是和平時一樣，黎湘很乾脆的出了廚房。

沒一會兒她就找了藉口將桃子姊妹叫出來，一會兒又叫了燕粟，像是師父要和徒弟們訓話。

廚房裡只剩下了姜憫和那小夥計。

姜憫正專注收拾自己那邊的灶臺，也沒注意小夥計在幹什麼，直到聽見桃子突然在門口喊了一聲，他才茫然的回過頭，正好瞧見小夥計手裡一個小布團掉在地上，布裡包著的澱粉都灑了出來。

「……」

「你這是在幹什麼？」

姜憫錯愕的走上前將那包澱粉撿了起來，小夥計臉都白了，不停的在發抖。

「偷的時候不是膽子挺大嗎？現在來裝什麼害怕。」

黎湘在門口出現，走到灶臺邊看了看澱粉罐，現在就只剩個淺淺的底了。瞧瞧今日這拿的一大坨，就知道平時拿的定然也不少。

廚房的管理還是有漏洞的，她太信任表姊和徒弟們了，打烊後也不會特意檢查廚房的損耗，食材、調料有缺就補，從沒想過會有人偷拿東西出去，這才讓有心人有可乘之機。

「讓我想想，偷盜是個什麼罪名，要罰什麼來著？」

這個姜憫熟，立刻接話道：「若是偷盜東西沒超過一銀貝，是杖責五十，若是超過了，那便是杖責一百，超過五銀貝，那還得刺字。」

他這話才剛說完，身旁的小夥計便軟了身子，坐在地上抱著他的腿就開始喊我錯了。

「小章，抱著我喊沒有用，做主的是阿湘。」

那小夥計又淚眼汪汪的去瞧黎湘，指望著她能心軟放自己一馬。

「阿湘姑娘，我知道錯了！我真的再也不敢了，妳饒了我這回吧？」

「哦？你只有這一回嗎？」

黎湘將沾了灰的澱粉找了個碗加水洗了洗，慢悠悠道：「食為天你知道吧？就是那家離咱們很近的酒樓。真是奇了怪了，他們家的菜跟咱家的真是好像啊！連魚片都差不多的嫩滑，像是也裹了澱粉一樣。」

「呸！吃裡扒外的傢伙！」

桃子姊妹倆氣憤極了，師父待大家還不夠好嗎？有好吃的向來做給廚房裡的人先嚐，每日伙食弄得也好，吃完的剩菜也可以帶回去，不光有月錢，還有分紅。

打著燈籠都找不著的好差事，他居然背叛師父！

「師父，咱們報官吧！」

「別別別！阿湘姑娘求求妳別報官，我真知道錯了！我也是不得已啊……家裡老的生病，小的也生病，處處都要錢，逼得我實在沒法子。」

黎湘低頭看了他一眼，眼淚倒是實實在在真的有，至於是不是真心悔過，那就不好說了。

「若是不報官也行，你把我這罐子裡的東西都還回來。」

「這……」

都被人吃掉了，哪裡還得回去？可小夥計一聽有轉機，那聲音倒穩了不少。

「阿湘姑娘，不若妳說個價，我來補回去好不好？」

「喲！聽你這意思，家中想來很殷實啊！看來那食為天給的錢不少，可惜小章，沒有那麼好的事。」

黎湘招來燕粟耳語了一番，又讓姜憫將他捆了起來。

「我不管你家境如何，我也不管你有什麼難處，黎記沒有虧待過你，甚至我自認是厚待眾人的，我不信你們以前做工的時候能一日三餐吃到葷食，我也不信你們之前能拿到酒樓的分紅。人心不知足，若我這次放過你，那下一個夥計也會學著你吃裡扒外，我黎記還不如早早關門算了。」

這大概是黎湘有史以來臉色最難看的一次，也是她最不留情面的一次。

沒多久府衙的官差便來了，小夥計手上還留著澱粉的痕跡，又有這麼多人證親眼看見，他狡辯也沒有用，直接被帶走了。

小夥計自然是不甘心得很，一路不知罵了多少難聽的話，中氣十足，污言穢語，全然沒了之前那番可憐兮兮的老實相。

酒樓裡的其他夥計瞧著，一個個都站得筆直，不敢出聲。

黎湘檢查了廚房一遍，確定只是被偷了澱粉後才出去讓眾人散了。

這些個跑堂的夥計再吃裡扒外也扒不到哪兒去，他們來廚房的次數屈指可數，都是端了菜就走，倒是沒什麼好忌憚的。

如今廚房裡剩下的可以說都是自己人了，但只要外頭的那些人不死心，誘惑便會一重接著一重，姜憫和燕粟又能堅持多久？以防萬一，廚房得重新立下規矩了。

草草的吃過了晚飯後，黎湘把廚房的人都集合在一起，包括爹娘在內。

「以後這廚房裡的所有東西，我都會一一登記在竹簡上，若是有什麼缺漏就報給我，等我確認過後沒問題再進行補貨。爹，以後若是沒有我的允許，廚房的東西一律都不要添置。」

黎江點點頭，沒什麼意見，他都沒意見，其他人就更不會有了。

於是等眾人都散後，黎湘便開始給廚房的東西登記造冊，這活兒誰也幫不了她，頂多就幫忙拿個東西，再放回去。

家裡識字的人是真少，表姊學了一點，如今也懶怠了，桃子姊妹倆被逼著學了點常用字，沒幾日又忘得乾乾淨淨，燕粟倒是會的多一點，不過這個點不讓他回去，他姊姊會擔心的。

所以，廚房裡的東西只能由她自己來整理登記，好在沒過多久伍乘風來了。

「四哥，你來得正好，快過來幫忙。」

黎湘朝他一招手，伍乘風便乖乖走了過去。

「幫忙？妳說，要我幹什麼？」

「就這些，眼前的這些東西你幫我登記一下，左邊這堆我已經寫上了，右邊還沒有。」

她回屋子找了筆出來。

「吶，像我這樣，記上日期，再寫東西的餘量。」

伍乘風看著滿滿一地的食材、醬料各種東西，頭皮都有些發麻，趕緊拿起筆開始記。

「怎麼突然想到要登記了，我要不來，妳一個人不是要忙到好晚？」

「是啊，本來還以為今晚要熬夜的，幸好你來了。」

黎湘順口一答，伍乘風卻宛如吃了蜜一般，兩人各自忙活起來，將廚房的東西一一歸類登記到竹簡上。

其實這樣也有好處，登記在竹簡上，東西的數量一目了然，就不會等到用的時候才突然發現沒了要補。

這廚房說大不大，說小不小，東西卻是真切的多，小到各類調料，大到各類食材乾貨。還有倉庫的那些存糧，都一一上秤記好了準數。黎湘準備麻煩一點，常用的三日一盤，不常用的半月一盤，總之自己要心裡有數。

等兩人忙完的時候，已經是亥時左右了。

黎湘憋著一股子氣，晚飯也沒怎麼吃好，這會兒肚子餓得咕咕叫。伍乘風也好不到哪兒去，年輕力壯，體力消耗得也快。

他喜歡吃餃子，尤其是香菇和白菜餡的。黎湘自己都不知道為什麼她會記得這麼清楚，還洗了手和了麵。

「丫頭，肉都剁好了，香菇也剁好了。」

「拿過來吧，我調一下料。」

黎湘的皮也擀得差不多了，調了餡就能包。她特地出去看了看，表姊和桃子她們都睡了。

爹娘嘛……

明明她到門口的時候還聽到有人在說話，結果等她一問吃不吃餃子，裡頭頓時安靜如雞，彷彿兩人已經睡熟了，真是忍不住讓人想笑。

既然沒有人醒著，那餃子只能她和伍乘風兩個人吃了。

其實兩個人在一起也沒有那麼黏糊糊，就這麼靜靜的坐著，一邊吃著香噴噴的餃子，一邊聽著雨，心裡已經是無比的滿足。

白日時雨還有些大，現下已經小了很多，估計明後日便能天晴，黎湘又要開始操心著春日宴的事了。

之前是操心要做什麼菜式，現下還要操心怎麼應付那食為天的江夫人，好在柳仙女到時候也會一起來，有她和青芝在，不知為什麼就是特別的安心。

雨一連下了三日才算是徹底放晴，楚夫人那邊一早就遞了消息到酒樓，中午便要宴客。

黎湘早有準備，花瓣、牛奶，還有三樓的佈置都已經弄得妥妥貼貼。

來那麼多位夫人，還都是陵安有頭有臉的商戶，先不說那江夫人如何，只要能讓其他夫人滿意，這場宴辦得就算是值了。

「阿湘姑娘，楚夫人的馬車快到門口了！」

阿布一路小跑到廚房裡通知，黎湘立刻解了圍裙跟著一起出去迎客。

好歹是大客戶，自然是要東家親迎的。

黎湘先將楚夫人請上樓，後頭又迎了幾位夫人，剛從三樓下來，就又看到兩輛馬車停了下來，其中一輛甚是眼熟，是青芝駕的車。

而另外一輛馬車她雖然不認得是哪一家的，但趕車的人她認識得很呢，這不就是那日被她送到衙門的小章嗎？

看來食為天把他弄了過去。

嘖，混得不怎麼樣，只是從一個打雜的變成車夫而已，江夫人是故意帶他來的是吧？

「哼，跳梁小丑……」

黎湘先去青芝那邊，一起扶著柳嬌下了車。

「夫人，在三樓呢，我陪妳上去。」

柳嬌剛要點頭，就聽到旁邊傳來一聲嗤笑。

「黎記酒樓的待客之道可真是厚此薄彼啊，我這麼個大活人在旁邊都看不到嗎？」黎湘當然看到了，但人家一副等著人去跪拜迎接的樣子，作夢呢。

「啊，這位是……」

「這位是我們食為天的老闆娘，江夫人！」

小章冒著冷汗一瘸一拐的過去扶了那江夫人下車。他是恭恭敬敬的，那搭了他衣裳的江夫人卻是萬分嫌棄，還拿帕子擦了擦手。

黎湘心中暗笑。好好的人不當，要去當狗。

衙門那五十杖責又豈是好挨的，如今才不過三、四日，傷怎麼可能好得那麼快，必定是疼痛難忍，就這樣還要駕著馬車一路顛簸過來，真是勇氣可嘉。

可見那江家也沒拿他當個人看啊，真是不知道他怎麼想的。

黎湘沒去搭理那小章，一本正經的給那江夫人見了禮。該做的還是得做，不能叫人留下什麼話柄。

「二位夫人樓上請。」

柳嬌瞥了那江夫人一眼，沒和她說話，直接先行上了臺階，青芝緊跟其後，然後才是江夫人。

一見面就墮了氣勢，江夫人咬咬牙，臭著個臉跟了上去。沒辦法，來之前丈夫叮囑了又叮囑，不能得罪這個姓柳的。

上樓的期間黎湘還以為這江夫人會作什麼妖，沒想到她倒是安安靜靜的跟著一直到了三樓。

這會兒三樓已經被楚夫人包場，別的客人是沒有的，黎湘數了一下，幾位夫人也來得差不多了，正好楚夫人也讓丫頭給她傳信，說可以準備宴席，她便乾脆地下了樓，順便向青芝借馬車。

江夫人看了黎湘的背影一眼，很是不屑地轉頭道：「嵐舒啊，怎麼選了這麼個破地方辦宴，妳家最近生意出問題了？」

楚夫人的臉僵了那麼一下下，很快又恢復了滿面笑容。

「我瞧著黎記酒樓挺好的，而且這裡還有玄女廟才有的豆花豆腐，試問哪個上山的女眷不想再嚐嚐豆花的滋味？咱們啊，在這兒能賞景、喝茶，還有美食相伴，我覺得不錯。」

「啊？原來玄女廟的那個黎記豆花是黎記酒樓的意思啊！我還一直沒弄明白呢。」

這些夫人都是常去拜玄女廟的，也都嚐過新出的豆花豆腐，只是她們都住在內城，又常在內宅之中，對外城的黎記酒樓確實是知之甚少。

「那趕緊讓他們上兩碗豆花來嚐嚐，我可是饞好幾日了。」

「誒誒！嵐舒今日難得做東，咱們可不能只吃幾碗豆花，太便宜她了。」

幾位夫人笑得花枝亂顫，被那江夫人攪和掉的氣氛總算好了起來，這時有人坐到了柳嬌身邊。

「這位妹妹瞧著眼生得很，不知道是哪家的夫人？」

柳嬌雖不說話，但她那一身溫婉如蘭的氣質，還有那一身價值不菲的纏絲蝶繡裙，不用問都知道家底必然不錯。

她鮮少出來，所以認識她的人不是很多，楚夫人忙介紹道：「這位是柳嬌妹妹，夫家姓秦，想來各位也略有耳聞的。」

一說姓秦，好幾位夫人心裡都咯噔了一下，看著柳嬌的眼神瞬間都炙熱了許多。

樓上的這些你來我往，黎湘是不知道的，她這會兒在專心的準備著第一道食物。

因著楚夫人強烈要求，所以第一道上的是豆花。和之前直接加糖的甜豆花不一樣，這回黎湘加的是桂花蜜。

淡淡的桂花香氣搭配上嫩滑無比的豆花，甜食愛好者的絕配。

哪怕是江夫人這樣存心找碴的人吃了一口也忍不住又吃了第二口，和玄女廟一樣的豆花，她也不好挑毛病，畢竟那是很多大家夫人都認可的美食。

「勉勉強強吧，比起玄女廟的還是要略遜一籌。」

柳嬌聞言放下吃了一半的碗，轉頭問道：「不知這位姊姊夫家是做何營生的？聽妳這口氣，想來素日定是吃慣了好東西，妹妹當真是羨慕得很。」

「柳妹妹說笑了，我家不過只是經營幾座酒樓、開幾間首飾鋪子而已，和柳家、秦家自然是沒法比。」

江夫人還是有自知之明的，柳嬌就算只得了柳家一半財產，那也是身價不菲。她當年出嫁的嫁妝可是連人家的十之一二都沒有，更不用說柳嬌還有那樣一個夫家。

「既然知道沒法子比，就不要賣弄了，妳是覺得我們這些人都吃不出好壞，要妳來顯擺？有時候一群人都說好吃，偏偏就妳一人說不好，那說明妳的舌頭出了問題。我家莊子上有位老郎中，醫術還算過得去，要不要我介紹給妳？」

「呵呵……不必麻煩柳妹妹，我好得很。」

江夫人臉上有些熱，真是奇了怪了，自己不過是品評了豆花，柳嬌出來冒什麼頭？莫不是她和那黎湘有什麼交情？方才在樓下的時候，那黎湘便是第一個去接她的。

正疑惑著呢，第二道菜上來了。

精緻的翠碟上擺放著一團黃澄澄的物體，一上桌便能聞到那幽幽的奶香，這是黎湘特製的牛奶馬鈴薯泥。

「這是什麼？顏色好漂亮！」

「咦？好軟啊，一勺子下去，不費力就刮下來了，比咱們平時吃的糕軟多了。」

楚夫人嚐了一口，暗暗挑了下眉，心中驚訝著實不小。

她聽嬸嬸說過黎湘手藝好，卻沒想到竟是這樣出眾，也不知這東西究竟是何物所做，又軟又綿，還帶著甜甜的奶香，含在嘴裡說不想嚥下真是一點都不誇張。

熱愛甜食的柳嬌已經吃歡了，都顧不及吃東西不可光盤的禮儀了，直接吃光了她那一碟。

青芝無語。「……」

夫人吃得好香，她也好想吃！

「嵐舒啊，妳這次可真是找對了地方，這家的菜真是合我胃口得很。」

「的確很是不錯，我已經開始期待後頭還有什麼菜了。」

幾位夫人嘰嘰喳喳的說著好聽話，楚夫人甚是受用，卻不想江夫人又出了聲。

「做得跟爛泥似的，妳們不覺得吃起來很噁心嗎？而且還是這麼黃的東西……」

人嘛，沒有去聯想還好說，可一旦有人起了頭，便會情不自禁的跟著去聯想，甚至還有人一副要吐的模樣。

兩位夫人一副要吐的模樣。

楚夫人眉心抽動，只恨不得立刻將這蠢人趕下樓去，奈何自家如今和她家有合作，翻不得臉。

「妹妹，咱們出來聚會圖的就是一樂，有些不該說的話還是少說為妙。妳嘴上倒是痛快了，卻平白膈應了其他姊妹，又不是十幾年前未出閣的時候，如今妳已是當了家的夫人，說話做事未免有些欠妥。」

「就是，自己不愛吃便不吃唄，還要說出來膈應人。」

江夫人連忙說笑著道了歉，彷彿自己方才只是無心之失，並不是故意講的，大家以前也常聚會，她一道歉，其他夫人也就不說什麼了，又聊起了城中新出的首飾花樣，正好這時第三道菜上來了。

「這是黍米糰子？怎麼是粉紅色的？」

「太漂亮了，要是能有這顏色的布疋，我能買一車。」

女人對顏色漂亮的吃食幾乎是沒有抵抗力的，哪怕不好吃，看著漂亮，心裡也舒坦。

這是黎湘做的花瓣餡湯圓，至於為什麼是粉紅色的，那不過就是用紅莧菜汁兌了水和的麵。

紅莧菜的汁水是深紅色，她兌得很稀，所以煮出來的湯圓便呈現出淡淡的粉紅色，猶如那枝頭的桃花一般，欲語還羞，實在漂亮，再加上裡頭的桃花餡，幾乎所有人都對這道菜讚不絕口。

江夫人面色實在不太好看。

她以為黎家酒樓擅長的都是辣菜，來時就想過了要怎麼挑刺找麻煩，可這上的一道道，香軟甜滑，味道就是昧著良心都不敢說難吃，對面還有個柳嬌，每次自己一想開口，她的眼神便會落到自己身上，彷彿自己再多說一句話，她身後的青芝就要拔劍了，搞得她心慌慌的。

太難了，這群婦人像是沒見過世面一樣被幾道菜給蠱惑了，自己不光說話沒人聽，現在還不敢說了。

很快又一道菜端了上來，是道新鮮熱呼的水晶包。這道菜真真是扎了江夫人的心，自家男人好幾次回家身上不光帶著脂粉香，嘴裡還有股這種水晶包的味兒，敢情他是在黎記酒樓買的水晶包去找了哪個小妖精？

今日這桌宴啊，除了江夫人，其他一個個都吃得挺開心的，幾位夫人還約好了下次還來這家酒樓小聚，直接將她晾在了一旁，這讓她心裡很窩火。

黎湘已經做完了所有的菜品，這會兒正和那楚夫人說著話。

「楚夫人，您是我們酒樓的貴客，頭一次來我們黎記，我也沒什麼好表示的，只能再贈送妳們一道飲品，希望夫人們能吃得開心。」

一道飲品楚夫人不是很在意，但這話說得讓她舒服。

最後一道飲品很快就上了桌，不過有些讓人大失所望，畢竟黎湘先前做的甜品都花樣百出，又香又好吃，所有人都以為又是什麼稀奇古怪的吃食，沒想到居然只是一道再尋常不過的燕窩。

瞧瞧這盅裡頭的燕窩，和她們平日所喝的，那簡直是一個天一個地。

本就吃飽了的夫人們只拿勺子嚐了下就放下了，味道和之前吃的那些菜比起來當真是差遠了。

一眾人正失望呢，江夫人卻是來了精神。上樓這麼半天了，終於叫她逮著了機會發難，她嚐了嚐那燕窩，真真是差得不行，好不容易有可以為難黎湘的東西，她怎能放過。

「黎姑娘，雖說是贈飲，但妳這也太敷衍了吧？當我們都什麼人啊，這樣次等的貨色也敢端上來，瞧瞧，這燕窩裡居然還有沒挑乾淨的毛！」

「江夫人，妳確定這燕窩當真是次貨？」

黎湘一臉的不可置信，像是受了不小的驚訝。

見她這般反應，江夫人得意極了，非常肯定道：「燕窩我可是每日都要吃上兩盅的，怎麼會吃不出好壞？妳這分明是最下品的燕窩，虧得妳也好意思端出來。嵐舒，方才妳們還說要來這裡多聚幾次，我看大可不必，這黎記的東西也沒那麼好嘛，還不如去我們食為天呢。」

「可這燕窩就是從食為天買來的呀。」

黎湘端起一碗燕窩，露出底下食為天的印記在眾位夫人眼前現了個眼。

「江夫人，妳說的是真的嗎？聽聞食為天的燕窩盅盅皆為上品，滋潤補身還養顏，所以我才特地借了馬車去買回來想送給夫人們嚐嚐的，沒想到竟然是次品？」

她一副震驚的模樣，唬得江夫人差點就信了，但她也不是傻的，莫名其妙黎湘怎麼會特地去食為天買什麼燕窩。

「胡說八道！這怎麼可能是我們食為天的燕窩？定是妳自己做的次品放到我們食為天盅裡的！」

「江夫人說笑了，這燕窩可是大家都有目共睹從外頭買回來的，剛剛一下馬車便直接送上三樓，這會兒都還燙著呢。再說，街上來來往往那麼多人都看到了馬車去了食為天，可沒進我後廚。」

「妳！」

江夫人心知這事圓不過去，畢竟是不是自家的燕窩，人家再去買一盅嚐嚐就知道了，這下真是搬起石頭砸了自己的腳，剛剛還那麼篤定的說燕窩是次品，一時間她都不知道要怎麼圓回來。

在場的人精多得很，瞧見這場面便明白過來，這是兩家酒樓之間的「恩怨情仇」。楚夫人懶得管這些雞毛蒜皮的事，看了個熱鬧便走了，其他夫人也一個接著一個離開。

憋著一股子勁來赴宴想找茬，茬沒找到倒是受了一肚子的氣，還把自家酒樓用次品燕窩的事給抖了出去。江夫人嘔得不行，卻礙於柳嬌在一旁盯著不好發火，只能恨恨的瞪了黎湘兩眼，轉身離去。

黎湘知道這回把這江夫人給得罪了，可自從他們找上小章偷盜廚房東西的時候，兩家便已經結下梁子，也不差這一點了。

「湘丫頭，這幾日你們得注意著點，別叫人使了什麼壞。」

「嗯嗯，我明白。」

那食為天都能幹出偷東西的事，黎湘也不指望他們能有什麼高尚品德。她將柳嬌、青芝送下樓後，便回了廚房裡。

以前每日打烊後，剩下的蔬菜食材一般都是放在案臺上，也沒什麼人會去動。今日嘛，打烊後黎湘直接將食材能鎖的便鎖，不能鎖的就放缸子裡蓋上，還壓上了石頭，晚上廚房門也是掛了鎖的。

做吃食生意最怕食材有問題，讓客人吃壞肚子，那食為天的人萬一摸進來在食材裡加點料就不太好了。

當然，這是卑鄙一點的做法，也是非常冒險的做法。畢竟自家人就住在院子裡，廚房有個什麼動靜很容易就會被發現。

黎湘防範了一個多月，酒樓一切如常，自家還接了好幾位夫人要辦宴席的活兒。那些個夫人出門有馬車有轎子，才不管什麼外城內城，只要東西好吃又新鮮，來的那叫一個勤快，她們甚至還帶動了家裡的丈夫，談生意請客很多也都是在黎家酒樓。

短短一個月，黎記酒樓的名聲便在內城越傳越響。

名聲響了，黎湘卻不怎麼開心，尤其是大哥上個月出了門不在陵安，她要照看酒樓、照顧嫂嫂，還得提防外頭的人打壞主意，整個人顯得格外的疲憊。

今日剛做完一道菜，正準備歇歇，就瞧見苗掌櫃一臉凝重的來了廚房。

「東家，給咱們酒樓供肉的那邊突然違約說不供了。」

黎湘心下一跳，竟然有種終於來的放鬆感。

「可有說為什麼不供了？」

苗掌櫃皺著眉，不太確定道：「好像是有人出更高的價錢買他們的肉，具體的事情要詳細打探下才能知道。」

「違約就違約吧，還能收一筆違約金。」

除非背後的人能把全城的肉都收了，再把糧食給斷了，那她就真的佩服，直接關門休息。

「既然肉斷了，那菜和魚只怕也不好說，苗掌櫃，咱們得早做打算才是。」

黎湘看了下廚房，乾貨方面半個月是不愁的，這東西也好買。菜嘛，種菜的太多了，就連自家娘都在院子裡又圍了一圈罐子種蔥薑，那麼多種菜的，要斷供恐怕不容易。

再來就是魚了。

自家的招牌菜十道有八道和魚有關，若是斷了自家的魚和肉，平日就只能賣賣豆腐、炒炒青菜，估計用不了幾日，客人便會走得七七八八。

上酒樓沒魚沒肉吃，那還有什麼意思？

黎湘讓苗掌櫃先去前頭應付著，又找了燕粟讓他出去打聽碼頭的情況。眼下瞧這意思是自家最近勢頭有點猛，有人看不過眼了，這樣明著來也好，就怕耍陰招的。

「表妹，不會出什麼事吧？」

「放心啦，咱們又不是剛進城啥也摸不著頭腦的小白，兵來將擋唄，明著來誰怕誰？我心裡有數，別擔心。」

「可是……」

關翠兒想問問自己能不能幫上忙，可一瞧見表妹那心不在焉的樣子，她又將話嚥了回去。

黎湘安撫了表姊她們後，轉身出去到三樓看了下，這會兒大嫂和娘一個在看書、一個在做衣裳，倒是和諧得很，門口有金書守著也不怕人打擾，她看了看便下了樓。

剛走到一樓就看到一個老伯拉著苗掌櫃走了出去，如果她沒有認錯的話，那個老伯是給自家酒樓供魚的……

看兩人剛剛出去的臉色，苗掌櫃完全是黑著一張臉，想來不是什麼好消息。

來的竟然這麼快嗎？

「爹，你過來我有話跟你說。」

黎湘把在大堂忙著招待客人的爹叫到了後院，簡單的跟他說了酒樓將要面臨的困難。

「一會兒阿粟回來，若是碼頭那邊不賣魚給咱們家了，就只能由爹你回鎮上一趟，把江上捕魚的那些叔叔伯伯的魚收了拉回來，咱們酒樓的葷菜不能斷，有魚也是好的。」

她剛說完，腦子裡突然閃過了一個畫面。那是原身往年這時候在江上撈魚的記憶，父女倆除了會撈上來一些魚蝦，偶爾也有一些暗紅色的小龍蝦！

是了，如今已是五月，小龍蝦可不就成熟了？

江裡頭的那還算少的，小溪池塘濕泥地裡那才多得很，只是小龍蝦髒得很，沒清理乾淨吃了容易拉肚子，所以那東西吃的人也不多。況且鄉下人也不會用什麼複雜的調料去做，頂多水煮加點鹽，吃起來還帶著泥沙，味道是真心不怎麼樣。

「爹，你還記得咱們往年這時候在船上撈起來的那些紅殼蝦嗎？」

黎江點點頭，當然記得。

「妳大哥小時候還被那東西夾過呢，妳問牠做什麼？」

「當然是想要啦！爹，這個時節應該有好多小龍蝦吧，水田裡、池塘裡，肯定有好多，你能不能去幫我收點回來？」

黎湘這會兒已經暫時將酒樓的危機放到了一邊，只要小龍蝦收獲順利，那些都不算事。

「現在就要？還是什麼時候？」

「明日。若是碼頭還賣魚便去收紅殼蝦，若是不賣，那便兩樣一起收。」

「沒問題！」

父女倆剛談好事，苗掌櫃苦著一張臉進來了。

「東家，咱們的魚也斷了供。那老闆和我明說了，最近幾日咱們恐怕是一條魚都買不到的，城裡有兩、三家合起來要整垮我們。」

「兩、三家……」

黎湘一瞬間便想到了食為天和東華，這兩家出手的機率肯定很大，也只有他們聯合起來，才有足夠的財力攔下那麼多供菜的。

「沒關係，山人自有妙計。」

他們錢再多，那也是禁不起一直砸的，只要自己想辦法熬過了前面幾日就好，等他們堆了一堆的臭肉臭魚，看他們怎麼消化掉。

真是想想就好笑得很。

晚上打烊後，黎湘又清點了下廚房的食材。

蔬菜能撐個半日左右，肉類只剩下一點點，也就夠做個二十來桌，魚就更少了，只剩下十幾條。

得先把明日給應付過去。

「阿粟，明日你便讓你姊姊、姊夫去菜市場幫忙買肉。他們不讓供給我們酒樓，卻不能斷了老百姓的肉，菜市場肯定能買到一些，不過應該買不了太多，這錢你拿著，使點銀錢給鄰居，讓他們也幫忙買，咱們酒樓明日主打素食，肉的用量不多，兩、三百斤就夠了。」

黎湘拿了五銀貝給燕粟，另外又給了桃子姊妹一些銀錢，讓她們雇人到碼頭買魚，買的量不用多，只要能應付一日就行。

「我明日會去趟玄女廟，上午你們該怎麼做菜就怎麼做，一切等我回來再說。」

她把廚房的人都安排完了，又安排起爹和小舅舅。

肉都買不到了，滷味鋪子自然也要關門休息。

「小舅舅，明兒個你和爹回鎮上收魚和紅殼蝦，駱澤也跟你們一起回去，若是能多收些，便讓他另外包船回來。」

總之大家一起協力，一定可以度過這個難關的。

酒樓裡出的這些事，黎湘沒有和大嫂提起過，畢竟她還懷著孕，也不能勞心費神，自己能解決的事情就自己解決了，不能解決再說吧。

她雖不說，但金書耳力過人卻是早就聽到了，自然是想都沒想便將這事告訴了主子。

金雲珠嗑瓜子的手一頓，只覺得嘴裡的瓜子都不香了。

「酒樓出了這樣大的事，小妹竟不告訴我？」

「小姐，阿湘姑娘也是怕妳擔心傷神，您正懷著孕呢。」

金書起先也猶豫了片刻要不要先瞞著小姐，不過想想金花自作主張的後果，還是選擇告訴小姐，加上酒樓裡出的這事其實在金家看來那真是再小不過的麻煩，她覺得小姐也不會太過憂心傷到身子。

「去將筆墨拿來。」

金雲珠當然不會坐視不管，黎記酒樓是自家的產業，欺負它自然就是欺負自己，丈夫不在家，自己更要照顧好小妹和家裡。

只是，爹和大哥離得有點遠……

「啊……差點把她忘了。」

金雲珠眼睛一亮，立刻提筆在竹簡上寫了起來。

第三十四章

第二天一早，酒樓裡便忙活了起來。夥計們一人手裡都提了幾塊肉來，都是自家人早上去菜市場買的，林林總總加起來也有四十來斤，早上做包子什麼的肯定夠了。

黎湘把廚房交給了表姊和姜憫，自己則是包馬車去了一趟玄女廟。

靜慈見到她還挺高興的，最近因著每月新出的齋菜，來廟裡的夫人小姐都是讚不絕口，更重要的是，自己和下面的小尼們也都吃得很開心。

「瞧妳這神色彷彿有些不對，可是有什麼要緊事？」

「師太慧眼，我呢，這次上山來的確是有點事想請您幫幫忙。」

黎湘沒說酒樓被人針對，只模糊說遇上了一點麻煩，酒樓裡暫時無法大量供應肉菜。

「所以我想找師太您討點小東西，再請師太派個小尼跟我下山，提前學習下個月的齋菜，順便幫我們酒樓的活動做個見證。」

靜慈一愣。

「什麼東西，什麼活動？」

「就是在酒樓裡舉辦一個和茹素有關的活動。」

黎湘低聲將自己的想法說了出來，聽得靜慈眼睛都瞪大了。她活到這個年歲還真沒有見過哪家酒樓會搞這樣新奇的活動。

「然後妳準備的獎品，要出自我玄女廟？」

「正是。」黎湘滿眼期待。「當然，肯定不會白拿，我自己掏錢買。」

靜慈沒一口應下，喝了兩杯茶逗逗她後才點點頭應了。一共四十條姻緣繩，到時候會由跟下山的小尼親手發放，另外，靜慈還友情贊助了兩副墨寶。

「小丫頭，這兩副字算是我贈送給妳的，不收錢。我很喜歡妳做的菜，你們酒樓可得開久一點才好。」

黎湘高興的接了過去，笑得牙都露了出來。

「放心吧師太，我們會長長久久在陵安開下去的。」

她一拿到東西便立刻帶著廚房的明心下了山，回到酒樓的時候看到一切如常才鬆了口氣。

「表妹，能買的肉都在這裡了，只有兩百斤左右。菜他們沒動手腳，還是照常送，魚就要少了點，才買回來二十幾條。」

「沒事沒事，夠了。」

黎湘讓他們零零散散的去買，本就是為了撐這一日，如今明心都被自己拉來了，活動一開始，肉菜消耗就不會那麼大，也能緩口氣。

她進屋一趟，將自己昨晚準備好的牌子拿了出來。

大大的幾塊木牌上寫了這次活動的舉辦方式和其中的細則，至於由頭嘛，正好趕上酒樓移址後重新開業快半年，原來的茶樓也是開了近八年，就拿這個當由頭辦個回饋新舊食客的活動。

苗掌櫃聽完黎湘跟他講的話，又背了兩遍，確定無誤後立刻拿著牌子去了大堂。

半人高的牌子很顯眼，一拿出去便吸引了不少的目光。

「酒樓大酬賓？」

「所有素菜半價，點三樣再送一樣？有這麼好的事？」

大堂裡的客人都盯著那塊牌子議論紛紛，苗掌櫃清了清嗓子，介紹道：「各位客官都瞧見了吧，咱們黎記今明兩日有這個酬賓活動，所有素菜半價，買三贈一，另外還有獎品，分為三等。」

他回頭將簾子後的明心請了出來。

明心性子活潑，在廟裡也見過形形色色的人，一點都不怯場。

「這位是玄女廟的明心師父，咱們酒樓今日的素菜中有二十份器皿的底部會寫上『福』字，有緣人吃到，便可到明心師父這裡領上一條受過玄女廟住持祝禱的姻緣繩，若是客官不需要姻緣繩，也可換成一百銅貝帶走。此為三等獎勵。」

一眾食客聽得來了興致，迫不及待問道：「那二等、一等呢？」

三等便價值一百銅貝，另外兩個實在叫人心癢。

苗掌櫃也不賣關子，將明心請到櫃檯後，轉身拿出黎湘特製的五塊木牌。

木牌瞧著方方正正不怎麼特別，特別的是它上面寫的英文字Lucky，寫得很是潦草，就算仿也絕對仿不了她那麼流利。

「這是我們東家特製的幸運牌，一共五塊，若是那素菜碗底下是個『運』字，那麼就能得到這塊牌子，一塊牌子價值一銀貝，可直接在我們酒樓結帳直至扣完！」

「哇！還能這樣?!」

「一個銀貝！一天一道大菜能吃兩個月呢！」

前面那個三等獎動心的不多，但這個卻是實實在在的搔到了眾人的癢處。點幾道素菜吃就能有中獎的機會，誰不想試試？尤其是現在素菜半價，還買三贈一，吃一頓才三、四十銅貝，哪怕中不到二等獎，中個三等的，拿一百銅貝也不錯嘛。

「苗掌櫃，你這二等獎都一個銀貝了，那一等獎該是何物？」

「這個嘛，不能拿出來，不過我可以告訴大家，一等獎乃是玄女廟靜慈住持的一份墨寶。」

「靜慈住持的墨寶？」

幾乎所有人都被驚訝到了。

三份獎勵比起來，好像前面兩樣更實在一些，但對於他們這些不甚缺錢的人來說，靜慈的墨寶卻是更難能可貴。

先不說靜慈乃是王室血脈，就說她如今的身分，那也是德高望重，多少夫人小姐想見她一面與她清談一番都沒那機會，能得她一副墨寶就更加難得了。

「苗掌櫃，如何才能得到這一等獎？」

「簡單，只要碗下寫有一個『玄』字，便能去找我們東家領獎了。」

苗掌櫃話音剛落，大堂裡的客人便紛紛要點素菜。

「給我來份甜豆花、家常豆腐、醋溜白菜！」

「我也要豆花，不要甜的來辣的，另外再來個酸辣馬鈴薯絲和馬鈴薯泥！」

幾乎所有客人都點了三道素菜，其實也是因為黎記酒樓的素菜好吃，不然都清湯寡水的，他們肯定還是要點個肉菜一起的。

苗掌櫃瞧著多數客人都點了素菜，心裡的大石頭總算是落下了大半，照這個情況看來，廚房的肉食堅持一日是沒問題的，收益少點就少點，東家的意思是哪怕這兩天虧錢也要撐過去。

真是沒想到，大東家不在，小東家居然能想出這麼妙的法子來，還能說服玄女廟的師父下山，以前當真是小瞧了她。

「苗掌櫃！我這碗下面有個『福』字！」

第一批菜剛上來十幾份，大堂角落裡便有一人喊出聲來，苗掌櫃回過神過去一瞧，那碟酸辣馬鈴薯絲的盤子下的確寫著一個「福」字。

「恭喜這位客官了，您中了三等獎，可以領一條姻緣繩，或是一百銅貝。」

那食客猶豫了下，選了姻緣繩。

一條姻緣繩兩百銅貝呢，只拿一百他覺得有些虧。

苗掌櫃拿出帕子，將那底部的「福」字擦乾淨，明心才將手上的姻緣繩交到那食客手裡。

「祝施主能早日覓得心上佳人。」

「借小師父吉言了。」

那食客美滋滋的將繩子揣進了懷裡，端著他那盤酸辣馬鈴薯絲回了自己那桌。

想想就開心得很，這大堂這麼多的人就他第一個中獎，說明他的運氣真是不錯，吃一頓飯就白得了這價值兩百銅貝的姻緣繩，越想越美，哪怕這頓沒吃上肉，他心裡也舒坦極了。

隨著一道道素菜端到食客們的桌上，一個又一個的中獎者也越來越多。

當然，這是有規律的。

黎湘是每隔二十桌寫一次「福」字，每四十桌寫一個「運」字，至於那一等獎，她得留到明日再說嘍~~

「你說什麼？黎記幹麼了?!」

正和幾個合作夥伴喝著酒的時家老爺險些叫一口酒嗆到，都顧不得去拿帕子擦嘴，直接用衣袖沾了沾。

「什麼叫酬賓活動？什麼叫生意沒受到半點影響？」

何掌櫃心頭一跳，想著自己收到的消息也很無奈，只能斟酌著道：「黎記那邊聽說是慶祝開張半年，弄了個素菜半價的活動，還買三贈一。另外還有個送獎品的活動，獎品和玄女廟那邊有點關係，所以吃素菜的客人特別多……」

他話沒說完，時老爺便已經明白，今日設的局居然是一點用都沒有。

「什麼獎品有那麼大的吸引力？」

「聽說是玄女廟的姻緣繩，還有一塊價值一銀貝的牌子，最後是靜慈師太的一副墨寶。」

一旁的江老爺忍不住插了一嘴道：「什麼牌子價值一個銀貝？」

「這個我也沒有見過，只聽說是一塊有很奇怪圖案的木牌，中了便能用它在黎記酒樓吃飯結帳，直到裡面的一銀貝扣完。」

其他兩個老闆無語。「……」

還能這樣搞？

時老爺心煩氣躁，一口氣上不來也下不去。

「老六你先下去吧，給我把那裡盯緊了，另外碼頭那邊也給我盯牢了，不許有魚販將魚蝦賣給黎家。」

「知道了……」

何掌櫃心中暗嘆一聲，轉身下了樓。

不知道為什麼，他總覺得這回東家可能要踢到鐵板了，黎記的那丫頭雖然看著好像沒有背景，但和秦家有些交情，還能請動靜慈師太給她墨寶，甚至派了小尼姑下山，怎麼瞧都覺得有些不太對勁。

而且那丫頭的腦子怎麼那麼厲害？黎澤不在酒樓，正常情況下一個小姑娘遇上這些事不是早就該手忙腳亂了？她都沒有，還想了法子讓食客們心甘情願的吃素菜，還吃得挺開心的，不簡單啊不簡單。

「時兄，這要怎麼辦？那黎記一點都沒受影響，倒是咱們先損失了一筆錢。」

「江兄你急什麼，這才第一天呢！那黎記能吃一天素，還能天天吃素嗎？咱們且等著看看，不出三日他們必定會熬不下去。」

江老爺無語。「……」

他和旁邊的同業老沈對視了一眼，都看到了對方眼裡的猶疑。

說實話，一開始東華牽頭說要對付黎記，他們是不怎麼情願的，誠然，他是收買了黎記的夥計，也早就對黎記的菜式垂涎三尺，但他是真沒想過要對人家趕盡殺絕。

也是到後來大客戶都叫黎記給拉走了，他才沒忍住跟著一起合夥斷她家的肉、魚，原是想叫她吃吃教訓，沒想到，人家屁事沒有，自己卻先甩了一百銀貝出去。

一百銀貝呢！這可是好幾個月的收益，若是能看見效果，他自然沒什麼話說，可現在，哼！

江老爺氣呼呼的帶著好兄弟下了樓，如今他已上了船卻是難下了，只能先聽時家的，等等看後面幾日的效果。

一群人等著看笑話，而此時的黎記酒樓大堂幾乎滿座，每一桌上頭都放著三兩盤素菜。臨近打烊了，酒樓的三等獎已經全部送完，二等獎也只剩下一個，有那不甘心的吃完桌上的菜又點了一、兩道想看看有沒有中獎，沒中獎便打包回家去，怎麼也不吃虧。

黎湘在後頭瞧著菜用得差不多了，拿筆在剛出鍋的那盤炒豆腐下寫了一個「運」字。點這盤菜的客人是老主顧了，之前她在酒樓裡巡查時，經常能看見他，最後一塊牌子也就不講究那麼多了，直接送給老顧客，免得中獎的都是新客人，叫人寒了心。

菜是阿布端出去的，那位客人也沒怎麼關心有沒有中獎，就是單純來吃頓飯而已。他點了一道辣椒炒肉還有兩個素菜、一道湯，跟他一起來的朋友讓他先看看盤子底下，說不定會有驚喜。

「哪有那麼好的事，我瞧那苗掌櫃說現在就剩下一個一等獎和二等獎，怎麼可能會在我這兒？你又不是不知道，我的運氣可一向不怎麼樣。」說完他挾著菜便開始吃起來。

他朋友笑笑，便也專心吃起來。

要說這黎記的菜就是香，就算只是素菜，也能炒出許多花樣來，因著兩人還趕時間要去辦事，吃得也快，一刻鐘的時間兩人便吃完了。

臨走去結帳的時候，苗掌櫃正準備收錢呢，就聽到阿布喊了一聲。「掌櫃的，十八號桌的客人中了二等獎！」

「十八號？」

兩位食客都驚呆了。

十八號可不就是他們剛剛吃飯的那桌嗎？

他倆回頭一看，剛剛盛著炒豆腐的盤子已經被拿了過來，底下寫著一個大大的「運」字。

「二位客官，恭喜恭喜，這二等獎咱們酒樓一日才五個名額呢！二位客官當真是好運氣。來，這塊牌子給你們。」

苗掌櫃將最後一塊牌子交到了食客手上，還順便問了要不要用那個記帳。

「要的要的，麻煩掌櫃了。」

能不花錢吃飯，誰不高興？兩個人高高興興的結了帳，這才出了酒樓。

今日一切圓滿，黎湘總算能鬆一口氣了，不過爹和小舅舅他們還沒回來，小龍蝦的事還沒個影子，她在酒樓待不住，便將手裡的活兒都交給表姊，自己去了碼頭等著。

這會兒被她惦記的黎江一行人正在忙著裝船呢。

魚蝦都好說，他讓關福在碼頭蹲著收就行，就是女兒要的紅殼蝦費了不少功夫，這東西江裡能撈上來的沒那麼多，幾乎都在池塘、水田裡，要去村子裡收。

他忙了一日，一共收了兩百多斤，加上魚蝦，一條船是絕對帶不走的，所以這會兒黎江包了一艘船正裝著紅殼蝦，準備先讓駱澤押一船回去。

「大江啊，收這麼多的魚蝦，你家真能吃得下去？」

裘四海看著那麼多的魚，心中著實驚訝不小，大江和他同在安陵江上捕魚這麼些年，這才離開大半年呢，怎麼變了一個人似的，回來就說要收魚蝦，還一收就是兩船，嚇死人了。

「老裘放心吧，肯定吃得下，我還想跟你商量件事。」黎江難得嚴肅起來。「如今我家酒樓的魚蝦在城裡的供應斷了，所以這陣子甚至以後，我應該都會到鎮裡來收魚，不知道你願不願意做個中間人？」

裘四海沒搞明白。

「什麼中間人？」

「就是由你在鎮上收好魚蝦，然後裝到我雇的船上，每日發兩、三趟船，實際需要多少，看酒樓一日大概的需求，到時再說。我不管你是多少錢收的魚蝦，反正價錢按城裡的價跟你算，像這草魚，咱們鎮上三銅貝一斤，城裡是四銅貝，你可以算算這買賣要不要做。」

裘四海聽完，想都沒想就點了頭。

「做！」

當然要做！

哪怕全是最低價的草魚，賣個十斤便能賺十銅貝，一百斤那就是一百銅貝。瞧這兩船魚蝦，怎麼也有兩、三百斤了，若全都是自己收的，那一日就能賺個兩、三百銅貝，豈不比累死累活捕魚要輕鬆多了？

「大江，謝謝你。」

他知道這個活兒黎江找誰做都可以，完全是念在這些年兩家相處得不錯，才將這機會給了自己，在鎮上想有一份日賺一百銅貝的工作，那真是太難太難了。

「老裘，咱倆的交情就不要說這些了，以前我落魄的時候你也沒少幫我，之前就想找你做點什麼事，就是一直沒機會，你這拖家帶口的，讓你到酒樓做事也不合適。」

黎江看了下裝船的進度，又看了看正在盆裡游來游去的魚兒，又想到了一事。

「咱們話可說在前面啊，不管是收魚還是收蟹，病歪歪的可不能要。從明日開始，我會帶船下來，你儘量準備一百斤魚蝦，尤其是那個紅殼蝦，能多收就多收，一、兩百斤都可以。」

「行，沒問題。」

裘四海拍胸脯保證，一想到從明日起便能賺大錢了，頓時渾身幹勁，幫著去裝魚蝦一點都不覺得累。

半個時辰後，裝滿了小龍蝦的漁船出發了。弄這東西比運魚好，牠不用水泡著，就裝在竹筐裡放點乾草在上邊，再拿塊板子一蓋就成。

駱澤坐在船頭看著越來越遠的碼頭，心中一陣唏噓。

曾經他還是個什麼都不管的愣頭小子，就在這條江上看到黎家的漁船還拿餅子砸了她們姊妹，翠兒脾氣真是好，被砸了都沒罵他。

唉，又想翠兒了～～

駱澤押著一船小龍蝦回去，這船吃水重，行得也慢，本來大半時辰能到的路程生生花了一個多時辰。

到碼頭後他直接使了銀錢雇人卸貨又雇了車，這麼多東西，他才不會傻傻的一個人慢慢去搬。

等他帶著兩大車小龍蝦回到酒樓的時候，太陽已經落了山。

「翠兒，開開門！」

剛喊沒兩聲，院子裡頭就有人來開門。

燕粟瞧見那車上的幾大筐子，眼睛都亮了。雖不知道駱澤帶回來的是什麼東西，但師父說了，是能讓酒樓度過難關的美食。

「阿七、二生，快過來幫忙搬東西！」

幾個人興奮得很，幾下卸完貨搬到了院子裡。

黎湘揭開竹筐上的木板，看到裡頭那些密密麻麻個頭大又精神的小龍蝦，當真是歡喜得很。

「阿粟，你去把倉庫裡的大木盆都搬出來。」

這麼多小龍蝦，得好好泡泡清清泥沙，如今天氣還不熱，泡水的話正常情況下能養個三五日，所以只要鎮裡村上有貨，自家酒樓就不用擔心會斷鏈了。

黎湘心頭一塊大石頭鬆了一半，興致勃勃的一起打水，將小龍蝦都移到了盆裡養上。

「師父，這些東西真的能吃嗎？看得我雞皮疙瘩都起來了。」

桃子情不自禁的搓了搓手臂，那些密密麻麻還互相夾來夾去到處亂爬的東西，看起來實在有些叫人反胃。

「這可是好東西，等明日教你們做來吃，包管饞得妳想吞舌頭。」

黎湘可是太了解桃子這丫頭了，對肉食根本沒有一點抵抗能力，更別提小龍蝦那肉質，緊實又味鮮，實在很少有人會不喜歡。

「桃子，去把鹽罐拿來，每個盆子裡加上兩勺。」

桃子聽話的跑進廚房抱了罐子跑出來。

「師父，為什麼要加鹽？」

黎湘一時也不知道該怎麼和她解釋，只能敷衍道：「加了這東西，可以讓小龍蝦們盡快將身體裡的泥沙吐乾淨。」

「小龍蝦？」

「……」

說快了嘴，這邊都是叫紅殼蝦。

「啊，剛剛想的一個名字，叫起來比紅殼蝦好聽。好了好了，去廚房做晚飯吧，這些得泡久一點，明日才能吃呢。」

黎湘將蓋子蓋上，又壓了石頭，謹防小龍蝦們爬出盆子。

「阿粟，今日你早些回去吧，順便到朱家那邊訂一批木盆，這些叫小龍蝦占了，咱們泡豆子的便不夠用了，另外再叫他幫我加急做幾把木刷子出來，大概樣式我畫在這竹簡上，朱師傅看了就會明白的。」

「好咧師父。」

燕粟沒吃晚飯，拿了錢便走。

因為玄女廟的明心還在酒樓裡，所以晚飯做的都是偏素的多，關翠兒也特地給她騰了屋子，住到表妹屋子裡。

晚上，又到了謄帳目的時間，一張桌子兩盞燈，一個做鞋子，一個抄帳目。

今日的帳是平時的兩、三倍，實在是因為買素菜的太多了，為了中獎，還有好些客人特地點菜外帶打包，只是帳面上雖然看起來挺好看，但實際上卻是虧損的。

令人感到好笑的是，她算了好幾遍，結果都是今日一共虧了五銅貝，如果不算她在玄女廟買的那些繩子，還有送出去的那五塊牌子的話。

這個結果她是滿意的，收益並沒有如她想像中那樣一發不可收拾的垮下去，等明日再辦一日活動，後日便隆重的推出小龍蝦，加上爹從外頭買回來的魚蝦，自家酒樓絕對可以撐過這一波難關。

就是不知道東華和食為天買的那些肉能撐上幾日……

「表妹，在想什麼？今日虧損得很厲害嗎？」

「那倒沒有，說出來表姊妳都不信，今日酒樓只虧損了五銅貝。」

關翠兒語塞。「……」

這話實在有些叫人難以置信，今日可是所有素菜半價，還買三贈一呢，這麼大的優惠才只虧了五銅貝？

「表妹妳莫不是在開玩笑？」

「哪有，妳看我像有心情開玩笑的嗎？」

黎湘笑著將自己謄好的帳本放進箱子裡，又拿了一塊大大的木牌出來，上頭已經寫好了三個字。

「小……蝦？」

關翠兒只認出了這兩個字。

「嗯，就是小龍蝦。明日還有一日素食活動，做完咱們就開始賣小龍蝦，新品不半價，但會隨機贈送兩道素菜。」

自家做的菜分量不小，一般兩人的話點三道菜就足夠吃了，若有那胃口大的，或是喜歡吃肉的要另外多點也可以，但肯定不點的多，總之，肉菜的量會大大減少就行。

「表姊，明日你們可得好好跟我學做小龍蝦，後日是場硬仗呢，我一個人可不行。」

關翠兒一聽，手裡的針突然抖一下，扎到了手。

每每當她覺得自己沒用的時候，表妹都是這樣十分需要她的樣子，又叫她信心十足起來，心裡琢磨了許久的話，一時又不知道該怎麼開口了。

表妹教徒弟那是理所應當的，可自己一沒拜師二沒交錢，就這麼學了表妹那麼多的手藝，還拿工錢，她心裡總是愧疚得很。

以前是為了賺錢治娘的傷，現在娘的傷都快好了，爹和阿澤也都有工錢拿，自己要不要和表妹說一下，不拿她的工錢了？

估計表妹又要說自己和她見外了，搞不好會生氣，最近她要操心的事太多了，還是等酒樓的風波過去了再說吧。

關翠兒將話嚥了回去，等表妹把東西都收拾好了，也跟著將鞋子放好，一起上床休息。

隔日，酒樓依舊是主打素菜半價，還有隨機中獎的活動，客人比起往日只多不少，附近盯著的眼線回去一稟報，東華的何掌櫃頭皮都麻了。

東家最近內宅鬧個不停，本就心情差極了，這會兒誰敢上去說這事那就是找罵，反正東家都說了，再等個兩日那黎記就會撐不下去的，晚一點聽聽那邊的消息再說吧。

何掌櫃將這消息給壓了下去。

黎湘可不管這些人是怎麼想的，她只想安安穩穩的將酒樓經營下去。這兩日酒樓人手真是不夠，還好滷味鋪子關了門，小舅舅和駱澤過來幫忙，有他們在外忙活，自己也輕鬆了許多，不用去操心小龍蝦和魚的事情。

傍晚的時候，酒樓裡又進了一批小龍蝦，如今後院的空地除了留出一條小路，桌子什麼都已撤掉了，只擺著一堆大木盆，一邊是已經泡了一天的小龍蝦，一邊是剛剛泡上的。

黎湘將最後的大獎送出去後，回來便拿了籃子挾了一大籃小龍蝦出來。

「師父，妳洗蝦怎麼拿這麼多東西？」桃子不懂就問。又是籃子又是剪刀的，還有那什麼刷子和垃圾桶。

「阿七、二生你們倆過來跟我學怎麼洗小龍蝦。」

黎湘一喊，竹七和二生立刻擠到了前頭，儘管他們不明白為什麼洗個蝦還要學，但都聽話得很。

「你們敢抓這東西吧？」

「這有啥不敢的，以前我們上山下河，抓的奇奇怪怪的東西多了去。」

竹七伸手就抓起一隻小龍蝦，那小龍蝦活蹦亂跳地伸鉗子要夾他，卻被他一隻手就按得動彈不得。

黎湘滿意的點點頭。

為啥叫他倆來學？就是看重他倆膽子夠大。小龍蝦從昨日送到酒樓後幾乎沒有人敢碰，女孩子就不說了，怕這東西情有可原，但另外幾個夥計也怕，真是叫她不知說什麼好。

好在竹七和二生兩個膽子夠大，兩個人也夠用了。

「吶，一人拿支刷子，像我這樣一隻手抓著小龍蝦，先把牠前後左右刷乾淨。」

黎湘抓著小龍蝦給他們做示範，這個好學得很，竹七兩個人看一遍就學會了。

「現在拿剪刀，把牠們這些沒肉的小腳都給剪掉，然後像我這樣斜著朝牠的頭輕輕一剪，不要使勁，以免剪破牠裡頭的沙袋內臟，就直接用剪刀夾住，往外一翻再一扯就行。」

她把剪掉的小龍蝦頭扔進了垃圾桶，又教了竹七和二生怎麼扯蝦腸，折騰了七、八隻小龍蝦後，兩人總算是都學會了。

「好啦，刷洗小龍蝦的活兒就交給你們啦，要是時間不趕的話，背上記得剪道口子。先刷一籃子出來。」

黎湘放下手裡的剪刀，端著已經收拾乾淨的半籃小龍蝦去了廚房。

「杏子，讓妳剁的大蒜剁多少了？」

「有一大碗了！」

杏子趕緊將剁好的大蒜末放在灶臺上。

「先過來看吧，看完再去剁大蒜。」

黎湘讓娘幫著先生了火，鍋裡熱油，將一大碗蒜末倒下去一大半，又加了三大勺蠔油和一點點糖進去翻炒。

火不是很大，大蒜末也就不會被炒焦，而且還香得很，才炒幾下便滿屋子都是大蒜和蠔油的香味。

炒得差不多了，直接下小龍蝦進去一起翻炒，原本暗紅色的小龍蝦一遇熱立刻變成了鮮紅色，煞是好看。

「這道蒜蓉小龍蝦吃的就是蒜蓉味道，所以別的東西就不要加太多了。加點醬油、蔥、還有香葉，鹽少放一點，那蒜蓉醬裡有放蠔油。」黎湘一邊講一邊將東西加進鍋裡，最後還倒了點料酒進去。

「哇！師父好香啊！」

「笨蛋，是鍋裡好香。」

桃子姊妹倆看著鍋裡那色澤鮮紅的小龍蝦，都忍不住嚥了嚥口水。

「師父，這個叫小龍蝦，都是蝦，味道是不是也和蝦子一樣啊？」

黎湘看了姊妹倆一眼，無奈的笑了笑，出鍋時特別撈了兩隻小龍蝦給她倆一人一隻。

桃子聞著那陣陣蒜香，都顧不得燙，學著以前吃蝦的方式一口咬了下去。

黎湘都來不及阻止，就聽到一聲牙齒和硬殼碰撞的聲音。

「傻丫頭，沒看到這小龍蝦背上有道縫嗎？直接扒開吃裡頭的肉。」

黎湘無奈的笑了笑，端上盤子走了出去。

外頭都不是什麼外人，她也就懶得去拿那麼多雙筷子，直接讓他們洗手用手拿著吃，反正院子裡頭就有水，吃完洗洗手就行了。

一道蒜蓉小龍蝦，吃得酒樓眾人都沒功夫說話，一個個吃完還不忘將空殼吮兩下。

不到一刻鐘的時間，盤子裡便只剩下一小堆蒜蓉，這些人連蒜蓉都吃了不少！

「太香、太好吃了！」

「表妹，這小龍蝦肯定好賣！」

關翠兒眼亮晶晶的，看著小龍蝦一副意猶未盡的神色。她是真沒想到，以前在田裡見過的紅殼蝦居然還能做得這樣美味。

從前她也吃過，滿嘴土腥不說，吃完還拉肚子，當時沒錢看病，都是自己熬過，所以也再不敢嘗試，沒想到弄乾淨後炒出來是這樣的香，表妹的手真有種能將廢物變寶貝的能力。

「喜歡，那咱們再炒一盤。」

黎湘去阿七那兒將他和二生剛清理好的小龍蝦又抓了小半盆回到了廚房，明日主打蒜蓉小龍蝦和香辣小龍蝦，所以今日得讓她們把這兩樣做法都給學會。

「剛剛那是蒜蓉小龍蝦，你們可別光顧著吃，我怎麼做的你們也得記下來，一會兒我要考的。」

桃子姊妹倆剝小龍蝦的手一頓，趕緊將手裡的小龍蝦給吃了，專心看師父炒小龍蝦。

「做這個小龍蝦呢，第一是不能太省，油不能省，配料也不能省。」

黎湘邊說著話邊又倒了許多油下鍋，待那油一熱，直接將小龍蝦倒進鍋裡，半炸半炒，那噼哩啪啦的聲音真是比以前炒菜任何時候都還要響亮。

等炸得差不多了，便先撈起來，就著鍋裡剩下的油丟些薑蒜辣椒進去爆香，然後再把小龍蝦回鍋一起炒，加上基本的調料。

「料酒也要加一些進去，還有醬油，如果只是做一盤的分量，那就加兩勺就行了。」

「嗯嗯！」

幾個人看得認真，記得也十分認真。

新一鍋的香辣小龍蝦出鍋後，他們都沒什麼要去吃的念頭，只盯著阿七和二生手裡的籃子，想去拿來試試。

黎湘也不管他們，就是要讓他們早些學會才是，她把香辣小龍蝦拿出去給了娘和大嫂，小龍蝦營養豐富，孕婦吃了也無礙。

「小妹，這小龍蝦看著好喜慶啊，一盤大概要賣多少？」

「這……」

黎湘這才想起她都不知道爹是多少錢收上來的。

「爹，你這小龍蝦多少錢一斤收的？」

黎江扒拉著小龍蝦，滿嘴油光道：「四銅貝一斤，不過今日不是和妳袁叔說好了嗎？以後他收了什麼，我都照原價多給一銅貝，所以明日就是五銅貝一斤了。」

「五銅貝……」

這個價格真是出乎黎湘的意料，挺低的，不錯不錯。

一斤她秤了下，大概有十五隻左右，明日一份她打算裝兩斤，成本算上油鹽醬醋那些配料，頂多也就三十，賣的話，定價六十差不多。

六十其實也就是一盤肉菜的價格，但這份小龍蝦可是兩斤的分量，雖說除掉殼可能都沒有一斤的肉，但乍一看上去還是挺唬人的。

黎湘心裡有了數，放下小龍蝦便進了廚房督促表姊和徒弟們學做小龍蝦。

頭一次做嘛，肯定不可能一步到位，浪費了不少的小龍蝦，尤其是做這兩道菜極其費油和大蒜，幾個人做著都心疼起來了，大概是在做到第三鍋的時候才找到了感覺，做出來的味道在黎湘這兒也算是勉強過關了，但還不夠。

步驟對了，味道還差點，那就是加料的比例不對，這個是可以練習的。

黎湘不在乎那點浪費的小龍蝦，一定要他們練到自己滿意為止，最後還是廚房裡的大蒜用光了才罷。

幾個人收拾了灶臺，看著滿滿一大桌的小龍蝦，莫名有些頭大。

「師父……」

「回鍋熱一下，把牠們吃了。」

能吃多少吃多少，實在吃不了，那就沒法子了。

這一大桌子至少有四十來斤，香辣的、蒜蓉的都有，香還是香的，就是味道差點，不過阿七他們是不嫌棄的，一個個剝得起勁，幾十斤小龍蝦最後被吃了大半，剩下的那一小半黎湘瞧著眾人實在吃不下了，便讓他們將肉剝出來裝在碗裡，鎮到了井裡，明兒一早可以做小龍蝦肉麵。

有了小龍蝦做主打菜，大家也嚐過味道了，確實不錯，一家子都放心了不少，這一晚，酒樓的人都睡得格外香甜。

不過有些人就不好過了，輾轉半夜都沒有睡著。

先說那食為天的江老爺，今日難得回了府上，臨睡前聽下頭的人回報才知道人家黎記生意半點都沒受到影響，一天下來那大堂都是坐滿了人。

他忍不住有些打起退堂鼓，家裡錢再多，那也不能拿去扔水裡，連續兩日了，哪怕只是看到一點作用他都不會這樣想，可人家能撐過兩日，焉知不能撐過三日五日？

「老爺，天晚了，快睡吧。」

江老爺應了一聲，脫衣服上了床，只是那眉頭還皺著，一直沒有鬆開。

「對了，上回妳去那黎記酒樓見過黎湘那丫頭，妳覺得她人怎麼樣，可是個好相與的？」

「她啊……會使點小聰明，嘴皮子也厲害。」

江夫人又想起當日那叫她丟人的場景，心裡有些窩火，不過想到今日聚會聽來的消息，她覺得還是有必要提醒自家老爺。

「老爺，今日我和林夫人一起去探望徐夫人，閒聊時聽她說起一事，你也知道，徐夫人的表姊就是那李知州的夫人，她說那李夫人前去玄女廟的途中，女兒被果脯卡了喉嚨，是一個黎姓丫頭救下的。後來李大人的女兒不肯吃東西，也是那黎姓丫頭做的吃食得了小丫頭的喜歡，到現在都還是由她在給小丫頭做飯。黎姓丫頭、又會做飯，我怎麼聽都覺得是黎湘。」

「啊?!」

江老爺傻了眼。

東華的時老爺此時也好不到哪去。

今日已經是第二天了，那黎記酒樓仍舊未受絲毫影響，甚至客人更多了，而且，他們居然雇人買到了肉！這讓他很難受，彷彿自己出手斷了黎記魚肉就是個笑話。

可是又不能做得太過，哪怕他有個爭氣的妹妹，他也不敢站出來說我要斷了你陵安所有人的肉食，到時候這事鬧大了，就是妹妹也保不了他。

不過那素菜半價的活動只有兩日，明日那黎記酒樓應該就撐不下去了吧？明日他多雇些人去黎記吃肉菜，看她怎麼應對！

時老爺惦記著這事，一直到快天亮了才睡一會兒。

等他好不容易從被窩裡爬出來，去了酒樓，剛進門就瞧見何掌櫃一臉的焦躁，頓時睏意全無。

「東家！那黎記又出新活動了！」

「什麼？」

兩人趕緊上樓關上門說話。

「她家還能出什麼活動？」

何掌櫃僵著臉，將手上的食盒放到東家面前。

「就是這個，他們新推出的菜品，量多還不貴，買一份還贈兩樣素菜，那黎記酒樓裡都沒幾個吃肉吃魚的了……」

時老爺趁熱打開蓋子，一股子勾人的蒜香便飄了出來，勾得他情不自禁嚥了嚥口水，天知道他最愛吃大蒜了。

「這是什麼鬼東西？怎麼沒見過？」

「這個叫紅殼蝦，鄉下比較多見，不過吃的人少，這東西不容易弄乾淨，很多人吃了拉肚子，這黎記酒樓也不知道怎麼弄的，處理得很乾淨不說，吃起來一點土腥味都沒有。」

「你吃過？」

何掌櫃語塞。「……」

他尷尬的笑了笑，趕緊轉移了話題。

「東家你嚐嚐？」

時老爺不情不願的拿起了筷子，挾起一隻小龍蝦便要咬。

「東家，不是這樣吃的，這個最好用手拿著先吸汁，再沿著背上那條縫剝開，吃裡面的蝦肉。」

那副內行的模樣真是戳到了時老爺的肺管子。

「你出去！再把黎記酒樓那邊的情況給我打聽清楚，看看這些紅殼蝦究竟是怎麼來的！」

「哦……是……」

何掌櫃被攆了出去，門也關上了，時老爺這才放下筷子拿起小龍蝦，照著指示先吸了汁水，然後剝開吃肉。

「太香了……」

脫口而出這句話，時老爺自己都驚了。

說實在的，有這等美味，是他也會點上一份，不吃肉菜的……不妙啊。

東華這邊正猶豫著要不要再下手搞一搞，結果下午就收到了江家那邊的消息。

「什麼叫他退出不幹了？他當這是過家家呢？」

「東家，不光江家，還有沈家也說要退出……」

何掌櫃一臉菜色，到底還是將這話說了出來，氣得時老爺直接拂了桌上的東西。

「都這節骨眼了，他倆一起退出，是拿我當猴子耍呢！」

「東家，他們兩家必定是聽到了什麼風聲，不然咱們也緩一緩，先別跟黎記酒樓槓上了。」

「胡說八道！」時老爺劈頭蓋臉的將何掌櫃罵了一通。「現在撒手，等於之前的銀錢全都打了水漂，三家合力都沒把黎記搞垮，那些看笑話的人還不把我笑死！那黎家不過是鄉下來的泥腿子，有何可懼的？我就不信，沒了江家、沈家我也能弄掉他們！」

總之，陵安城裡只能有東華這第一酒樓，黎家想踩到自己頭上，門都沒有。

時老爺招了招手，小聲跟何掌櫃吩咐了些話。

今日黎記酒樓依舊買不到什麼肉，都是靠著自家人零零散散的買了一些回來，勉強撐得過去。好在小龍蝦一推出便得到了食客們的歡喜，也接受了買一贈兩素菜的活動，兩斤小龍蝦再加上兩道素菜，肉菜的需求便大大減少。

黎湘在一到三樓轉了轉，沒聽到什麼奇怪的話，心裡也就踏實多了。

一連三日，酒樓一切正常，對頭彷彿是見到沒什麼效果，對食材封鎖得也沒之前那麼嚴了，之前和他們解約的那兩家供肉的商戶，也厚著臉皮回來求再合作。

這次的風波彷彿已經過去，黎湘不願將人想得太壞，卻也不會將人想得太好，雖然眼下看著好像是沒什麼事了，但那東華一次兩次的出手，絕對不會這麼輕易放棄。

「師父，剛剛送菜的送了兩扇肉過來，我去瞧了下，感覺有些不太對勁，像是之前妳教我們認的那種瘟豬肉。」

「嗯？我去看看。」

黎湘皺著眉頭去了院子裡，只見木板上擺著兩扇肉，乍一看是沒什麼問題，不過翻個面就可以看到豬皮上有大小不一的血點，至於那種噁心的膿點倒是沒有看到，也興許是藏在了肉裡。

她上前摸了下肉，略有些黏糊。

看肉的顏色是新鮮的，聞著也沒有異味，不注意的話大概就當成正常的肉了，可惜遇上黎湘這個會挑肉的，早早就教了徒弟，這豬肯定是頭病豬。

「先放到一邊，別動這兩扇肉。阿粟，回去讓你姊姊他們再幫忙買些肉，放背簍裡，別叫人看見了。」

「好的師父。」

燕粟趕緊揹著背簍從後門走了。

「表妹，這些肉是不是有什麼問題？」

「那是自然，這事沒那麼容易過去，表姊妳去廚房照看著吧，我今日多盯盯前頭。」

黎湘差不多猜到那些人想幹什麼了。

說實在的，若不是她在現代有老一輩總結下來的經驗，是看不出這兩扇肉有毛病的，大概也就那些屠夫常年殺豬的能看出一二來。

今日若是阿粟沒注意，自己也沒注意，這肉一炒一上桌，不說了，肯定有人會鬧起來。用瘟豬肉炒菜，對酒樓來說絕對是致命的打擊，影響的生意至少沒有一、兩年是無法恢復的，而且名聲也臭了，不知要被多少人前前後後的罵。

這背後的人是越來越毒了，之前好像還在顧忌著什麼，沒下死手，現在有點惱羞成怒的感覺。

黎湘接了招，心裡卻更加踏實了。

這兩扇肉她不動，就放在院子裡，她倒要瞧瞧那些人會怎麼賴上自家酒樓。

三個時辰後，廚房收到了一個要三道肉菜的單子。

黎湘一聽是十六桌，立刻將手上的活兒交給了表姊。

「我去前面看看。」

最近因為主推素菜，點肉菜的客人不多，如果有的話頂多是一道，或者一起點了小龍蝦，而這樣單純只點三道肉菜的還真是如鳳毛麟角一般稀奇。

她的直覺告訴她，就是那桌客人了！

第三十五章

黎湘收拾了下，去了櫃檯處，一邊假裝看帳，一邊觀察十六桌的客人。

十六桌來的是一對夫妻，穿著打扮像是寬裕人家，但那肉菜一上桌便一下露出本性，吃得那叫一個狼吞虎嚥，三盤肉菜不到一刻鐘就只剩下了個底。

「東家……」

「噓……苗掌櫃，你且忙去吧。」

黎湘眼都不眨的盯著那兩人，發現那男子突然伸手在衣裳裡掏了幾下然後伸手給那婦人聞了聞，那婦人眉頭一皺，乾嘔幾下便吐了。

嘩啦啦吐了一地，嚇得旁邊幾桌客人趕緊都起了身。

「好噁心啊！」

眾人嫌棄歸嫌棄，到底也沒說什麼難聽話，那男人四下看了看，立刻凶巴巴一拍桌子道：「掌櫃的呢？」

苗掌櫃飛快看了黎湘一眼，見她點點頭一副胸有成竹的模樣，心裡也跟著安定下來。

「來了來了，這位客官有什麼吩咐？」

「還有什麼吩咐？你沒看到我媳婦兒都吐成這樣了？你們家的菜到底怎麼回事，是不是有什麼不乾淨的東西！」

男人很是氣憤，他剛吃完飯，嘴邊的油光都還沒有擦乾淨，看著實在有些搞笑。

「這位客官，您夫人生病，還是先帶她去醫館瞧瞧吧，我們酒樓用料一向是精益求精，更不會有什麼不乾淨的東西。」

苗掌櫃招呼了夥計過來打掃地面，剛要轉身就讓那男人給揪了回去。

「放屁！老子媳婦跟我來的時候還是好好的，她的身體一向都好，怎麼會無緣無故的吐成了這樣？定是你們酒樓的菜有問題！」

他的聲音太大，大到連二樓的人都出來看熱鬧了。

大堂的客人聽到這話，下意識的都停下了手裡的筷子。得先瞧瞧這事是不是跟酒樓有關係，萬一這菜真的不乾淨，那誰還吃得下去。

黎湘見苗掌櫃整個人都快被提起來了，連忙過去解圍。「我是這酒樓的東家，也是廚房的一把手，你有事同我說，先把我家掌櫃放了。」

男人瞧見了正主，又見黎湘是個小丫頭，那肯定好嚇唬得很。他依言放開了苗掌櫃，抬起自家媳婦那張慘白的臉來。

「小老闆，我也不想為難妳，可妳瞧瞧我媳婦兒變成這樣，她平時連個噴嚏都很少打，剛剛吃了妳家的菜就吐了，妳說我不找你們找誰？」

「你的心情我理解，但我可以保證我們家的食材絕對新鮮，做的時候也絕對乾淨，至於你家夫人這病嘛……」

黎湘湊上去仔細聞了聞，那酸臭的嘔吐味道裡還夾雜著另外一絲惡臭，有些熟悉，但是一時又有些想不起來。

「這病啊，大哥你應該最清楚才是。」

「妳什麼意思？」男人眼神有些虛，但是很快鎮定了下來。「這麼說你們酒樓是想推卸責任了？」

「不不不，是我們酒樓的責任，那我們當然會負責到底，可你們這兩口子，分明是栽贓陷害來的。」

黎湘雖不知他身上藏了何物能有那股惡臭，但她一直盯著這人，他還沒來得及把東西丟掉，等下官差一來就能說個分明。

「打從你們開始吃飯我就瞧著你們了，你們幹了什麼還用我說嗎？」

這下男人倒是真慌了，他不確定自己的行為是不是真的被黎湘看在了眼裡，但戲還是要演，不然拿不到錢不說，還得丟了活兒。

「強詞奪理，妳就是心虛，妳那後廚定然藏著什麼不乾淨的東西，前陣子我就聽說溪頭那邊起了豬瘟，還擔心有豬瘟肉流到咱們陵安，沒想到竟真的有這麼黑心的酒樓敢用那不乾淨的肉來做菜！」

黎湘嗤笑一聲。「說得跟你親眼瞧見一樣。」

「那妳讓我到你們後廚瞧瞧！」

大堂裡的食客們一聽到瘟豬肉都有些變了臉色，但他們也沒有無腦的跟著懷疑黎湘，而是認真的看黎湘的態度，確認有沒有這回事。

黎湘故作掙扎了一下才答應。「好吧，諸位都是我們酒樓的常客，我空口解釋也沒什麼意思，也只有帶大家一起到後面去看看才能還我們酒樓清白了。」

她走在前面，想看個明白的食客跟在後面，那找事的男人跟得最緊，彷彿錯個眼黎湘就能把裡頭的瘟豬肉給換了一樣。

「你們看！那就是瘟豬肉！」

一進後院，男人激動的叫了一聲，小跑到那兩扇肉前，滿臉都寫著看妳這回如何狡辯。

「這位大哥眼神真好，那麼遠就能看出這是瘟豬肉，你說的也沒錯，這的確是瘟豬肉，只是不知道是哪家的有心人送來的，被我那小徒弟一眼就認了出來，我自是不敢用，便將這肉先放到一邊，準備等忙完了再行處理。」

聽了黎湘這話，男人剛要分辯幾句，就聽到一旁的客人說道：「誒，還真是，這兩扇肉分毫沒有動過。」

放了三、四個時辰的肉，表皮會被風乾薄薄的一層，若是哪一角被人切下，一眼就能看得出來，而眼前這兩扇肉卻是完完整整的，一看就是放下便沒切過的樣子。

男人低頭掃了兩眼，臉白了白。

何掌櫃交代他的時候沒說黎記有可能沒用這肉啊，現在怎麼辦？他是走呢，還是繼續鬧？

他媳婦見事不妙，立刻扯了扯他的衣袖，夫妻倆尷尬的笑了笑，改口便道了歉，說可能是誤會了。

「誤會？誤會還能這麼準確的知道我家有瘟豬肉？我可是親眼瞧見你在懷裡掏了東西給她聞她才吐的，那東西現在還在你的懷裡呢，分明是存心來訛人的。放心，我已經讓人去通知官衙的人了，一會兒咱們去官老爺那兒好好分說分說。」

黎湘話一說完，那原本還惶惶不安的兩個人居然又鎮定了下來，好像是……篤定自己不會露餡？

「去就去！若是待會兒我懷裡沒有東西又如何說？明明是你們酒樓的錯，現在卻想賴到我的頭上！」

男人不依不饒，甚至還更大聲了起來，他媳婦也作勢要吐，嚇得過來看熱鬧的客人都退了回去。

左右都到後面看過了，這瘟豬肉也沒有動過，院子裡挺乾淨的，洗好的小龍蝦也很乾淨，管中窺豹，想來這黎記酒樓是很注重衛生的，所以沒事的客人也就不在這摻和了，乾脆回去坐下繼續吃飯。

不過那剛剛吐過的周圍幾桌實在有些吃不下去，結帳的時候苗掌櫃直接給減了一半的銀錢，幾個客人心裡頓時舒服多了。

一刻鐘後，黎記酒樓門口來了四名官差。

兩個是黎記自己叫的，另外兩個是見酒樓有紛爭，外頭望風的人去請的。

黎湘將人請到了後院，簡單的說了這事發生的來龍去脈。

「官爺，她胡說的！我們可都是安分守己的老百姓，怎麼會閒得沒事來這兒找麻煩。」

男人一激動揮了下手，黎湘離得比較近，又聞到了那股臭臭的味道。

嗯？她腦子裡靈光一閃，想到了點東西。

方才在外頭這個男人興許根本不是在掏什麼東西，而是在自己的腋下抹了抹拿去給他媳婦兒聞。這世上總有那麼些人，天生帶著狐臭，這個時代的人穿的衣裳多，這個季節又不熱，不出大汗一般聞不太出來。

所以這個男人才在聽到自己那番話後鎮定了下來，因為他確實沒在身上藏別的東西。

「黎姑娘？黎姑娘？」

「啊？不好意思，剛剛走神了，這位大哥你說什麼？」

叫大哥比叫官爺親切一些，那幾個官差也知道黎家同頂頭上司的關係好，說話也格外客氣。

「黎姑娘，不知妳說他栽贓陷害來訛人，有什麼證據沒有？」

「自然是有的。」

黎湘看向了那個男人的手。

男人下意識的往背後一藏，想到什麼又立刻拿了出來，非常自信道：「我手怎麼了？什麼都沒有。」

兩個官差上前看了看，皺了下眉頭。

「有點臭。」

「嘿嘿，官爺真是不好意思，我這是上茅房的時候沒有……」

他話沒說完，眾人都被噁心到了。

黎湘心理承受能力真不差也被噁心得不行，也不想再做什麼試探，只想趕緊把這人給趕走。

「你撒謊，這明明就是你身上的味道，我親眼見你把手伸進衣裳裡抹了給你媳婦兒聞，你媳婦兒才會吐，根本跟我店裡的菜沒關係。」

男人咧開的笑容頓時笑不出來了，他不明白黎湘是怎麼知道的。

有官差在，他再想狡辯都沒有用，湊到他腋下一聞便知他剛剛就在撒謊，足以證明他說的話不可信。

兩個人很快被帶走了，黎湘心裡覺得有點煩。

今日這一齣背後主使者不是東華就是食為天，只要自己還開酒樓就避免不了那些找事的。

一次兩次三次，真的是很煩，她得想個法子讓那些人吃吃虧，再也不敢動手才是。

黎湘正琢磨著呢，下午酒樓前便來了輛十分華麗的馬車，不光華麗，隨行的還有不少護衛，一看就不是普通人。

苗掌櫃剛走上前就瞧見昂貴的彩雲紗裙襬從馬車裡露了出來，令他倒吸了口涼氣。

彩雲紗那是聞名幾大州的東西，貴到十金才能得一疋，顏色飄飄欲仙，穿上自帶仙氣，那些大家族裡的夫人小姐都搶瘋了。

這是哪裡來的大人物……

「掌櫃的，麻煩進去通報一聲，湖州連二小姐來訪。」

湖州連二小姐？

苗掌櫃一頭霧水，湖州沒聽說過有什麼連姓的大家族啊，他趕緊到後頭去通知了一聲。

聽到湖州，黎湘還沒反應過來，就瞧見大嫂一臉開心的扶著金書從屋子裡出來了。

「小妹，那位連二小姐是我表姊，妳隨我去打個招呼。」

金雲珠挺著個大肚子，黎湘趕緊走到另一邊去扶住她。

「大嫂妳的表姊？」

「嗯，從小一起長大的呢，前年年初她才嫁到了湖州。她閨名宜蘭，妳叫她蘭姊姊就成。」

金雲珠一邊介紹一邊往外走，此時的酒樓外已經有不少人在探頭探腦的打量了，實在是那身彩雲紗太過奪目。

「表姊！」

「表妹！」

方才還一臉高冷的連宜蘭一瞧見金雲珠便笑成了一朵花，那真是晃得人眼都花了。

「走走走，咱們樓上說話。」

金雲珠直接帶著表姊上了三樓，又給她介紹了下黎湘。

「表姊，這便是淮之的妹妹，妳叫她阿湘就成。」

「阿湘妹妹。」

「蘭姊姊好。」

黎湘被那美人一盯，臉便有些紅了，可可愛愛的模樣逗得連宜蘭對她的好感瞬間提高了不少。

「對了，雲珠，妳信裡不是說酒樓最近遇上了事，如今怎麼樣了？」

連宜蘭一來便提了正事，姑嫂兩人一時都有些沒反應過來。

「不是妳前幾日給我送的信嗎……」

金雲珠這才反應過來，點點頭道：「是我送的，本來是遇上了點麻煩，想請妳這定海神針過來鎮鎮場子，不過現在好像沒事了，小妹都解決了。」

黎湘無言。「……」

她想說嫂子妳真是太看得起我了，那都只是表面沒事而已。

「解決了就好，那我就當是來探親了，小住幾日再回去。」

連宜蘭回過頭，突然從手上拿下了一個鐲子。

「阿湘妹妹，頭一次見妳，我便覺得妳合我眼緣得很，這只鐲子送給妳，可別嫌棄。」

她拿下來的那只鐲子玉色通透，還帶著兩種顏色，一看就不是凡品，黎湘哪裡敢收。

「蘭姊姊，我不……」

「小妹妳就收著吧，她好東西可多著呢，自家親戚不要見外。」

金雲珠將手鐲接過來套到黎湘手上。黎湘要也不是，不要也不是，僵持了好一會兒才妥協了。

「大嫂，蘭姊姊剛來，肯定有好多話要跟妳說，我下面還忙著，就不陪妳們啦，一會兒要是餓了記得叫金書下來說一聲，我給妳們做好吃的。」

「嗯嗯，知道啦，去忙吧。」

聽著黎湘漸漸遠去的腳步聲，連宜蘭暗暗點了點頭，心道這小丫頭還挺有眼力的。

「表姊，妳看什麼？」

「看妳住的這地方啊。」

連宜蘭露出了在黎湘面前沒有露出的不認同來。

「妳說妳，好好的金家不住，跑這兒來受什麼罪？瞧瞧這屋子，瞧瞧這些擺設，哪有一樣趕得上平州，就算嫁人了又怎麼樣，表哥又不介意妳住家裡。」

這話金雲珠不愛聽了，立刻上手去掐她。

「不許說這話，要是讓人聽到了還以為我嫌棄黎家呢。表姊，這日子啊好不好全在心裡，從前在金家，吃得好住得好，可我就是沒有現在這樣快活。」

說完她頓了頓，調笑道：「妳還說我，妳不也是一樣，以前在平州住得跟仙女一樣，那不還是去了湖州跟人吃苦，別以為我看不出來，妳這身彩雲紗肯定許久都沒有穿過了，妳說，妳怎麼又心甘情願了？」

要不怎麼說是一起長大的姊妹呢，連宜蘭真是被表妹猜得透透的。

「妳個沒良心的，我這是為誰，還不是給妳撐場子。」

說起來還挺心酸的，嫁到湖州後，看著丈夫吃住簡樸，她哪能奢靡無度，也只好將這些東西收起來。

「表姊，妳現在和表姊夫怎麼樣啦？」

「嗯……」連宜蘭想著自己臨走時還在鬧彆扭的傢伙，忍著笑道：「不怎麼樣，他就是為了我家捐的糧草才娶我的，我呢，也是年齡到了，將就著過唄。」

「得了吧，妳要是不中意表姊夫，早就和離了，哪還會處處體諒他，還為他改變了自己的衣食習慣。」

「是是是，就妳最了解我，臭丫頭，這麼長時間不見，就知道笑話我。」

姊妹倆頓時笑鬧成一團。

黎記來了這麼個大人物，東華那邊自然很快就收到了消息，時老爺正惱火著瘟豬肉的法子沒成功呢，得知此事晴天霹靂。

「你說那馬車裡的是誰？」

「那下人是說湖州連二小姐。不過聽說那位連二小姐是梳婦人髻的，而且一身彩雲紗價值不菲。東家，你知道湖州連家嗎？」

時老爺搖搖頭。

他不知道湖州有沒有連姓富商，他只知道平州皇商第一富乃是姓連，其二小姐前年嫁給了新任大司馬，正駐守在湖州境內。當年那百萬糧草的嫁妝傳得天下皆知，他也是有所耳聞的……

不不不，姓連的那麼多，黎家那位連二小姐肯定不是平州的連二小姐！

不管她是不是，底細還是要去打聽一下的，時老爺花費重金，特地去了城裡消息最靈通的組織買消息，不到一個時辰，那連家二小姐的信息便放到了他的桌上。

前頭那一堆他沒細看，他只瞧見了人物關係那段。

夫，大司馬喬徵，舅家平州金氏。

平州金氏……

時老爺頓時心涼了半截。

先前老六還說那連二小姐管黎澤娘子叫表妹，黎澤娘子還正好姓金，這還有什麼好說的？完了呀！

自家針對黎記，那黎湘是肯定知道的，這回說不定就是她們搬救兵來對付他，自家妹子不過是一個沒實權的王爺側妃，那連家可不同。

大司馬年近四十才得了那麼個小嬌妻，必定寵愛得很，給自己娘子的娘家親戚幫個忙，那還不是舉手之勞？

時老爺平時霸道歸霸道，卻也不是真傻，他很快就想明白了其中的利害關係。想都不用想，那黎家是沾不得的，若是那邊非要計較，還得去道個歉才是。

有時候嘛，該低頭就得低頭。

何掌櫃無語。「……」

「東家，去準備什麼禮物？」

他懷疑自己的耳朵進水聽錯了，怎麼出去了一趟再回來，東家的態度變得這麼快，還要給黎家準備禮物？

「讓你去你就去，我身邊的人手剛被派出去，酒樓裡數你最閒了，總之，你去多備些夫人小姐喜歡的小玩意兒就行。」

「小玩意兒……」

何掌櫃瞬間想到自己之前替他的二夫人三夫人買的那些首飾、衣裳，不過話說回來，東家現在還有閒情逸致想這些東西，那看來事情也不是很嚴重。

這下他就放心了。

時老爺那邊想著怎麼和解，黎家這邊卻是想都沒想過要搭理他們。

這會兒也快傍晚了，黎湘正在廚房準備著給大嫂的晚飯。

金書下來說了一聲，那連家姊姊不忌什麼酸甜口的東西，只是不能吃香菜，別的都可以。

不放香菜的菜那太多了，就算有，少放香菜也沒關係，對於不愛吃它的人來說，香菜的味道真的可以說得上是惡臭了。

「師父，粉蒸肉蒸好啦，我先端上去？」

黎湘看了一眼道：「等一下吧，我把這道菜做好了再一起拿上去。」

「師父，妳要包魚餛飩？」

桃子看著那小半盆刮下來的魚泥，很是疑惑。

「不是，做個魚糕而已。這個現在對你們來說還太複雜了，不用學，先把你們自己手上的學好。」

黎湘將大半碗肉餡加了調料一起攪和，攪成幾乎分不出豬肉和魚肉後，再在表面抹上一層蛋黃液，這樣蒸好的魚糕外層便有一層可愛的亮黃色，很是漂亮。

蒸上一刻鐘後取出來放涼，就可以切成指頭厚的片狀，如此差不多算是完成了，挾起來ＱＱ彈彈的。不過味道不怎麼香，只有一點魚肉和調料的香味。

黎湘抓了一小把乾黃花和海帶絲下水燙熟，鋪到盤底，然後放上魚糕片，澆上雞湯後重新蒸了一盞茶時刻，再打開蓋子，那黃花的香氣夾雜著魚肉的味道，一聞便食慾大開。

「好啦，菜我送上去，桃子你們再炒三個熱菜就行。」

今日家中有貴客，哪怕是打烊了也得把客人的飯做好才能做自己的。

黎湘端著兩道蒸菜一道湯先上了三樓。

這會兒金雲珠姊妹倆話說得也差不多了，桌上也是兩人一起收拾的，見著黎湘送完菜要走，金雲珠立刻拉住她，要她一起陪客。

「阿湘妹妹，坐下來一起吃啊，妳看看這麼多好吃的，我一道菜也不認識，妳們得和我說說才是。」

連宜蘭是真的大開眼界，雖說之前便有聽表妹說過她這小姑子手藝如何如何，但真正看到還是會被嚇一跳。不說她在湖州沒吃過這些，就連未出閣前在平州也沒有吃過這樣式的菜。

要知道平州那些最出名的酒樓她可是常客，吃過的山珍海味那真是數不勝數。

「這道菜是什麼？」她指著桌上最白淨的一碗豆花問道。

金雲珠非常熟練的將豆花端到了她的面前，又幫她澆了蘸料。

「這是豆花，用黃豆做的。表姊妳嚐嚐。」

「黃豆？」

連宜蘭拿著勺子半信半疑的嚐了一口，立刻被那滑嫩的口感給驚到了。

「這真是黃豆做的？」

黃豆那麼硬的東西，就算煮熟了也是乾巴巴的，怎麼可能做出這樣美味的豆花來？

連宜蘭連嚐了幾口，有些欲罷不能。

黃豆這東西是真的便宜，和粟米同個價錢，但這豆花的味道可是比粟米好太多了，就是不知道一斤黃豆能做多少豆花出來……

她正琢磨著事，眼前又放下了一盤菜。

「蘭姊姊，這是咱們本地的鯰魚做的魚糕，妳嚐嚐看合不合胃口。」

「魚糕？小妹妳好偏心啊，都沒給我做過。」

金雲珠哼哼唧唧的朝黎湘撒著嬌，連宜蘭都沒眼去看，伸手挾了一塊魚糕到碗裡。

不得不說這魚糕做得還挺漂亮，外頭一層黃色的邊，裡面的肉卻是淡淡的白色，看似清淡無華，可一口咬下去立刻便被那鮮香的味道給包圍，既有魚味又有肉香，還有清淡的黃花香，層層疊加，實在叫人驚豔。

「阿湘妹妹，妳這手藝當真不俗得很！」

「那是，我都跟妳說了，我家小妹做的菜最好吃了。」

金雲珠滿臉都寫著驕傲，兩人誇得黎湘都不好意思起來。

「我也不會別的什麼，也就廚藝勉強過得去罷了，蘭姊姊喜歡就多吃些，這個粉蒸肉也很好吃的。」

連宜蘭就像那鄉下姑娘進了城一樣，吃口魚糕要驚訝，吃到粉蒸肉也驚訝，再一嚐小龍蝦，整個人都吃嗨了，加上三個人說話氣氛太好，她都忘了餐桌上的禮儀，乾脆學表妹那樣挽起袖子用手拿著剝開吃。

吃到最後，桌上就只剩下兩盆小龍蝦。

黎湘和金雲珠吃的少，小龍蝦大半都是連宜蘭吃的。她也是難得有這樣輕鬆痛快吃飯的時候，對做了這桌子菜的黎湘的好感那更是蹭蹭蹭的往上漲。

晚飯過後，連宜蘭便跟著金雲珠回了宅子，畢竟讓這樣一位貴客住酒樓裡實在不像樣。

關氏擔心得很，兒媳婦都六個月的肚子了，不跟著照看些實在是放心不下，還是黎湘勸了又勸才將她攔了下來。

人家小姊妹相聚定是有說不完的話，娘去了算什麼，而且那宅子的人……

說句不好聽的，都沒幾個是真心尊重娘的，無非是面上應承幾句，背地不知說了多少閒話。那宅子裡的多是金家的家生子，對大哥可能不會那麼刻薄，但對於娘和自己這樣地地道道的鄉下人，他們是瞧不起的。

黎湘去過宅子幾次，每次人前他們都表現得特別有禮乖順，但只要不在大哥嫂子面前就各種翻白眼，實在煩人得很。生氣吧，人家還說妳氣性小，她跟娘也不是什麼愛告狀的性子，人家金家自己的宅子，左右一家子也去不了幾次，就隨便吧。

她現在就想賺錢買個大宅子，讓爹娘做對快快樂樂的老爺夫人。

話說今日聽著大嫂話裡的意思，那位蘭姊姊彷彿是個有些身分的人。她來的時候那麼高調，白天還剛有人來鬧場，應該有人看見她來吧？

不知道那些在背後和黎記過不去的人如今是何感想……

巧了，此時的金雲珠表姊妹倆也在說著這個話題。

「我讓金書去打聽過了，背後搞鬼的就是那東華帶的頭。他妹妹是王爺側妃，他在陵安可得意得很，以前淮之跟他沒有生意上的往來，也沒怎麼接觸過，但柳家姑母說了，那就是個偽善的小人。」

所以她才沒讓金魚兄妹直接去打一頓威脅了事，這種人滑頭得很，光打一頓當下自然是滿口應承，但回頭他絕對會再想出更惡毒的點子來害人。

之前只是斷食材，後頭搞不好來個下毒陷害，那誰賭得起？所以還是得有人壓著，叫他知道收斂，不敢仗著妹妹的權勢胡作非為。

「既是小人，便離得遠些，明日我去那東華酒樓一趟會會他們的東家，雖說妳表姊夫那人不怎麼樣，但名頭還挺好用的。」

「又嘴硬，不好人家來求親時妳眼巴巴去求舅舅做什麼？舅母可是什麼都和我們說了。」

金雲珠眨巴眨巴眼，笑得不行。

連宜蘭無語。「……」

「再逗我就不理妳了！跟妳說正經事呢！」

連宜蘭正了正神色。

「告訴妳，其實今日我上午便到了陵安，只是先去拜訪了蒙老，明日我去那東華酒樓看看，把這事給徹底解決了，走的時候我再去麻煩他老人家一下，日後妳有什麼解決不了的急事，直接去找老爺子就行。」

「蒙老？是我想的那個蒙老？」

「對啊，除了他還有誰？妳不知道嗎，他去年便到陵安了，只是一直都深居簡出的，沒什麼人見過他而已。」

連宜蘭口中的蒙老乃是上一任的大司馬，也是當朝王后的父親，一身榮華的國丈，戎馬半生後離開了邊境，就選了這個有山有水的地方養老，就是一直低調得很，沒有多少人見過他真正的樣子。

而新任的大司馬和他算是師徒的關係，連宜蘭來了陵安自然要先去拜會他。

「老爺子人挺好的，只是讓他在妳有求時幫一幫，他不會拒絕的。」

金雲珠一聽心都虛了兩分，商賈之家和高高在上的國丈搭上關係，怎麼想都詭異得很，表姊和表姊夫的關係就已經夠叫人覺得詭異的了。

「好啦好啦，我知道了，要是真有事又沒辦法的話，到時候再說吧。這趟有妳給我們撐腰，以後應該也沒那些麻煩了。」

連宜蘭摸了摸表妹的頭，笑著點了點頭。

她們姊妹倆真真是從小一起長大的，因著連家夫妻早年一心都撲在身體孱弱的兒子身上，無暇陪伴女兒，連宜蘭一年中有大半年都是在金家過的，可比金雲珠那些親姊妹還要親。

如今兩人已各自嫁人，想見個面也不容易，這回見面自然是得將所有事情都安排妥當。在連宜蘭看來，表妹就是個傻呆呆，表妹夫又沒了家產，一家子小可憐還被人欺負了，那她這個做姊姊的當然是要護著妹妹。

第二天，姊妹倆睡了個懶覺，日頭都快掛到正中了才起來。

「東華酒樓可沒屋子讓妳休息，人多手雜的，妳就別跟我去了，到時候萬一磕著碰著我可賠不起。」

連宜蘭怎麼說都不肯帶上金雲珠，金雲珠有心撒嬌想跟去，但一摸肚子還是算了，熱鬧也不是一定要瞧，孩子才是最重要的。

於是半個時辰後，華麗麗的馬車載著連宜蘭一人到了東華酒樓前。

今日她穿的不再是那身彩雲紗了，換了一套黑色銀繡錦裙。看著沒有那彩雲紗耀眼，也沒有彩雲紗珍貴，但細瞧那錦裙上的繡紋便能發現，這是只有官眷才能穿的衣裳。

最末等的小官官眷可在裙邊繡上一圈雀紋，地位再高一些像李知州夫人那樣的可繡到裙襬上，然後才是腰間、袖口、領口等。

領口連宜蘭是沒有的，那得是王妃之尊才可以，不過她也差不到哪裡去，腰間、袖口都用銀線繡著閃亮亮的雀紋。

萬澤國以玄鳥玄女為尊，能在衣裳上繡雀紋的是個人都知道是什麼身分，何掌櫃出來一瞧見便跪下了。

「你是東華的掌櫃吧？倒也不必行此大禮，我不過是來你們酒樓用飯的，前面帶路吧。」

連宜蘭笑得很是和氣，稍稍讓何掌櫃放了點心，立刻引著她去了酒樓裡視野最好的包間。

和昨日不一樣的是，今日連宜蘭進酒樓是帶了護衛和丫頭的。

出門在外，身邊一定要時時跟著人，這是臨走時家裡那人交代的，不帶都不行。

「何掌櫃，不知你們東家現在何處？」

「東家？」

何掌櫃一個激靈，抬眼看到旁邊一道冷冰冰宛如看著死人的眼睛，立刻就慫了，直接將東家快要到酒樓的消息給賣了。

「東家估摸著是昨日沒睡好，最晚肯定會在午時過來的。」

連宜蘭撇了撇嘴，略顯譏諷道：「成日裡琢磨著那些不能見人的事，晚上自然就睡不好了，對吧，掌櫃的？」

「呵呵呵……」

何掌櫃尷尬極了，頭上冒了一圈虛汗。

「行了，我又不會吃人，你幹麼這樣一副害怕的樣子？去把你家的菜單拿來，我餓了。」為難他也沒什麼意思，還得找正主才是。

聽到她這話，何掌櫃簡直有種劫後重生的感覺，立刻去拿了菜單給她。

連宜蘭看了看，不甚有興致的挑了兩盅黨參烏雞湯。

「不是說你們東華是陵安的第一酒樓嗎？怎麼拿手菜竟這樣少？連我阿湘妹子的一半都沒有，真是，也好意思。唉……就這兩道吧，快點給我上來，另外，麻煩你去找找你們東家，我還有事想找他聊聊呢。」

「是是是，夫人稍等。」

何掌櫃抹著冷汗，逃也似的下了樓。

「阿羽，眼神收斂點，別嚇著人了。」

跟在連宜蘭身後抱著刀的護衛立刻應了一聲，乾脆低垂了目光。一旁的侍女小憐瞧著他那樣就想笑，湊到主子身邊說起了悄悄話。

很快樓下便送了兩盅湯來，和湯一起來的當然還有時老爺了。

這事躲是躲不過的，早晚要見面說清楚。

「東家貴姓？」

聽著這溫柔的嗓音，時老爺一時有些不知該跪還是該站。

這姑娘好像挺好說話的？

「鄙人姓時，乃是這東華酒樓的主人，夫人妳……」

連宜蘭露出個燦爛的笑容答道：「我啊，你不是已經打聽了嗎？我姓連，平州連家二小姐，喬徵的夫人。」

她一邊說話，一邊揭開了湯盅。

「嗯，時老闆，你家這湯燉得是真不錯，聞著還挺香的。」

時老爺語塞。「……」

他怎麼聽不懂這喬夫人所說的話呢？她不是來興師問罪的嗎，怎麼還誇起來了？

「夫人謬讚，這些湯品哪能和您平日所用相比。」

「啊？原來你還挺有自知之明的呀！真是，差點誤會你了。」

連宜蘭放下湯盅的蓋子，直接將那一罐子的湯都潑到了時老闆的胸口。那湯雖說已經放涼了些，卻還是熱的，隔著衣服都能瞧見他被燙得一個哆嗦。

「夫人這是何意?!」

時老闆聲音大了起來，一轉眼卻瞧見連宜蘭身後的男人食指一抬，刀便從那刀鞘裡露了一截出來，嚇得立刻又低下了頭。

「時老闆，我想你比我更明白這是何意，這罐子湯就和那有些人的心一樣，烏漆嘛黑的，自然是吃不得的。」

她說完頓了頓，才又繼續道：「我呢，就金雲珠一個妹妹，如今她身懷六甲，還要傷神酒樓的事情，實在叫人惱火。時老闆，你的手是不是該收一收了？」

時老闆攏在袖子裡的手下意識的抖了抖。

早就預料到會面對這樣的質問，他已有心理準備，倒沒怎麼覺得難堪。人嘛，就是要實際一點，權力、財力都拚不過就只得認了。

「夫人放心，我以後一定好好管束酒樓裡的人，絕對不會再讓他們有機會去黎記惹事。」

時老闆非常乾脆的將這些事都推到了夥計們的身上，連宜蘭也知道，不過不重要，只是把話放在這兒，要他一個態度，管他是什麼王爺側妃的兄長，說實在的，大王繼位後，除了一個親弟弟還算寵愛，其他那些個王爺混得還不如一個知州，更別說這時老闆的妹妹只是個側妃，也就哄哄不懂內情的平民老百姓而已。

「時老闆能有此覺悟，那自然是最好的了，可以心平氣和的說話，誰想動刀動劍的，那多不吉利。」連宜蘭起身繞過地上的一片狼藉，笑道：「今日多謝時老闆款待了。」

「不敢不敢，謝夫人賞臉才是。」

時老闆臉都快笑僵了。

幾乎是一夜之間，黎記酒樓的麻煩便消失得無影無蹤，曾經那些個毀約的商戶一家家又都找上了門，苗掌櫃被煩得頭疼不已，本來還想和氣生財，結果一群人纏住他要他去跟黎湘說好話。

「苗掌櫃，咱們都是相識多年的老朋友了，這次的事情我們也是不得已的呀，東華在咱們陵安的勢力誰不知道，得罪了他們，誰都得不了好。」

「陳老闆，你說的朋友我可不敢當，哪有朋友臨陣捅刀子的？」

苗掌櫃到現在都還記得當初知道這些人要中斷供應食材時自己的心情，那真是如天塌了一般。若不是小東家安排了做活動，又去鄉下收了小龍蝦回來，那黎記還真說不準會垮掉。

「我們東家說了，一次不忠百次不用。任你家的食材再好，我們黎記也不會再和你們做生意的。走走走，別妨礙我們做買賣！」

話說到最後都有點撕破臉的感覺了，幾個老闆再不死心也沒辦法了，只能暫時放棄，離開了黎記酒樓。

等人走了，黎湘才從樓上慢慢走了下來。

「喲，苗掌櫃人緣不錯嘛。」

「東家妳可別取笑我，那些人都是無利不起早的貨色，如今不過是瞧著咱們酒樓能扛事又解了東華的局，才又找上門。」苗掌櫃聲音突然變小。「東家，咱們是不是要重新挑一批合作的商戶？」

「這倒是，天天零買不是回事，傍晚咱們商量商量，看看哪幾家合適。」

黎湘還挺重視這事，畢竟有個穩定的供應對酒樓也有好處，不過魚蝦類的話，她還是打算包給裘叔叔他們。

一是因為這些年他的確一直很照顧自家，二呢也是不要把雞蛋放在同一個籃子裡。菜肉在城裡買就行了，魚蝦從鎮上拿，哪邊出問題都影響不了對方，不至於讓酒樓開天窗。

其他的供應商嘛……確實要好好挑一挑，不能再像以前那樣找些牆頭草。

這方面還是要跟苗掌櫃商量商量，畢竟他認識的老闆多，不像她誰也不認得。

傍晚，吃過晚飯後，兩人便在二樓開了一個小小的「會議」，由苗掌櫃舉薦，黎湘來記錄，然後再挑選幾家讓苗掌櫃去面談一下。

在她這兒，食材的品質當然是要放在第一位的，然後便是老闆的為人。那種一上來就說要給回扣的，對自家貨物極其沒有自信，想都不想直接淘汰，這種商家哪怕食材再新鮮再優質也沒什麼用，時間一長肯定會出問題的。

兩個人在樓上商量了大半個時辰才敲定了四、五家，然後等明日苗掌櫃去談就行。談完事黎湘正要走，突然苗掌櫃又叫住她。

「東家，夫人那位表姊……」

「嗯？蘭姊姊怎麼了？」

苗掌櫃猶豫了一下，還是說了。

「夫人的那位表姊，如果外頭那些人說得沒錯的話，她應該就是大司馬的夫人。」

這麼勁爆的消息，其實他一早就想說了，看著東家拿那位夫人當個普通人相處，他真怕東家哪裡說錯話怠慢了人。

大司馬的夫人啊，那是多高的身分，居然會來他們這樣一家小酒樓裡吃飯、閒聊，他一整日都是提心吊膽的。

黎湘整個人都懵了。

大司馬是什麼人她還是知道的，萬澤國官階排行前五的武將，地位無比崇高，居然離自家這麼近……

還真是看不出來蘭姊姊居然有這麼高的身分，平時說話不僅一點傲氣都沒有，還隨和得很，若不是苗掌櫃說，她還真是不知道。

「我知道了……苗掌櫃你該做的做，別的就不用操心了。」

黎湘抱著自己做的筆記下樓，晚飯也沒吃，就又開始謄起了酒樓的帳，至於剛剛苗掌櫃說的那件事，早就被她丟到了腦後。

大司馬的夫人又如何？左右她和嫂嫂是表姊妹，而且人家打一開始就沒想露出身分擺譜，那就還和之前那樣相處就行了。

說起來她還挺喜歡這個蘭姊姊的，每吃一道菜都跟個好奇寶寶似的問個不停，很是可愛。而且她還能夠幫酒樓的忙，有這樣一個身分在，自家酒樓日後的麻煩會少很多。

不過麻煩少了，酒樓馬上又要忙了，要是大哥這會兒在家就好了，能分擔不少事，他應該快回來了吧？

話說他去益州幹什麼？爹娘和大嫂彷彿也不太清楚的樣子，神神秘秘的連自己都不能說，還一去便是這麼長的時間，實在叫人有些擔心。

天色逐漸暗沈了，被黎湘惦記的黎澤這會兒正招呼著同行的夥伴讓他們把火生起來。

「還有一日路程便到陵安了，到時候我讓廚房給你們好好弄桌菜喝喝酒，今日便先將就將就。」

幾個人對他口中的好菜好酒沒什麼期待，他們圍成一堆坐下來生了火，啃起了自帶的米餅。

「黎老闆，還有七日你訂的那艘船便能下水了，你說這些東西從水路運回去多好，在船上也不必這樣風餐露宿，我們倒是沒什麼，可你瞧著風一吹就能倒了，到時候……」誰給他們結錢啊。

幾個人不好把這話說出來，不過話語中就是那個意思。

黎澤苦笑了兩聲，沒有回話。

他又何嘗不想等船好了一起回去，可家裡都出事了，小妹還小，一點經驗都沒有，雲珠又懷著身孕，爹娘就更不用說了，酒樓的事他們都插不上手，所以他才那樣著急，顧不得自己訂下的貨船便急急忙忙的催了鏢師出發。

昨日晚上許是著了涼，今日又趕了一天路，臉色才格外的難看，一會兒他去馬車裡休息休息，明日到家便好了。

黎澤圍著裝貨的馬車轉了轉，確定都是完好無損的後，才拿了小廝準備的乾糧上了馬車。

吃過東西肚子是不難受了，身上卻開始一陣一陣的冷，頭也有些疼。早先吃了備用的藥丸居然一點用都沒有，他把被子裹緊了些，又讓小廝給他弄了些熱水喝，依舊沒什麼效果。

就這樣熬吧，明日到了陵安就好了。

黎澤自我催眠著，倒是迷迷糊糊的睡了過去。

月黑風高夜，殺人放火時。

其實他這一隊人早就叫人盯上了，陵安富商多，趕路多是從這兒走，打劫之事時有發生，不然也不會有那麼多富商趕路都要雇上鏢師了。

那幾個藏在暗處的賊人並沒有打算硬搶，畢竟他們也知道這隊伍裡有不少鏢師，硬拚是沒好下場的，只能智取，能搶一車便搶一車，或者將那領頭的老闆劫掠一番，有收穫就行。

其中一人先吹了迷煙，不過鏢師們出門，身上哪會沒些準備呢，劣質迷香對他們來說沒什麼用。

「老大，我怎麼好像聞到迷煙的味道了？」

「嗯?!」

鏢頭十分機警，從那柴火煙中也聞到了迷煙的氣味。

「兄弟幾個，幹活了！」

他一吼，那幾個昏昏欲睡的鏢師立刻拔刀站了起來，所有人圍著載貨的馬車，警戒的盯著不遠處的林子，結果卻被人從背後偷了桃子。

兩個賊人從河裡爬出來，拿著早就準備的盆子一盆水直接潑熄了火堆。

沒了火光，所有人都成了瞎子，一夥賊人這才衝了出來，拆貨的拆貨，打人的打人，場面頓時一片混亂。

幾個下人嚇得魂飛魄散，摸索著通知了黎澤一聲，便沿著大路跑了。

黎澤昏昏沈沈的只聽到了強盜兩字，立刻清醒了幾分，帶著家當從馬車上跳了下去。

本就疼痛的神經在聽到那刀劍相交的聲音後更是繃緊了幾分，一顆心也跳得飛快，腦子痛並清醒著。

他能聽到鏢頭他們正在和那群賊人對打，但是他不能過去，去了只是送死。好在他還記得大路的方向，直接朝著大路跑去。

這條路雖不是官道，但趕商的人也不少，若是運氣好能遇上車隊，那他們就有救了。可惜很快就有人追上了他，誰叫他是老闆呢，馬車被人盯得死死的，鏢師們如今自顧不暇，抓他的機會這不就來了。

黎澤這下也顧不得什麼面子，一邊跑一邊高喊著救命。

其實他已經快不行了，頭重腳輕，全憑著一個活下去的念頭在支撐著他。這些強盜不是什麼善人，求饒是沒有用的，只能靠自己死命跑，不然……那後果他想都不敢想。

「大老闆跑得挺快啊，這黑燈瞎火的我看你能跑哪兒去！」

身後的強盜聽出了黎澤那沈重的呼吸，知道他堅持不了多久，停下來辨了方位後就要撲上去抓人，結果不知從哪飛來一塊石頭打中了他的胳膊，他手裡的刀頓時落了地。

一個黑影跑了過來。

「黎大哥你沒事吧？」

聽到這熟悉的聲音，黎澤差點哭出來。天不亡他，竟叫他在這裡遇上了伍乘風！他在這裡，那他的隊伍肯定也不遠！

伍乘風沒等他回答便摸黑去抓那強盜，那強盜自然也不是吃素的，沒了刀身上還有匕首，兩人打了十幾來回都掛了彩。

尤其是伍乘風，摸黑打架經驗不足，腰上沒注意被捅了一刀，好在這時候幫手總算來了。

原來永明鏢局的鏢隊恰好也押鏢行經此處，突然有人向他們求救，他們才發現前面有狀況，雇主原本是要繞道而過的，然而伍乘風已認出了黎澤身邊的小廝，哪能袖手旁觀，便不顧雇主的意思跑了過來，他知道師父一定不會放他一個人的。

「臭小子，跑那麼快，找死啊？」

柴鏢頭藉著後頭傳過來的火光一腳踹翻那強盜，拿繩子將他捆了起來，這才有功夫去查看徒弟的傷。

「你真是不要命了。」

這會兒也不是什麼包紮傷口的好時候，他只能留幾個兄弟和前來求救的小廝先照顧兩人，自己帶著另外幾個鏢師拿著火把去支援黎家的鏢隊。

其實一開始遇到有人求救，柴鏢頭就想行動的，大家都是江湖上走鏢的，既然遇上了就幫一幫，好人必會有好報。

只不過畢竟他們也是受雇於人的，一切要以雇主的意思為先，雇主略有遲疑，他還沒來得及勸，徒弟便衝了出去，當真是嚇了他一跳。

現在說那些也沒用了，反正他緊接著也帶著人手跟上了。

柴鏢頭帶著鏢師趕上支援，他們的火把可算是幫了大忙，兩隊鏢師有了照明後，幾乎是不費吹灰之力便擒下了那夥強盜。

算上傷了伍乘風的那個，一共有十五名強盜。

黎家這邊的鏢頭清點了下自己這邊的人馬，沒有死人，只是傷了五名鏢師，都不是什麼致命傷，還好。

「今晚真是多謝兄弟們相助了，敝姓張，乃是益州安和鏢局的鏢師，不知兄弟們是哪家鏢局的？」

柴鏢頭是帶頭的，自然也是他接的話。兩邊互通了姓名，也道了鏢局的名字，今晚這樣的情況，為了避免再有賊人襲擊，兩隊人馬乾脆便一起上路。

永明鏢局的雇主本來是不滿的，但聽說另一隊人馬的雇主是陵安的黎澤後便沒說話了。他也是陵安人，對黎澤這個錯位人生的原柳家少爺知道的還挺多，尤其他還是平州金家的女婿。

雖然如今勢微，但有金家扶持，發達之日指日可待，萬事留一線，日後好相見，誰知道以後自己會不會有事相求？真要有那麼一日，念著今日的救命之恩也好說話。

兩隊人馬合到一處，換了個地方重新燃起火堆，找柴火的找柴火，包傷口的包傷口。

伍乘風精神還好，雖然被捅了一刀，但目前也只是疼，自己還可以上藥。不過黎澤就有些不太好了，驚魂未定加上還在發熱，上了馬車後幾乎就已經是半昏迷狀態。

柴鏢頭想了想，拿出了自己準備的保命藥丸，給他吃了一顆。

這東西可不便宜，一小瓶才五顆，卻要十銀貝，他這些年走南闖北受過大大小小的傷，也才吃了兩顆。

黎澤是黎家小丫頭的親哥，和小徒弟多少有些關係，眼下這副模樣要真出了個什麼好歹，總是不好的。

伍乘風領了情，看著師父一直傻笑。

「臭小子笑什麼笑，回去記得把錢還我。」

「行行行，十倍還你都行！師父大善人能不能幫我倒點水？」

柴鏢頭白了他一眼，還是去給他弄了水回來。

這一晚兩隊人都沒怎麼睡好，儘管已經來過了一波強盜，後面應該不會再有，但還是不自覺地緊繃著精神，直到快天明才各自瞇了會兒。

第三十六章

天一亮，兩隊人便一同出發了，左右目的地都是陵安，便乾脆一起走。當然，那些強盜也被帶上了，畢竟這十五個人拉到官府還能得筆賞銀呢。

這會兒黎澤吃過藥又休息了一晚上，熱已經退了，精神也好了不少。倒是伍乘風傷口發炎，情況不太好，也不知那強盜的匕首是不是沾過什麼髒東西，才一個晚上傷口便發炎得厲害。

一行人緊趕慢趕總算在晚上之前趕回了陵安，伍乘風傷勢惡化，柴鏢頭還得護送雇主回去，便先將小徒弟交給黎澤，兩隊人馬便各自分開了。

黎澤直接帶著伍乘風去了醫館，郎中檢查傷口後，神情嚴肅。

「本來這傷不算太嚴重，只是這傷口不知沾了何物，加速了傷口惡化，他應該發熱有四、五個時辰了吧？」

「是，已經有差不多五個時辰了。」

「我去開方子，你們抓藥回去吃吃看，如果明日沒再發熱，那便沒事了。」

郎中開了方子讓藥童去抓藥，給伍乘風重新清洗傷口又換了藥，因著他這情況有些嚴重，得用上好的傷藥，郎中反覆確認又收了錢後才拿出來給伍乘風用上。

折騰了大半時辰，黎澤才帶著伍乘風回了酒樓。
畢竟是自己的救命恩人，人家現在昏昏沈沈的，難道把他送回鏢局嗎？那兒都是些糙老爺兒們，誰能照顧好他？城裡他也沒有親戚，自然是跟著自己回酒樓最好。
黎澤到家的時候黎湘等人剛吃完晚飯，今日恰好是關氏的生辰，所以做了很多好菜，吃飯也吃得比較晚，一家子都喝了點小酒，正聊著天呢，就聽到外頭喊東家回來了。
可惜金雲珠這會兒正陪著表姊在宅子裡不知道，不然定會第一個跑出去。
黎江一下酒醒了，立刻跑去後門開門。
「阿澤你回來……咦？這是？」怎麼還扶著一個人？
「爹你幫我扶一下，這是四娃，他為了救我受了傷。」
黎澤自己的身體也尚未復原，這兩日還虛得很，和小厮一起扶著沈重的伍乘風下馬車，腳都有些站不住了，黎江趕緊伸手將人接了過去。
「怎麼回事？怎麼會受傷呢？」
「這事一會兒再和你細說，先把四娃安置下。」
父子倆說著話的功夫，黎湘母女倆也過來了，看著眼前的情景都傻了眼。
「爹，把四娃弄到我屋子裡歇下吧。」
黎江剛要動，一轉頭就叫女兒給拉住了。
「別去大哥屋子，把他放到我屋子裡吧，四哥養傷又不是一日兩日，大嫂平時還要過來住呢。我去和表姊擠一擠，或者到三樓住就好。」
黎江無語。「……」
聽著女兒話裡的那股子擔憂勁，真是有種女大不中留的感覺。他猶豫了下，最後還是順著女兒的意思將伍乘風送到女兒的房間。
點了燈他才看清楚四娃腰腹上那被戳破的衣裳還有大片的暗色血跡，瞧得人頭皮發麻。
「竟然流了那麼多血……」
黎澤心裡愧疚更甚，只是眼下也做不得什麼彌補，只能先好好照顧他。
「娘，廚房有熱水吧？」
「有有有！」
關氏立刻讓女兒去廚房打了一盆熱水，又拿了毛巾，自己則是去兒子房間裡取了套乾淨的衣裳，四娃那一大片血她看了真是心疼得很。
接下來的事她和女兒就插不上手了，房門關上，只能聽到一些擰帕子滴水的聲音。
黎湘懵懵的，還沒從那大片的血色上回過神來。
她知道伍乘風這份工作很危險，但一直見他只是小傷小痛，便也沒太過擔心。直到剛剛瞧見的那一幕，看著他雙眼緊閉的躺在床上，衣裳上都是血的樣子，叫她整顆心都揪了起來。
本來晚上還想說說酒樓供菜的事情，現在也沒了心情，一直在院子裡等大哥給他換好衣裳出來。

「大哥，路上究竟發生了什麼事？」

「遇上強盜了，差點回不來呢。」黎澤嘆了一聲，說話間透著濃濃的後怕。明明都雇了那麼多的鏢師，誰想路上還是遇險了，還差點滅隊。

「要不是遇上乘風的鏢隊，這會兒我都不知道還有沒有命在。郎中說他的傷不是太嚴重，但是傷他的刀不乾淨，所以傷口惡化，這幾日要密切照顧，若是明日沒再發熱了，那差不多就沒事了，這藥三碗水煎一次，三個時辰喝一回。」

黎湘接過藥點點頭。

「我……我們會照顧好他的，大哥你也辛苦了，晚上回宅子好好休息吧，大嫂最近雖然沒說，但她一直在擔心你，胃口都小了不少，你回去她心裡也能踏實些。」

黎澤下意識的想拒絕，但一想到自己外頭的貨，酒樓後院哪裡堆放得下。

「是得回宅子一趟，明兒我再來跟妳說說酒樓的事，妳別著急。」

「嗯？酒樓的事？大哥你是說東華聯合別家斷我們食材的事？」

「對啊，苗掌櫃傳信說酒樓遇上了麻煩。」

黎湘一愣，這才知道大哥這麼趕著回來是為什麼。

「那件事已經解決啦，大哥你回去問問嫂子就知道了。」

黎澤一愣。「……」

「那我先走了，乘風這兒妳幫大哥多照顧點，對了，他還沒吃中飯，昏睡了一日，叫醒了只說不餓就又睡了。」

一聽兩頓沒吃飯，黎湘聲音都變了。「都沒吃東西那怎麼能養好身體！」

說完她也沒管大哥啥時候離開，直接去了廚房。

這個點熬粥還要等兩、三刻鐘才能吃，所以黎湘先洗了米熬著，另外擀皮包餃子，伍乘風最愛吃餃子了，在外頭受了傷，醒來能有碗自己愛吃的東西，肯定會舒服很多。

黎湘一個人在廚房裡安安靜靜的包著餃子，關氏兩口子在門口看了一會兒便回了屋子。

他們都看出來了，女兒對四娃是有意思的，眼下四娃受了傷，她想照顧便照顧吧，他們在一旁瞧著只會讓女兒尷尬。

兩口子簡單洗漱了下便熄了燈火。

關翠兒也拉了拉桃子姊妹倆，三人安靜又麻利的收拾著桌椅碗筷。

「師父，我們去睡啦？」

黎湘抬頭看了她們一眼，又低頭繼續包餃子。

「去吧，早點睡，明兒還要早起。」

絲毫沒有要她們陪著一起幫忙的意思。

關翠兒挺明白表妹這會兒的心思，她笑著將姊妹倆拉出了廚房。

「去睡吧，她現在不需要人幫忙。」

黎湘包完餃子後看了下灶臺上的粥，已經熬得差不多了，一會兒他要喝粥還是吃餃子都可以，就是不知道他能不能叫得醒，所以她的餃子也沒有先煮。

她把粥盛起來涼著，順便回了趟屋子。

床上的伍乘風還是和之前她離開的時候一樣，安安靜靜的躺著，衣服已經換過，要不是臉色唇色不好，還真看不出來他是個病人。

「四哥？」

黎湘坐到床邊輕輕叫了幾聲，見沒反應又搖了搖他。

若他只是一頓沒吃，睡就睡了，可大哥說他都兩頓沒吃了，不吃東西也沒吃藥，身上的傷又怎麼會好？

「四哥，醒醒！」

黎湘大著膽子捏了下他的臉，這下伍乘風就有反應了，迷迷糊糊的睜開了眼睛。

「湘丫頭……我這是在作夢？」

伍乘風腦子裡的記憶還停留在早上那會兒，乍一睜眼看到心上人，還真是沒反應過來。

「沒有，是我大哥把你送到這兒來的，你受了傷一直在睡，飯和藥都沒吃，這樣不行。先打起精神來，吃點東西把藥喝了再睡吧！」

這大概是黎湘和他認識以來說話最為溫柔的一次，伍乘風的腦子只是呆了瞬間，就立刻回過神來點頭應了。

苦肉計啊，現在是大好的機會招她心疼呢！

「你想吃點什麼？」

「餃……粥就行啦。」

伍乘風下意識的想說餃子，但包餃子太過麻煩了，他是想讓黎湘心疼他，卻也不想讓她累著了，酒樓裡忙活一天夠累的了。

「行，你先躺會兒。」

黎湘當然聽見他想吃餃子了，在廚房都包好了，做個煎餃配粥剛剛好。

煎餃做得快，粥又是現成的，不到一刻鐘她便端著粥和餃子回到了房間裡。

伍乘風撐著想坐起來，結果忘了肚子上的傷，兩手剛一用力便扯到了肚子上的傷口，疼得他倒吸了一口冷氣。

怎麼會這麼疼？

他之前腿上受過一刀，傷口也沒這樣疼過，不光是肌肉牽扯的疼，還有一種被腐蝕的劇痛，彷彿傷口抹了辣椒粉一樣，太奇怪了。

「你別動！」

黎湘趕緊過去搭了手將他扶住，慢慢的將他拖了起來。好在她力氣不小，不然還真拿這大塊頭沒辦法。

「肚子上有傷，能別動就別動，萬一再扯裂傷口看你怎麼辦。」

她一邊叮囑一邊將枕頭拿出來準備給他墊在腰後，結果枕頭抽出來了，一條貝殼手鏈也被帶了出來。

黎湘這才想起前兩日自己忙的時候手不小心碰到了徒弟的菜刀，手鏈繩被割斷了，當時只顧著忙，就先把貝殼撿起來放到枕頭下，這兩日也忙忘了。

「它斷了啊……」

黎湘還以為他不高興，畢竟這是他送的禮物，正想說自己會好好再串回去，就聽到他略顯興奮的說道：「斷了那就戴新的吧！」

「……」

伍乘風十分寶貝的從懷裡掏出了一個小布包，這是他這次押鏢在一個小邊鎮上看到的小首飾。

當時他瞧著顏色漂亮，在日頭下又十分的有光澤，覺得小姑娘肯定喜歡就買了，也沒想過什麼時候會有機會送出去，結果這麼巧，剛回來就讓他遇上了送禮的契機。

「這是在一個小鎮上買的，我看很便宜就順手買了一個……一點都不貴的。」

他抬了抬手上的手鏈，像個在外頭叼了什麼寶貝回來的大狗狗一樣，黎湘心裡本就軟了一小塊的地方又塌了一塊。

他拿的是一條紫水晶手鏈，雖說光線很暗，這個時代也沒有那麼完美的打磨工藝，但它在燈光下閃耀的的確是紫色無疑。

晚上就這樣漂亮，白日在陽光下肯定更加漂亮，這樣的東西說它便宜，黎湘是不信的，不過管它的呢，都買回來了，自己不戴他還能給誰？

黎湘拿過那條鏈子便搭在了手腕上，然後一伸手。

「你幫我繫一下。」

伍乘風很明顯的愣了片刻，好一會兒才紅著耳朵抖著手替她將手鏈給繫上，天知道他多想有這樣親近的時候。

黎湘不知道為什麼，就喜歡看他在自己面前傻呆傻呆的樣子。明明他平時在外頭精明又穩重，這樣的反差萌真是太戳她了。

「真好看，謝謝四哥！來，先吃東西吧。」

她把粥和餃子都端到了床邊，讓他自己吃，畢竟肚子受傷了，手又沒有，她總不好還主動餵他吧。

伍乘風看看粥又看看煎餃，有那麼瞬間差點紅了眼，不過還是忍了下來，在姑娘家面前紅眼睛掉眼淚那太沒出息了，他現在是一個頂天立地的男子漢。

「湘丫頭，妳做的餃子真是越來越好吃了！」

「那你多吃點，我去給你熬藥。」

黎湘把煎餃放在床邊就去了廚房，她一走，伍乘風剛剛還餓得能吃下一頭牛的胃口頓時就沒了，香噴噴的煎餃好像也沒那麼香了。

不過這是湘丫頭親手做的，怎麼也要吃完才是，伍乘風勉勉強強吃了大半碗粥，放下筷子，才有心情打量了下屋子，這才發現，這不是自己上回住的三樓那間房！

他之前在院子裡看到過幾眼，這是湘丫頭的閨房！

天啊……他居然住到了湘丫頭的房間裡，還睡了她的床……

伍乘風摸摸蓋在身上的被子，聞著床鋪間那股淡淡的女兒香，整個人彷彿是煮熟了的蝦一樣熱了起來。

除了開心，也就只有開心了。

這麼長時間和湘丫頭相處下來，他覺得自己還算是有點了解湘丫頭的。她雖然好說話、性子軟，但她是個邊界感很強的人，在她的眼裡，只有自己人和外人這兩種，以前的自己在她眼裡大概算是比較熟的外人吧，但現在，肯定變了！

今天在她身邊，明顯能感受到她不排斥的親近感，這種感覺他只在駱澤和關翠兒相處的時候瞧見過。

所以，自己算是和她更進一步了對吧？

伍乘風想得入神，都沒有注意到黎湘進來了。

「四哥在想什麼呢，怎麼才吃半碗？」

「肚子好像不是很餓，就只吃了這些，妳放著，一會兒我要是餓了自己再吃就是。」

黎湘拂開他的手不贊同道：「餃子裡頭有油水，涼了怎麼能吃，容易吃壞肚子的。」

就他現在這身板若是拉起肚子來，那可真是要命了。
「等等，一會兒藥就好了。」
黎湘收拾了碗筷回廚房又是一通忙活，等廚房什麼的都打掃乾淨了，藥也熬得差不多了，她才把藥端出來，關上廚房門鎖好。
現在已經很晚了，她的帳還沒有盤，拖到明天是不成的，拖來拖去只會越堆越多。所以她把藥給了伍乘風後便拿著記錄帳目的竹簡坐到桌邊，開始忙起今日最後的一點工作。
伍乘風沒有吵她，乖乖喝完藥便靠在床頭靜靜的看著她。黎湘又不是木頭，被人盯著也沒反應，一連寫錯三個數字後，黎湘終於忍不住瞪了他一眼。
「把眼睛轉過去，不許看我。」
「哦……」
那聲音真是委屈得不能再委屈。
黎湘沒理他，專心將手裡的帳給謄出來後才回過神去瞧他，結果發現他不知什麼時候靠在床沿上睡著了。
也難怪，本身就受了傷還在發熱，強拉起來吃飯，這會兒應該是累了，不過靠著睡肯定不行，還是要躺下去才能睡得舒服。
黎湘只好又將人給搖醒了。
被搖醒的一瞬間他眼裡是充滿了警戒的，不過看到是黎湘的時候，眼裡的警戒瞬間變成了歡喜，也正因為他這樣赤誠的眼神，才越是叫黎湘招架不住。

「四哥，躺好睡吧，我也得去睡覺了，要是有什麼事你就叫一聲，隔壁能聽到。」

聽到黎湘要去睡覺了，伍乘風歡喜的眼神頓時黯淡了幾分。他聽話的躺了下去，只是動作間還是很容易拉到傷口，疼得直冒冷汗。

黎湘瞧得清清楚楚，心裡當真不是滋味，一時間也不知怎麼就突然開口道：「以後能不要去押鏢了？」

「嗯？」

伍乘風沒反應過來。

「我說，以後要不別在鏢局做事了，出來隨便找個其他活兒做，不然來我們酒樓做帳房也行啊，現在的帳房只知守成不知變通，每日我都要重新將帳目給理一遍，可麻煩了。」

黎湘神色認真，一點都沒有開玩笑的意思，她也確實是這樣想的。

伍乘風識的字比自己還多，人又聰明，學新式的記帳方法肯定快得很。他若是肯來酒樓做事，自己省心不說，也不用擔心他再出去押鏢遇上什麼危險。

「怎麼樣？」

伍乘風很快搖了搖頭，沒有答應。

「丫頭，妳的好意我心領啦。不過我既然拜了師父，自然是要跟著他的，除非他哪日從鏢局退下來了，不然我肯定還是要跟著押鏢的。」

這是他很早之前就和師父說好的事情，左右也不過這幾年的事。

再說，他給自己準備的「嫁妝」都還沒有齊全呢，現在那點銀貝對黎家來說真是太少了。

若是就這麼來到黎家酒樓做事，日後說起這錢還都是從黎家賺的，他不願意這樣。

可黎湘不明白，她只要想到過不了多久伍乘風又要帶著一身傷疤出門，路上又不知會遇上什麼危險，心裡就難受得很。

今日是運氣好，趕回了城裡，萬一哪天……她想都不敢想。

「不來就不來，你睡吧！」

黎湘氣呼呼的走了。

伍乘風無語。「……」

一夜無話。

伍乘風吃了飯又喝了兩次藥，一晚上睡得十分踏實，不過稀飯和藥都是水分很多的東西，所以天一亮就有些憋不住尿意了。

讓他去叫一個姑娘家來幫忙肯定是不行的，叫大江叔吧，估計要叫得很大聲將院子裡的人都吵醒才行，他想來想去只好自己起身去茅房。

肚子上的傷痛是痛，不過習慣了就好，總之能自己解決就自己解決了。

伍乘風作死的自己從床上坐了起來，疼得冒出一身冷汗，好在跌跌撞撞出門的時候正巧遇上了剛起床的黎江。

「四娃！你這是幹什麼？要起床你叫我一聲啊！」

黎江看到他那慘白的臉著實嚇了一跳，趕緊上前扶住了他。

「是要去茅房？」

伍乘風不好意思的點了點頭。

黎江頓時有些明白了，心裡還挺滿意的。

昨日他們回來得突然，慌慌張張的就住下了，很多事情都沒有考慮周全，也沒想到他要是想上茅房該怎麼辦，好在他還是知道分寸的。

黎江連忙扶著他去茅房，兩個大男人就沒必要那麼扭扭捏捏了，伍乘風臉皮雖薄但身體要緊。

不過他勉強自己起床還是傷到了，傷口已經開始滲血，把剛起床的黎湘氣得不行，要不是爹娘都在，她都要訓人了。

「湘兒，四娃妳先照顧著，我和妳娘去妳哥那邊瞧瞧，昨晚匆匆忙忙的，話也沒說清楚，我們去看看他怎麼樣。」

黎湘點點頭，看著爹把人扶進屋子裡。

這會兒還生著氣呢，她也沒跟進去瞧，直接去廚房準備早飯。

簡簡單單的一碗酸湯麵就是一大家子的早餐了，這回是燕粟給送的飯，伍乘風也就早上進門的時候瞧見了黎湘一眼，後來的一整日居然都沒見上面。

直覺告訴他有點不對勁，但又說不出為什麼。

黎湘早上是還生著氣，不過廚房一忙，誰有功夫去惦記那些事？如今酒樓生意好，客人越來越多，二、三樓都已經開始要提前預約才行，苗掌櫃有來問過她要不要考慮再開一間酒樓，被她果斷拒絕了。

雖然她的目標是在陵安城內開間大大的酒樓，讓爹娘舒舒服服的過日子，但眼下還真不是好時候。

表姊她們的手藝還不能過關，只應付這一間小小的酒樓興許還行，但要是再開一家，先不說沒有什麼管理人才，單說廚房就分不出人手來。

她現在缺人手得很，不光是帳房要物色，廚房裡也要，跑堂的夥計倒無所謂，隨招隨用都可以。

這個不急，以後日子長著呢，穩紮穩打的做，不能酒樓生意一好便飄起來了。

忙碌了一日，黎湘還是挺累的，眼看著就要打烊了，她剛熬好藥，準備去瞧瞧屋子裡的人，就見金書在外頭等著她。

「金書？」

「阿湘小姐，姑爺他們都在宅子裡等妳呢。」

黎湘這才想起大哥回來了，爹娘還在兄嫂的宅子裡。

金書點點頭，但是她也不知道是什麼事，只說是連二小姐有事想和黎家商談。

「等我？可是有什麼事？」

雖然她知道的不多，但黎湘大概也猜到點東西了。

「行吧，那妳等我一下，我換身衣裳。」

黎湘把藥交給了燕粟，囑咐他先幫著照顧伍乘風，自己去拿了身衣裳換了便跟著金書離開了。伍乘風只看到她進來拿了衣裳，一句話都沒搭上。

不太對勁……

他有些慌了起來。

黎湘這會兒可沒功夫惦記他，她眼下都在想著連宜蘭找她的事。這幾日相處下來，很明顯能感受到她對自家豆腐的喜愛，尤其是在得知一斤黃豆可以產出約十斤的豆花後，每日說起豆花的次數真是直線上升。

這個她理解，畢竟連二小姐的相公是武將，關心糧草問題，她上心也是應該。明後日連宜蘭就要走了，所以今日她肯定是要說豆腐方子的事。

要說黎湘是個什麼想法……

那也只能是賣了。

這對自家也有好處，而且不在一個城州，就算湖州的普通老百姓商家都賣豆腐，也對他們這邊沒什麼影響。

「阿湘小姐，到啦。」

金書停下馬車將黎湘扶了下去，一進宅子她便感覺有些怪怪的，等快走到後花園的時候她才反應過來，好像換了不少的婢女，之前幾個眼熟的已經看不到了。

幾天沒來，變化還挺大的……

「阿湘妹妹！」

連宜蘭一見到黎湘那笑容都格外的燦爛了幾分，上前拉著她手往花園去。

「忙一天累了吧？」

「還好，蘭姊姊今日可有和嫂嫂出去逛街？」

「哎，別提了，妳大哥一回來，她整顆心都落妳大哥身上了，哪還有心思管我呀。」

連宜蘭開著玩笑抱怨了一番，帶著黎湘到花園裡，只是兩人到的時候花園裡卻是一個人都沒有。

「阿湘妹妹，我先找妳說點事，妳有空吧？」

「自然是有的，蘭姊姊妳直說便是。」

黎湘都已經有了心理準備，所以當連宜蘭說出想買她豆花豆腐的方子時也沒怎麼驚訝。

「我當時一聽一斤黃豆能產出十斤左右的豆花就已經動了心思，妳也知道我夫家是做什麼的，這一斤變十斤的糧食實在難能可貴，若是能用在軍營裡，就造福太多人了。」

連宜蘭說得十分誠懇，她是真心想買，而且原以為要費些口舌才行，結果沒想到她只說了一遍，黎湘就同意了。

「這是好事，我沒有理由不同意，不過價錢這事，蘭姊姊妳還是和我大哥去談吧，咱倆談錢傷感情。」

說完黎湘自己忍不住笑了，連宜蘭也被逗笑了，兩人略顯生疏的氣氛也瞬間又變回了之前那樣熟稔。

「那行，我晚些時候和妳大哥談談去。其實白日裡我便和他說過了，只是他說了這事得妳拿主意，他不能做主，所以這才一到打烊時間就拖著妳到這兒來。走走走，咱們去瞧瞧飯菜準備得如何了，先吃飯去。」

兩人有說有笑的去了花廳，吃完飯，黎澤便和連宜蘭商討賣豆腐方子的事，金雲珠則是帶著黎湘去了庫房。

「這是妳大哥這次帶回來的貨，就為了這些東西，差點連命都沒了。」

「貨？」

黎湘有些不太明白。大哥帶回來的貨，讓她看是什麼意思？

金雲珠讓丫頭去多點了幾盞燈，然後打開了一個木箱。

柔和的燈光一照在那箱子裡的東西上，立刻散發出細碎又璀璨的光芒，裡頭的物品太雜了，黎湘一眼就看到好幾塊水晶，還有各種石料，甚至還有珊瑚這類東西。

珊瑚生長在海裡，說實在的在這個時代應該是很少見，大哥真厲害，這都能帶回來。

「嫂嫂，大哥帶回來的幾個箱子全都裝這些東西？」

「差不多吧，他說都是能做首飾的。」

金雲珠癟癟嘴，沒說什麼掃興的話。

她看得出來自家相公還是更喜歡做以前的珍寶買賣，但是做這種買賣可能有生命危險，她實在是高興不起來。

「妳大哥說了，這裡頭就這幾塊水晶最為奪目，讓妳挑兩塊回去拿著做首飾戴。阿湘啊，除了那條貝殼手鏈還有爹娘送的銀手鐲，我就沒見妳戴過首飾了，是我送的那些不合心意嗎？」

金雲珠完全是下意識的一問，黎湘卻莫名心虛起來。她好像除了頭飾戴過幾次嫂嫂和柳夫人送的，後來確實是沒有戴過什麼了。

「也不是不喜歡，就是太珍貴了，戴著在廚房做事老是怕磕著碰著。」

黎湘目光在幾個大箱子上掃了一眼，感嘆了下大哥這回的家底估計都要掏空了。

「嫂嫂，東西我就不要了，這水晶讓大哥留著賣吧。對了，大哥要做珍寶買賣，那他的鋪子選好了嗎？」

「還沒呢，今日光顧著跑衙門去處理強盜的事了，還有安頓那些鏢師。」

怎麼說那些鏢師也盡力了，幸好丈夫沒出什麼事，他們有兩個傷得還挺重的，總不能給點錢就把人打發了。金雲珠暗嘆了一聲，又道：「鋪子的事六爺那邊有好幾間合適的，改明兒直接去看就行，到時候我叫妳一起。」

貨都運回來了，難不成還能擋著不給開嗎？只能順著了，大不了下回他再出門看貨時，鏢師再雇多些。

不過下回出門自家訂的船應當開回來了，走水路的話比陸路要安全的多，她也能放心些。

這樣一想，金雲珠心情好了不少，把家裡訂船的事告訴了黎湘。

「什麼？大哥買船了?!」

黎湘的思緒瞬間飛到了不知哪兒去。

有船！是不是有機會到處去見識見識了？

黎湘對箱子裡的寶石沒什麼興趣，倒是對大哥買船的事好奇得很，不過這會兒大哥在和連家姊姊談事情，她也不便打擾，只好去找了爹娘和他們一起回了酒樓。

酒樓畢竟還有個傷員，出來久了她也放心不下。

「湘兒，瞧著妳和四娃如今相處得挺好的，要不要先訂個親什麼的？」

突然冒出來的一句話嚇得在馬車上被晃睏的黎湘瞬間清醒了過來。

「爹你急什麼啊，我才多大，不著急的，四哥也說過晚幾年再討論婚事。」

關氏夫妻倆無語。「……」

敢情這兩孩子早就對了心思，只是自己不知道而已？

「行行行，妳自己的事自己做主。」

女兒是個有主見的，他倆也沒想過要去干涉女兒的決定。

一家子回到酒樓的時候已近亥時，這個點平時大家都已經各回各的屋子準備休息了，不過因為黎湘走的時候沒有和燕粟說清楚，他到這會兒都還沒回去。

「師父，你們回來啦！」

黎湘這才想起自己走的時候讓燕粟照顧伍乘風來著。

「傻啊你，這麼晚了你該回去了唄，院子裡又不是沒有人在。」

「好好好，我這就回去了。」

燕粟收拾了自己的東西走到黎湘身邊，小聲道：「師父，我送晚飯進去的時候伍大哥說不餓，一直沒有吃，不過藥他都喝了。」

「又沒吃飯？」

黎湘眉頭一皺，轉身去了屋子裡。

裡頭的伍乘風盼了一天，總算是盼來了心上人，立刻興奮的支起頭去瞧，結果心上人身後還跟著兩個長輩，到嘴的話只好嚥了回去。

「大江叔你們回來啦……」

黎江應了一聲，又問了伍乘風傷口的情形，一邊去拿藥出來準備幫他換藥。黎湘盯著他好一會兒，最後啥也沒說，就問了他要吃什麼東西便去了廚房。

一直到她飯做好了，黎江兩口子也去洗漱了，伍乘風才把話問了出來。

「湘丫頭，妳是不是生我氣了？」

「生氣？」

黎湘有些丈二金剛摸不著頭腦，她忙了一天，早將早上的事給忘到了腦後。伍乘風一瞧，哪還有什麼不明白的，心裡頓時鬆了一口氣。

不記得了就好，湘丫頭這性子是真的好，他還真怕她生氣不理自己了。

「沒事沒事，我瞧著妳一天都沒理我，還以為妳生我氣呢。」

伍乘風這下心裡輕鬆多了，兩三下吃完了飯，乖乖躺在床上。傷口剛換過藥，一陣一陣的刺痛，不過能躺在這裡時時看到心上人，再痛也值了。

「吶，藥已經熬好了，放涼一會兒你自己喝掉，我要去廚房清點東西，你喝完叫我一聲。」

說完黎湘就要轉身，不料衣袖卻叫床上的人給拽住了。

「妳、妳怎麼不戴那串手鏈……」

打從黎湘一進屋，他就已經開始來回打量了，結果兩隻手腕都沒有，只露出來一只細銀鐲子。

伍乘風不想猜來猜去徒增煩惱，乾脆問了出來。

黎湘看了下手腕才想起來，昨晚去表姊那邊睡覺的時候感覺有些硌手，便解下來順手放在枕頭下，早上聽見動靜急著出來瞧，自然是將那鏈子給忘了。

「手鏈在我表姊房間呢，早上忘記戴了，再說我在廚房進進出出的，那種都是稜角的手鏈不適合戴。」

她這話一說出口，立刻能感受到伍乘風懨了下去，像個丟了骨頭的狗狗似的，讓她下意識的又補了一句。

「不是不喜歡。」

不是不喜歡，那就是喜歡了！

伍乘風整個人頓時如春風拂面，笑得跟撿到錢似的，黎湘被他看得不好意思，趕緊從屋裡退了出來。

黎湘來到廚房準備清點。自從廚房開始固定清點後，就再沒有少過東西，當然也是因為廚房現在都是可靠的人，日後還是要再招新的。

有些東西現在就得趕緊教，教會了徒弟們，她就能騰出手做別的事情了。

黎湘的目標也沒有太遠大，只是想在陵安把自家酒樓做大而已。如今自己手上有不少的銀錢，照酒樓現在這個賺錢速度下去，不出兩三年就可以在城裡買座大酒樓，到時候徒弟們也能出師了，她就輕鬆多了，閒來無事還可以開個傳授廚藝的小培訓班看看，把大中華的美食都傳揚出去。

黎湘一邊暢想著未來，一邊清點著廚房裡的東西，走到放雜糧的櫃子前，一打開櫃門就有兩隻黑影猛地躥出來，嚇了她一跳。

是老鼠！

她放的老鼠藥居然沒有用?!

黎湘放下手裡的東西，趕緊去把櫃子裡的東西都扒拉出來查看。原來櫃子後面已經被老鼠啃出個洞，難怪會有老鼠跑進來。

她沒管那破洞，先看了下糧食。這個櫃子存放的多是豆類，別的都還好說，就裝蠶豆的袋子破了個口，漏了不少豆子出來，漏出來的就不要了，她打掃了一下，拿乾草和老鼠藥混在一起塞進老鼠洞裡。

若是這樣老鼠還能鑽到櫃子裡不死，那她就要去藥鋪找老闆問問是不是藥的問題了。

黎湘堵好洞口後把豆子清點完又放了回去，只剩下那袋小的蠶豆，破了個洞還放在桌子上。

這些蠶豆是去年的，這個季節已經有新鮮的嫩蠶豆吃了，所以這些都放在櫃子裡基本沒動過。不過新鮮蠶豆有新鮮蠶豆的吃法，老蠶豆有老蠶豆的吃法，只要做得好，就是一道美味。

說起來酒樓的下酒菜除了一些炒菜就是滷味，這麼長時間也該更新一下菜式了。黎湘瞬間想到了一道川渝的下酒好菜，轉身便將蠶豆泡起來。

乾蠶豆太硬了，不泡上四、五個時辰根本做不出好味道，這會兒泡上，明兒一早起來就差不多可以做了。

黎湘在泡了豆子的盆子上蓋了簸箕又壓了凳子，嚴防又有老鼠鑽進去，忙完繼續清點食材，半個時辰後才全部清理完成。

當然，她還不能睡，還得把今日的帳給理順。

伍乘風都要心疼死了。

這麼昏暗的燈光下還要逐字逐句的去看帳，然後再一字一字的抄下來，那眼睛多傷啊，才抄幾行字就瞧見她揉了兩次眼。

一時衝動之下，伍乘風開口了。

「丫頭，帳本拿來我幫妳唸吧。」

他來唸，她直接抄，眼睛就不用轉來轉去的適應，肯定會快許多。但他說完這話後突然反應過來自己只是個外人，酒樓的帳本是何等重要的東西，他開口真是太莽撞了。

正當他想著該怎麼把話圓了的時候，就看到黎湘點了燈拿著帳本朝他走過來。

「吶，我剛看到這裡，你好好唸哦，不要唸錯了。」

黎湘絲毫沒有拿他當外人的態度真是驚到了伍乘風，他感覺自己手裡的竹簡都有些發燙。

「丫頭……我，這是帳本……」

「我知道啊，帳本怎麼了，不就是記錄些流水嘛，你照著唸就是，難不成你是逗我的？」

「不不不，不是！我是真想幫妳唸。」

伍乘風攥緊了竹簡，生怕她再收回去。

黎湘瞧著他那動作，忍不住暗笑了聲傻子，不過就是一日的流水帳而已，又不是什麼大機密，就算是機密，那也得有過目不忘的本事才能記下來吧。再說，相處這麼久了，他是什麼樣的人她清清楚楚，何必去計算那些不存在的心思。

「快點唸呀，我都睏死了。」

「哦！好，唸！」

伍乘風一手拿著竹簡，一手舉著油燈，照著黎湘方才指給他的地方慢慢唸了起來。

酒樓裡的這老帳房是真能寫，字跡潦草不說還寫得小，黎湘常常都是趁著天還沒徹底黑的時候去謄帳。只是這幾日情況特殊，入夜了才有時間謄寫，微弱的燈光加上那一列列小字，真是抄得她頭疼。

好在今日有人幫忙，黎湘心裡既已對他有了想法，那便不會拿他當個外人，該使喚就得使喚。

一整日的流水，一個唸、一個抄，大半時辰過去後，黎湘總算是抄完了。時辰不早了，兩人也是真的睏得很，放好竹簡後便各自歇下。

黎湘回到表姊的房間，在床上小心翼翼的活動了下腰腿，翻個身突然想到了枕頭下的東西，下意識就摸了出來。

黑乎乎的夜裡看不到什麼東西，但她能摸到上面那一顆顆帶著稜角的水晶，和那呆子的心一樣的晶瑩剔透。

她把手鏈胡亂的往手腕一繫，迷迷糊糊的睡了過去。

第二天一早，黎湘起床去廚房的時候，蠶豆已經都泡好了，這時的蠶豆皮輕輕一搓就能除下來。

她打算拿來做怪味蠶豆，算是道下酒小零食，有的人喜歡吃剝掉皮的，有的人卻不怎麼在意，反正黎湘是沒打算把皮剝掉的。畢竟若是開了這個頭，以後所有的豆子做之前都要來扒個皮，那也太麻煩了。

黎湘把豆子端到桌子上，昨晚泡的大半盆如今已漲成了滿滿一大盆，吸飽了水的蠶豆可可愛愛。

「師父，今日怎麼泡了這麼多的蠶豆呀？」

桃子還從來沒見過泡成這樣的蠶豆，拿起來一捏，豆子便斷成了兩截。

「好像還泡了挺久？」

乾蠶豆她可是吃過的，想當年她和姊姊在別家做工的時候，一日三餐都沒吃過什麼好東西，有時候吃黃豆，有時候便是蠶豆。當然，不是新鮮的，就是和炒黃豆一樣簡單炒過的乾蠶豆，那真是牙都崩了也咬不動，她和姊姊得泡水很久才吃得下去。

想想挺令人唏噓的，回想起來都還歷歷在目，彷彿昨日才經歷過一樣。

「這個今日拿來做點新鮮的，先泡著吧。去把麵發起來，一會兒姜憫來了好做包子。」

黎湘把活兒分了下去，酒樓的夥計們也都陸陸續續到了院子裡，打掃的打掃，洗菜的洗菜，忙碌的一天又開始了。

廚房裡泡著的蠶豆沒什麼人去注意，一直到黎湘將它們全都撈出來瀝水，大家才注意到她泡了豆子。

這會兒不是飯點，廚房還沒有那麼忙，黎湘便想著先做蠶豆，中午正好拿出去試試水。蠶豆已經泡好，接下來就是要給它開口了。這個容易，就是費點時間，但這是必須做的，不然下鍋炸的時候一個個爆炸起來那可太要人命了。

這樣的小活兒自然輪不到黎湘動手，杏子和燕粟兩人手腳麻利，不到兩刻鐘就弄好了。

「師父，有新鮮的蠶豆為什麼還要泡乾的來炒啊？」

三個徒弟都不是很明白這道理。

黎湘一邊查看開了口的蠶豆一邊回答道：「因為這不是拿來炒的啊。杏子，去把我剛炒的香料磨成粉，一會兒要用。」

方才兩徒弟忙著給蠶豆開口的時候，她用八角、花椒、桂皮、辣椒炒了香料，算是怪味蠶豆的靈魂佐料。

杏子一聽便立刻準備去了，不過燕粟比她更快。

「師父我去吧，磨盤挺重的。」

小徒弟這話聽著是那麼個道理，不過黎湘總覺得哪兒怪怪的。

「杏子又不是頭一回磨，有什麼關係？你有你的事忙呢，去把倉庫裡的蠶豆搬出來，再泡上兩桶。」

燕粟下意識的瞟了一眼杏子，見她已經端著香料碗乖乖去了放石磨的地方，只好也聽話的去了倉庫。

黎湘在兩人身上來來回回的看了幾眼，眼看著就要想明白哪兒不對勁了，就聽到一旁的桃子在叫她。

「師父，豆子弄好是要炒嗎？我要不要去切點配菜？」

「不用配菜，是要炸的，等杏子的粉磨好就行……」

這一打岔黎湘便忘了剛剛那一茬，端著一盆蠶豆去了灶臺上，炒了兩道菜後，杏子的調料粉也磨得差不多了。

「先熱油，九成熱後火轉中小，不然容易將豆子炸糊。」

黎湘伸手感受了下油鍋裡的溫度，覺得差不多了後，直接倒了三分之一蠶豆下油鍋去炸。全倒是不行的，鍋就那麼大，一起倒下去容易受熱不均，分三次正好。

那還帶著水分的蠶豆一下鍋便噼哩啪啦的爆開來，幸好已經開了口，不然直接炸開威力可是不小。

「師父，炸蠶豆是什麼味道啊？」

「嗯……很酥脆的口感，很香，不像新鮮蠶豆那樣綿軟，一會兒妳嚐嚐看就知道了。」

黎湘翻著鍋裡的蠶豆，注意著它們的顏色變化，炸到豆瓣變黃便立刻將蠶豆撈出來控油，繼續炸第二鍋，一連炸了三鍋才將泡好的豆子全部炸完。

「師父，調料都磨好啦。」杏子端著一大碗的調料粉回來了。

黎湘聞了下，是記憶中的那個味道，心裡還算滿意。這些調料粉的搭配和用量多了少了都會影響味道，炒得生了焦了也會有很大的影響，要做到剛剛好真的是不容易。

她換了口鍋，舀了兩勺油下去，小火開始熬起了糖漿。

她常吃的怪味蠶豆有兩種口味，一種是香辣，一種是甜中帶辣，別有一番風味，而裹了糖漿的蠶豆也能更均勻的融合調料粉，甜味其實並不重，是道非常好吃的小零食。

鍋裡的糖漿很快變得黏稠，咕咕的冒著氣泡，已經炸得酥脆的蠶豆一進去便和它們糾纏起來，全身都裹上了一層糖衣。這時候再將磨好的調料粉加進去攪拌均勻，就算大功告成了。

一大盆子仍舊是分了三鍋做的，一鍋裹了糖漿，兩鍋做的是香辣，飯點一到，新菜的牌子就掛了出去。

大早上喝酒的客人少，多是來吃吃包子吃吃麵，中午就不一樣了，很多談生意或者朋友間的請客都會來黎記酒樓，男客居多，酒水也賣得格外多，這時候有一道下酒的小菜，那真是相當合客人的胃口。

「香辣豆？十五一盤挺便宜的，小二給我上一盤！」

「我要甜辣的，來一盤！」

基於黎記酒樓的菜品一直不錯，新菜也沒見拉垮過，食客們都對新上的這兩道菜有信心，不用苗掌櫃去費心介紹就一桌一桌的點了。

一斤蠶豆成本價四銅貝一斤，黎湘賣得貴，當然分量就很足了，一盤子裝得滿當當的端上來。

「原來是蠶豆啊……」

有那麼幾桌是有點失望的，畢竟蠶豆是很平常的食物，一年四季都能吃到，實在是沒有什麼新鮮感，不過點都點了，聞著也挺香的，嚐嚐看。

香辣的外殼無疑很合酒客們的胃口，更叫他們驚喜的是那殼子裡酥脆的豆瓣，越嚼越香，回味無窮。

「真不錯！」

「香得很呢！」

這豆子一口一個，再配酒喝上那麼一口，簡直不要太舒服了。

黎湘推出的這道新菜一上便賣爆了，嚐過的都說好，還有要求打包買回去吃的，不過因為廚房今日備的不多，沒有應下這些要求。

此時二樓的一間包房裡，也上了這麼一盤香辣蠶豆。

「老白你嚐嚐，我覺得這豆子真是配酒的好菜，都不用點別的菜了，咱倆一盤豆子就能喝上兩斤酒。」

「一天淨吹。」

白老闆不怎麼信的嚐了兩顆豆子，兩眼頓時瞪大。這味道簡直出乎他的意料，和那滷味也差不了多少了。

「沒騙你吧。」

「確實不錯……」

白老闆這還是頭一次來黎記酒樓吃飯，別的菜還沒有嚐過，頭一道就吃了這香辣蠶豆，實在驚喜。

「我都和你說過了，這家酒樓的菜不比城內的差，你老不信，你看看這菜單上的菜，種類多味道又好，不光有滷味，還有各式下酒小菜。我可是替你打聽過了，這家酒樓每日進酒量至少這個數……」
男人伸了兩根指頭出來。
白老闆不傻，這間酒樓這麼好的生意，怎麼也不可能只有二十斤。
「兩百斤?!」
只是一家吃飯的酒樓，沒有重點賣酒，一日進酒要兩百斤左右，那也太多了吧……
「反正我打聽來的就是這個數兒，而且，我還打聽到現下酒樓裡的供酒鋪子不只一家，而是有兩家在競爭，還沒有定下來。」
白老闆陷入了沈思。
若是以前他是看不上這種酒樓的，一日賣個幾十斤有什麼用？可他今天親自到了這酒樓，看到了樓下那座無虛席的大堂，還有這酒樓裡味道絕佳的下酒菜，他動搖了。
日銷兩百斤呢，大客戶呀……
其實黎記酒樓日銷兩百斤倒也不假，只是有小半的酒水是被廚房用掉的，不說炒菜要加料酒，像招牌菜、魚類要用大量的酒醃製，烹飪小龍蝦也要加許多的料酒進去，肉類去腥也少不了酒，林林總總加起來是真的滿多。
白老闆心動得很，只是這會兒也不好下樓去找酒樓的老闆談。
「先吃飯，吃完了再說。」
他倒要看看，這黎記酒樓的飯菜還能給他什麼樣的驚喜。

黎記酒樓上菜的速度還是很快的，今日白老闆朋友請客，點的都是他愛吃的，有經典招牌蒜蓉小龍蝦，還有香酥的小酥肉、醬香肥腸和一盤子涼拌雞胗，通通都是下酒菜，一碗飯都沒有要。

兩人也算是老酒蟲了，直接買了兩罈子酒倒上便喝了起來。

「老白，嚐嚐這小龍蝦，他們酒樓的招牌菜！」

白老闆都沒看清好友手上的動作，就見一條蝦肉被他剝了出來，光聞著那一陣陣蒜香就招得人直嚥口水，左右包房裡也沒有其他人，他乾脆也上手學著剝起來。

濃郁的蒜香下是鮮香又有嚼勁的蝦肉，連殼子都要吮吸兩遍才算過癮，這東西配酒吃那真是沒話說的好！

「老杜，這回你還真是沒騙我。」黎記酒樓的菜是真正的好吃！

雖說這小龍蝦剝起來有些麻煩，但牠的味道足以彌補這個麻煩，甚至自己剝開吃起來有種分外的滿足感，還有這蠶豆，平平無奇卻令人回味無窮。小酥肉就更不用說了，喜歡吃肉的就沒有不愛的。涼拌雞胗又辣又爽口，下酒吃也是十分的對味。

這才幾道菜就已經讓他忍不住想要明天再來了，他吃過那麼多家酒樓，就沒有一家能比得上黎記，酒水這事該去和黎記談談才是，現成的合作夥伴，沒道理放著不要。

第三十七章

白家酒業黎湘早有耳聞，畢竟之前黎家小食的隔壁就是白家的酒鋪，多多少少也了解一些。

他們在陵安不算很強的商戶，但背後有龐大的家族產業鏈，尤其是沿海那邊，白家說是一方霸主也不為過，陵安的海產方面都是白家的，酒業看著倒不是有多起眼。

當然這個不起眼只是對白家總部來說不起眼，在陵安還是能排得上號的。有他們供酒，自然是要比散買更好。

黎湘和白老闆見面不到兩刻鐘便談好了價錢，只是還要親自驗過酒，確定沒有問題就能簽約了。

這一天給她忙得都沒有多少時間去瞧伍乘風，要做菜要談買賣，還要教連家的人做豆腐，連宜蘭還有兩日便要離開了，她得在人家走之前把她的人教會。

伍乘風幾次提醒她休息的話到了嘴邊又嚥了回去。

他對黎湘還是有些了解的，她和很多女子不一樣，她沒有要依賴男人的想法，也沒有過成親便待在後院相夫教子的念頭。讓她閒著估計比讓她幹活還要難受，自己能做的，大概也就是陪著她，力所能及的幫幫她罷了。

黎湘白日裡忙活著，伍乘風也老老實實的養著傷，兩個人也就晚上抄帳的時候能安安靜靜的說會兒話。

養了三日後，傷口已經結痂了，不做什麼大動作基本是沒什麼問題的，黎江幫著換藥看得一清二楚，伍乘風也不好意思再賴下去，第四日便告辭回了鏢局。

人生在世也不只有兒女情長，他看黎湘那麼努力賺錢，自己當然不能懶散，儘管自己賺的錢沒有她多，那也得努力不是？不然也配不上她。

伍乘風回到鏢局又養了半個月的傷後，再一次跟著柴鏢頭出門運鏢了。這回他們走得比較遠，要往沿海的地方去，來來回回最快也要三個月，慢的話那就不好說了。

黎湘心裡是不想他去的，走鏢太過危險，每每想起他身上的傷都很擔心，但勸了兩回都沒把人勸住，他平時聽話得很，可一提到走鏢這事就倔得不行，真是拿他沒辦法。

為了不讓自己多煩心，黎湘也把一門心思放在酒樓上頭，每日不是研究著該添什麼新菜，就是琢磨著培訓帳房的方法。

關氏心疼女兒每日都要重新抄錄帳本，不止一次的說過要再請一個帳房回來，都叫黎湘給拒了回去。

老帳房和自家酒樓的契約也就最後這一、兩個月了，好歹也是一路跟過來的老人了，體體面面的讓人把這兩個月做完就行。現在趕人家走，一把年紀的她怕人家嚥不下這口氣，氣出什麼好歹就不好了。

「娘，帳房的事妳就別操心了，我心裡有數，我有別的事想跟妳說。」

「什麼事？」

關氏都不記得多久沒見過女兒這樣一本正經的和她說話了。

「就是桃子杏子的身契呀……」

黎湘提醒了一下，關氏立刻反應過來。

「妳是說，要把桃子姊妹倆的奴契給銷了？」

「嗯……」

黎湘相信自己的眼光，這幾個月看下來，桃子杏子的品性都是十分不錯的，可能有時候迷糊些，但本性善良就已經足夠了。

「我想這幾日抽空去買兩個廚房的人回來，順便把桃子姊妹倆的身契給銷了，一直背著身契，她倆心裡都不踏實得很。」

其實還有一個很重要的點，黎湘這幾日發現杏子和燕粟有些不太對勁。起先是杏子做什麼燕粟都會主動去幫忙，後來乾脆連她的工作一起做，像極了她以前在電視上看到青春少年追女孩的樣子。

少男少女天天朝夕相處生出點曖昧情愫她很能理解，不過杏子顯然對自己的身分很在意，雖然一開始和燕粟有些不對勁的感覺，不過這兩日對燕粟疏離了許多，也許是意識到自己還背著奴籍的身分吧，終身也只能配奴，生的孩子更不用說，所以這個身分的問題如果不解決，將會是她一輩子的枷鎖。

燕粟也明白，今日都炒壞了三盤菜，心不在焉簡直太明顯了。做為他們的師傅，情感方面的事她不好插手，也不會插手，但這種身分上的阻礙，自己能幫當然要幫一幫，成也好，不成也罷，總歸是看他們自己。

關氏沒什麼意見，當初桃子姊妹倆本就是女兒去買回來的，現在決定銷身契自然是她想做便做了。

「要去衙門的話，讓妳爹陪妳，一會兒我去和他說。」

黎湘點點頭，府衙重地她確實不太敢一個人進去。

第二天一早，她便帶著桃子姊妹倆的身契和爹一起出了門。

早上廚房有表姊和姜憫她放心得很，酒樓最忙的時候都在近中午飯點，那會兒她肯定趕得及回來。

父女倆先去衙門給姊妹倆銷了奴籍，將她倆的戶口掛在自家戶籍下，如此一來她倆也算是有家有名的清白姑娘了。

「這是好事，一會兒我得去給她們買兩身喜慶的衣裳才是。」

「妳這個當師父的都送了禮，那我豈不是也要破破財？」

黎江開著玩笑，陪女兒去挑了衣裳，自己也買了兩樣銀飾算是添個彩。

桃子姊妹倆平時是真勤快，也乖得很，女兒太忙了，有時候都是她倆在代替女兒孝敬，感覺就像是養了三個女兒一樣。

不過親疏遠近他還是分得清的，只是買了兩對小小的耳飾。

「東西買完了，現在要回去了嗎？」黎江下意識的詢問女兒的意見。

「爹，娘沒和你說嗎？我今日還想去買幾個人。」黎湘拉著爹熟練的轉身，往上次買桃子她們的牙行走去。「咱們廚房的夥計不是跑到食為天去了嗎？最近都是從前頭調人到廚房輪流燒火，人手有些不足，我們自己對外招工的話，又沒有知根知底的，我想想還是得買幾個回來幫忙才好。」

廚房重地，沒幾個信得過的人她還真是不放心。買人不好，卻也沒有法子，總之自家酒樓待遇不錯，買回來也不會虐待人家，就當普通工人一樣吧。

「妳是打算又買小姑娘回來做幫手？」

「嗯。」

黎湘早就打好主意了，左右就是買回來燒火的，酒樓裡住的幾乎都是姑娘家，再買自然也是買姑娘家比較好。

「行，妳高興就好。」

廚房是女兒的地盤，需要用什麼人，當然是女兒說了算，他沒什麼意見。

父女倆說著話，很快來到了牙行。

這回接待他們的不是上次那位大龍的哥哥，換成了另外一個比較纖瘦的男人。他那張臉幾乎看不見笑，一雙黑漆漆的眸子彷彿幽靈一般，瞧得黎湘下意識都跟著提起了心來。

「二位是想買粗使丫頭？」

黎湘不敢看他眼睛，下意識的點了點頭。那人很快吩咐下去，領了一堆人到院子裡讓她和黎江挑選。

上次男男女女一群，這回就都是姑娘家了。

高矮胖瘦都有，要麼怯生生的看著她，要麼是大大方方的在觀察她和黎江。

黎湘是真想買粗使丫頭，看人也是先看手，有老繭的便出聲詢問幾個問題，確認她本身的衛生習慣。

嗯？一個繭都沒有……

走到最後一排的時候，有個姑娘真是有些熏到她了，那身上的酸臭味兒沒個半月都捂不出來。她都不想看手，準備直接繞過去，結果那姑娘自己攤開了手掌伸到她面前來。

黎湘有些好奇的多看了兩眼。

這樣的手，和這一身的酸臭氣味實在有些不符，應該不是什麼農村的小姑娘，身上搞這麼臭，也不像是那些大戶人家淘汰出來的。

「妳……」

「我叫心若。」

小姑娘說得乾脆，但聲音明顯有些顫抖，看著黎湘的眼神也充滿了不安，一時竟叫人有些看不懂她究竟是希望被買走，還是希望被留下。

心若……不為生活中的瑣事而煩擾，純粹善良。這樣的一個名字實在不像是從鄉村裡出來的姑娘。

黎湘將她上下打量了一番，這姑娘頂多也十三、四歲，身上臭歸臭，但儀態十分不錯，沒有一點佝僂，背一直都挺得直直的，看得出來些許以前的模樣。這樣的小姑娘來路應該不會是鄉下，多半是從別的府中出來的。

至於她為什麼要把自己弄得這麼臭，興許是不想被那些老闆看中顏值買走做小？

「我買的是燒火的粗使丫頭，每天都要在廚房灶臺後，三伏天也要燒上一整日的那種，可不是好玩的。」

黎湘話一說完，就見小姑娘眼一下亮起來。

「我可以！姑娘妳買我吧，我肯定會很勤快的！」

她那興奮的樣子不似作假，倒像是真心要去做燒火丫頭。黎湘沒給準話，路過了她又去看後面的人。

不出所料的話，這個叫心若的自己會買，但她的來歷也要弄清楚明白才行，牙行都有這些人的來歷，先看看再說吧。

黎湘看完了所有人，回到了大廳，管事的詢問過她看中的人，立刻拿來了那兩個姑娘的身分檔案。

最先瞧上的那個就是個普通農家的姑娘，祖上三代都在地裡刨食。只是家中不幸，早早沒了娘，爹又另娶後便將她給賣了。幹活是很索利的，黎湘看過她的手，都是厚厚的老繭，而且身上也是儘量弄得很乾淨，不是個邋遢的人。

這姑娘也沒個名字，就一個小花，身價和桃子姊妹倆一樣的，她能接受。

第二個嘛，就是那心若了。

「咦？居然是待罪之身？」

黎湘是真有些驚到了。

瞧這上面寫的，心若祖上三代都是商人，不過前幾年平州那邊新王繼位，有兩位不安分的王爺遭到囚禁，跟隨那兩王爺的人自然也受了牽連，被發配抄家的不計其數，心若一家便正是其中。

男的流放邊疆，女的則淪為奴婢。而且像這樣獲罪成奴的，若沒有天下大赦，終身都無法銷掉奴籍，不得不說，這個時代的律法還是挺嚴的。

「湘兒？」

聽到爹在一旁問話，黎湘忙解釋了一番。一聽獲罪被貶成奴，黎江下意識的不怎麼想讓女兒買這姑娘了。

說來說去，自家就是小老百姓，沾上這等人，他怕有什麼麻煩。

他的表情過於明顯，一旁的管事瞧出來後主動多解釋了幾句。

「雖然記檔上是獲罪被貶，但是沒關係，她和普通賣身的人沒什麼區別，只是無法恢復良民身分而已。這些都是在府衙上有記錄的，有問題的犯人我們牙行也不敢收進來。」

黎湘聽明白了，這人可以買，沒什麼麻煩。

「行，那就這兩個了。」

她很痛快的掏錢出來買下了兩個姑娘。

買了人從牙行出來已經不算早了，黎湘沒時間仔細交代她們什麼，便急急忙忙的先趕回酒樓。

至於黎江嘛，自然是帶著奴契去了府衙，將兩個丫頭落到了自家名下。

黎湘帶著兩個新丫頭回到酒樓，先讓小花進廚房幫忙，小花一來到廚房便自覺去了灶臺開始燒火，她也是常年燒火的人，大火小火中火都能配合得很好。心若嘛暫時沒有進廚房，因為她身上實在太臭了，這個樣子去廚房是絕對不行的。

黎湘帶著她去了浴室，簡單介紹了下裡頭的功能，又去拿了身自己以前的衣裳給她穿。

「我以後叫妳阿若吧，咱們是酒樓，做的是吃食生意，身上是一定要弄乾淨的。我不管妳出於什麼原因把身上搞得那麼髒，現在都要洗掉。」

個人衛生她是必須要求的。

阿若點點頭，沒有不情願的樣子。

她現在都被買下來了，當然要聽話。洗就洗啊，她早就想洗個澡了，先前只是牙行人蛇混雜，她實在是不敢。

「小、小姐，我知道了。」

「不要叫小姐，跟著酒樓裡的人叫我阿湘姑娘就成。我等下讓人給妳送幾桶熱水來，涼水妳自己到院子的井裡打。」

黎湘惦記著廚房的事，簡單吩咐幾句便將人留在浴室裡，很快桃子提著熱水進了浴室，一共提了兩桶，兌上涼水是夠的，她沒有主動開口和阿若說話，一是因為廚房還在忙，二嘛，也是因為心裡有了些許危機感。

畢竟她和妹妹當初就是師父買回來的，現在師父又買了兩個，心裡頓時就在意了起來。

桃子送完水很乾脆的回了廚房，阿若在浴室找了個乾淨的木桶去院子裡打水。

這會兒阿七他們正在院子刷著小龍蝦呢，乍聞到一股酸臭味，都齊齊抬頭瞧過去。

二生皺了皺眉頭，忍不住說了句好臭。

竹七輕輕踢了他一腳，放下手裡的小龍蝦主動朝阿若走了過去。

「是要打水吧，我幫妳。」

阿若窘迫的縮了縮腳，小聲道了謝。幸好她如今的臉髒得很，不然一眼就能看到她臉是脹紅的。

這樣明明白白的被人說臭還挺少有的，別人大多是嫌棄的瞪她兩眼然後攆開她。

「對了，我叫竹七，妳叫我阿七就成，這是我兄弟二生。水要我給妳送進去嗎？」

「不用……謝謝……」

阿若沒有抬頭去看人，提過水桶便回了浴室。

方才那樣太尷尬了，她是再不想以這副模樣出去了，水熱點就熱點吧，將就著先把身上洗乾淨再說。

她一個人在浴室裡也不知是怎麼洗的，折騰了大概半個時辰才從裡頭出來。

正刷著小龍蝦，二生一抬眼就愣住了，被手裡的小龍蝦夾得嗷一聲慘叫才回過神，反應過來眼前從浴室出來的大眼小可愛居然就是剛剛那個臭哄哄的姑娘。

「大變活人啊……」

阿若沒看他，只是和竹七點頭示了好，然後便轉身進了廚房。

黎湘正炒著菜，突然感覺身邊來了個人，還以為是哪個徒弟，順手便將炒好的菜遞過去。

「這是二十二號桌的菜。」

廚房有個專門放菜的臺子，設計了有號碼牌的菜盤，菜做好了就往菜盤裡一放，夥計便知道菜該往哪桌端了。

阿若接過菜轉身看了下，很快找到了二十二號的菜盤，直接放上去，放好了才回頭問她有沒有放錯。

「是妳……」

黎湘回頭一看，愣了好一會兒。

她是真沒想到自己買回來的這小丫頭居然是個大眼小甜妹，可可愛愛的樣子，叫人一看便心生喜愛。

「去那邊先燒火吧。」

黎湘指了指姜憫的那個灶臺，那邊不是在蒸包子饅頭就是煮餛飩麵條，只要燒大火就行了。這姑娘要是跟在自己灶前，她是真擔心這個小可愛不會燒火等下搞砸了挨罵。

顏控就是這點不太好，對長得好看的人容易偏心一些。

阿若不懂這其中的彎彎繞繞，不過她聽話就是了。燒火她這一路也是會一點的，只要把柴火往灶裡頭放，不讓火滅了就成。

她去了姜憫的灶前，姜憫那邊燒火的夥計便可以去前頭忙了。這一天天的淨是在灶後頭坐著，光聞著味又不能吃，別提多難受了。

「師父……妳是又要收徒弟了嗎？」

杏子心裡酸溜溜的，這新買回來的小姑娘長得比她和姊姊都要好看，性子瞧著也是軟軟的，一看就是師父會喜歡的樣子。

黎湘轉頭敲了她一記。

「你們我帶起來都嫌累了，還收，想什麼亂七八糟的，趕緊做菜去！你們幾個裡頭就妳做的魚最不到位！一看就是想得多，沒練習！」

杏子無言。「……」

光是問兩句，師父反應就這麼大。不過師父說的好像也沒錯，自己做的魚確實沒有姊姊和燕粟做的好。

每次對步驟的時候一點問題都沒有，可是一做出來，總是感覺口感差很多。師父說的對，她得多多練習才是。

黎湘忽悠走了杏子，沒想到表妹又湊了過來。

「表妹，妳這是又打算要收一個？」

關翠兒可是太了解自己的表妹了，喜歡一切好看的東西，不管是人還是物，這新來的小丫頭長得這麼可愛，表妹定是喜歡極了。

「表姊，妳就別湊熱鬧了，早就說過的，我今日是去買燒火的夥計，徒弟有這幾個就夠了，我帶不過來啦。」

黎湘真是哭笑不得，剛要再說兩句，突然聽到姜憫那邊的灶臺傳來一聲炸響。

「啊！」

一聽聲音就知道是剛來的那個阿若。

黎湘將手裡的活交給桃子，走過去一瞧，原來是柴火堆裡有細竹子，平時大家燒的時候都會折斷了再塞進灶膛裡，阿若沒有折斷就直接放進去，一燒便炸開了。

好在只是幾根小竹子，炸了也沒什麼威力。

阿若緊張極了，剛來就好像做錯了事，她會不會又被發賣出去？

「阿湘姑娘……我、我……」

那副小心翼翼的樣子彷彿森林裡走失的小鹿，叫人不忍多加苛責。黎湘看了看她後面的柴堆，指著其中的竹子給她解釋了一番。

「只要竹子小心些，別的都沒事，好好燒火吧。」

丟下這句話後，黎湘便回到前面的灶臺忙炒菜去，這阿若以前也是個商家小姐，燒火動作沒那麼生疏已經算不錯了，左右燒火也不是什麼技術活，日後慢慢調教便是。

說來她也是個小可憐，本來家境優渥還有人伺候，結果一朝變天，從天上落到了地下，遭逢如此巨變還能維持鎮定，想到方法保護自己，在黎湘看來，是個聰明的姑娘，學燒火那自然是沒什麼問題的。

忙活一個多時辰後，酒樓的客人沒有中午那麼多了，關翠兒和桃子姊妹倆負責繼續給前面做菜，黎湘則是難得的親手下廚給酒樓眾人做午飯。

當然，人挺多的，也不能全都由她來做，燕粟也有幫忙做別的菜。

中午吃饅頭，這東西在黎記酒樓的廚房裡就是無限量供應，只要你能吃，就儘管去拿，反正吃飽為止。食量最大的一餐也就吃掉三個饅頭，都是小意思。

黎湘炒了酸辣馬鈴薯絲和木耳炒肉，這些都是夾饅頭的好菜，桃子她們都吃慣了，直接往饅頭裡夾了菜一邊吃一邊忙活，抽空再喝口湯，午飯便這樣應付過去了。

新來的小花和阿若哪敢動手，她們在牙行的時候都是等著管事給她們分食物，分多少吃多少。

「小花、阿若，妳們過來。」

黎湘招了招手，兩姑娘便立刻拍了身上的灰走過來。

「咱們廚房都是一起吃的，我們吃什麼，妳們就吃什麼。吶，去洗手，拿饅頭掰開了自己夾菜吃，不過要吃快些，一會兒還有得忙呢。」

兩姑娘一聽都驚了，桌上那香噴噴的菜她們燒火的時候就聞到味兒了，萬萬沒有想到她們居然也能吃，實在太讓人驚喜了。

兩人趕緊去洗了手，拿著饅頭就開始啃。

說實話，有這香軟的饅頭她們已經很知足了，尤其是阿若，這大半年來真是吃糠嚥菜，連泥水都有喝過，想起自己以前吃的那些東西，她的眼睛都忍不住紅了。

黎湘一回頭就瞧見她那兔子似的眼睛，抱著個饅頭，也不夾菜，十分珍惜的一口一口吃著饅頭，這一幕瞬間又戳中了她的慈愛之心。

「能吃辣嗎？」

聽到黎湘問話，阿若趕緊抬頭回答道：「可以……」

「給我。」

黎湘伸手拿過阿若的饅頭，直接掰開給她夾了馬鈴薯絲和不少肉絲，又拿了個碗給她盛了一碗大骨頭湯。

「湯在那邊的陶罐裡，廚房最不缺那東西了，以後要吃飯喝湯就自己去盛。」

阿若愣愣的接過碗，條件反射的應了聲好，一直到手被碗裡的湯燙到了才回過神來。

這個主家未免對她也太好了吧……她好想哭……

阿若吸了吸鼻子，狠狠咬了一口夾著菜的饅頭，香得她眼淚都要止不住了，結果一回頭看到旁邊小花那幽怨的眼神，眨巴眨巴眼淚又收了回去。

方才自己的饅頭是阿湘姑娘親自夾的菜，小花卻是只得了話，待遇差得好像有點多。

「小花，喝湯？」

「……」

小花沒理她，夾了一點點菜在饅頭裡，幾口吃完便繼續去燒火了。阿若也不敢磨蹭，三兩口吃完了饅頭、喝完了湯，趕緊又去姜憫的灶臺前燒火。

一下午，廚房裡都是各種鍋碗瓢盆的聲音，還有能香到肚子咕咕叫的各種菜香，阿若羨慕極了，她一邊燒火一邊聽著黎湘在那頭教徒弟做菜，火候怎麼掌握、調料要加多少，都聽了進去。

廚房就這麼大，黎湘說話也沒有刻意壓低聲音防人，大家都是能聽見的。

到晚上的時候，阿若已經能背出兩個菜譜了。

當然，她是不會往外頭說的，先不說自己已經被賣到了黎家，就衝著中午阿湘姑娘對自己的那份好意，她都會老老實實的管住嘴。

「好啦，忙活一天了，先吃飯吧。」

黎湘一開口，桃子杏子立刻熟練的拉開兩張桌子，然後準備碗筷。她們都沒把小花和阿若當丫鬟看，就當是酒樓裡的那些夥計一樣，給她們準備的碗筷都在自己那一桌。

晚飯是桃子做的，很隨意的粟米粥，配上一盆香辣蠶豆還有酸蘿蔔炒雞胗、一大盤鹹菜炒臘肉，總的來說，伙食還是很不錯的。

阿若晚飯沒忍住吃了三碗粥，中午她還有些拘謹，儘管肚子已經餓得都疼了，她也才吃一個饅頭。不過一下午觀察下來，她發現酒樓裡的這些人都挺好，沒有瞧不起她的意思，還會主動和她說話，姜師傅還和她說了很多廚房裡的規矩。

只要好好幹活，飯是管飽的。

她記最牢的就是這條了，能吃飽幹啥要挨餓？所以她很不客氣的吃了三碗粥，吃完便很有眼力的跟著杏子一起出去洗碗。

小花不甘人後，主動打掃廚房，擦灶臺、整理柴堆，一樣樣幹得十分不錯。

「師父，她倆這麼勤快，我要幹什麼啊？」

桃子的活兒都被搶了，一時間還挺不習慣的。

「有人幫妳幹活還嫌棄？」黎湘沒好氣的捏了下大徒弟的臉笑道：「讓她們幹去吧，剛來這兒不適應得很，自己手裡有活兒幹，心裡也踏實。」

這話倒是真的，桃子立刻想到自己和妹妹剛被買回來的時候，也是侷促不安，只有幹活才能找到立身的價值。

既然師父都開口了，桃子也不糾結了，拉上妹妹便去了浴室。

平時洗澡大家都有默認的順序，桃子姊妹倆先洗，然後是關翠兒，再是黎江兩口子，最後才是黎湘，誰叫黎湘每日都忙到最晚呢。

「表妹，人妳買回來了，晚上她們住哪兒啊？」

「住……」

黎湘回頭看了看三間屋子，其實桃子杏子那間屋子是還可以加床的，畢竟這三間屋子都挺寬敞的，不過這樣的話，那兩丫頭估計要多想了，本來今日買了阿若回來，她們就挺沒安全感的，再說她倆畢竟是自己正經收的徒弟，也不好和打雜的住在一起。

「我讓阿粟去把倉庫騰一騰吧，先在倉庫裡擠一擠。」

還有大半年表姊和駱澤就要準備辦婚事了，表姊出嫁後，到時候再讓阿若她們搬到表姊現在住的屋子，剛剛好。

黎湘轉頭便交代了燕粟，趁著男丁都還沒走，幾個人把倉庫角落靠窗的位置給騰了出來，搬出來的東西暫時放到黎湘的屋子裡。

兩個人一張床，外頭還有米糧擋著，私密性也有，阿若、小花兩人是再滿意不過了，這裡可比之前睡的地板舒服多了。

安頓好兩人後，黎湘這才去了廚房，開始今日份的清點。

她決定今日清點後，暫時就不再那麼頻繁的點貨了，之前是那夥計不老實，如今他都走了，現在廚房裡又都是自己人，隔三差五的點就實在沒必要。

姜憫的人品她信得過，燕粟她也信得過，桃子姊妹倆一直以奴僕的身分看待自己，更是一點歪心思都不敢動。

啊！對了，今日忙昏了頭，居然都忘了和桃子她們說銷戶籍的事……

黎湘點到一半突然想起了這茬兒。

這麼重要的事當然要告訴她們，叫她們開心開心才是。

黎湘轉頭瞧了下，發現桃子姊妹倆屋子裡還沒熄燈，乾脆先放下竹簡，回屋去拿了自己早先在街上給她們買的衣裳，還有爹給買的那對小耳飾。

剛從屋子裡出來，就聽到隔壁浴室裡小花和阿若在說話。

「阿若，妳今日可看到那蒸籠裡蒸的是什麼？」

「沒有啊，我坐那麼矮，蒸籠那麼高，不過肯定是好吃的。姜師傅說他做的是各種各樣的包子，在酒樓裡賣得還挺好的。」

難得小花肯和自己說話，阿若忍不住多說了幾句。

「我今日坐那兒數了下，光是姜師傅做的包子一共賣了四百五十四籠，咱們酒樓的生意可真好。」

黎湘剛挪動的步子在聽到這個數字後又停了下來。

四百五十四籠？這麼精確？

每日賣多少包子饅頭都是要查過流水才能知道個大概，倒是沒人這樣去數過，一般姑娘也數不到四百那麼多數。

黎湘轉念一想，不過阿若出身商家，家境優渥，哪怕不上學堂，字也肯定識得一些，商家嘛，數數自然也不是什麼難事。

自己人，識得字，還會算數……

她腦子裡有根弦動了，眼下可正缺個替補的帳房呢。

不過這會兒不是說這個的時候，她還是先去把好消息告訴桃子姊妹才是。

黎湘沒再繼續聽下去，轉身去了桃子姊妹房間。

這會兒姊妹倆正在房間裡做針線活兒，桌上的針線簍子都還沒有收起來。

「師父……」

兩個人都好奇的看著黎湘，在這之前晚上師父可是從來沒有進過她們屋子的。

「是有什麼事？」

「自然，還是好事呢。」

黎湘將她買的兩套衣裳放到了針線簍裡，又把兩對耳飾放到了桌上。

「這是我買給妳們的衣裳，耳墜子是我爹買給妳們的，一人一對，收好了。」

桃子姊妹互相看了看，都是一臉的茫然。

「師父，怎麼突然給我們買這個？」

這不年不節的，突然買了衣裳還有首飾，怎麼想都不對勁。

「師父，妳不會真的要收那個阿若做徒弟吧？」

杏子看都沒看桌上的東西，下意識的抓了黎湘的手，頭一次撇了嘴，見她倆都想歪了，黎湘也不逗她們了，直接將今日上午做的事告訴了她們。

「今日我和爹去了趟府衙，把妳們的奴籍給銷了。」

「什麼?!」

桃子姊妹倆大驚，她們怎麼也沒想到黎湘上午出門是去給她們銷奴籍的，原以為只是去買丫頭而已……

「師父……」

兩個丫頭都哽咽起來，眼淚汪汪的實在惹人憐愛。沒有做過奴才的人真的沒有辦法懂得她們此刻的感受，雖然她們被黎湘收為徒弟，也有了落腳的屋子，每月還有工錢拿，日子是過得踏踏實實的，但有奴籍在身，永遠都要低人一等，說什麼話都沒有底氣，就像身上被套了枷鎖一般，日子過得很好，卻始終有種被壓得喘不上氣的感覺。

如今師父把她們的枷鎖去掉了……

「謝謝師父！」

兩個人一起跪了下來，不停的給黎湘磕頭。

黎湘是最怕這樣的場面了，趕緊將兩人拉了起來。

「明知道我不喜歡這套，還跪來跪去的，妳倆要真有心，好好把廚藝練好，多幫我分擔些工作，那我就滿足了。」

她把衣裳拿過來在兩人身上比了比，滿意的點點頭。

「去買的時候我還怕尺寸買錯了，照著上回買的買大點，正好妳們現在穿，大紅色平時幹活穿著不像樣，所以我買了玫紅色，日常穿也可以。」

桃子姊妹倆寶貝一樣的抱著自己的衣裳，又哭又笑。

「謝謝師父！」

只要是師父買的，哪怕是塊破麻布她們也喜歡！

「行了，趕緊收拾下睡覺吧，時候也不早了。」

黎湘惦記著自己還沒抄的帳，也沒多待，安慰了姊妹倆幾句便回了房間。

寫了兩行字後，她突然停下筆，起身又去了倉庫。

「阿若……」

「誒！來了！」

正準備脫衣裳睡覺的人兒一聽外頭黎湘在叫她，立刻小跑了出來。

「阿湘姑娘，可是有什麼吩咐？」

「識字嗎？」

阿若猶豫了下，還是照實說了。

「會的……」

「能寫嗎？」

「也……會的。」

黎湘很滿意她的誠實，直接帶她到自己的屋子裡。

「妳來看看這帳，能看得明白嗎？」

她把老帳房記的那卷帳拿給了阿若。

這算是個小考驗吧，若是她能看懂，又會寫字，那豈不是現成的小帳房替補？把她教會做帳，等老帳房走的時候就不會手忙腳亂了。

黎湘特意看了下阿若的眼神，發現她一看到竹簡，眼神都亮了不少，白日裡幹活的傻氣都沒了，彷彿變了一個人似的。

「阿湘姑娘，我能看懂！」

這點小帳和自家之前的那些比起來根本不算什麼，她從小耳濡目染，早早就學會了看帳。

想到家裡人，她的情緒頓時有些低落，不過黎湘沒有注意到，她只聽到了小丫頭說她會。

「來來來，會就好說了。」

黎湘將她拉到桌前坐下，將自己昨日謄寫的帳本拿出來給她看。其實她和老帳房記的帳最大的差別就是她分類分得明白，不是全部混在一起記，而且廚房的採買和酒樓賣菜的收益分開，項目也再細化一點，青菜和肉類、河鮮各別記，還有廚房各類別的支出，像是柴火、調料等等，條列明確，總之都混在一起記的話，那就是一團亂麻，整理起來麻煩得很。

阿若看得很認真，仔細比對兩份竹簡後，很快便看出了其中一份的便宜之處。

「阿湘姑娘，妳讓我看這些做什麼？」

「叫妳看，自然是有用的。」

黎湘把自己劃分的各種分類單獨寫在一邊，還有日期、格式等等方法都和阿若講了一遍，見她半懂不懂的樣子，乾脆又親自抄錄了一些讓她在一旁看著。

其實她的記帳方式並不複雜，只是老帳房記了幾十年已經成習慣了改不過來而已。

阿若是個聰明的，對數字又很敏感，黎湘偶有抄錯的她還能一眼就指出來，這麼現成的小帳房苗子不用真是可惜了。

「以後打烊吃完飯就到我屋裡來學記帳吧。」

「啊？」

阿若受寵若驚，壓根兒沒想到今日過來還能攬個活兒。

「先學著，等妳真正能獨立了，老帳房也退了，那就正式升妳做帳房，每月有工錢拿的。」

黎湘解釋了一番，讓她看著自己抄完帳才放她回去。

阿若有身契在自己這兒，當帳房沒什麼不妥，不過她也能預想到，阿若目前年紀小，大哥他們應該會有些微詞，而且她還是個姑娘家。

在這個時代，感覺不管是外面的人還是家裡的人對姑娘家都不怎麼看好，爹娘和大哥是因為站在家人的角度才會支持自己，可實際看待外人還是和普通百姓一樣，認為姑娘最好還是在後宅相夫教子的好。

「唉……」

黎湘嘆了口氣，收拾好了桌上的東西，準備洗澡睡覺。

她能改變的東西太少了，只能盡力改變自己身邊的人，讓姑娘們能過得隨心些吧。

她屬意阿若當帳房的這事暫時沒有打算跟誰說，畢竟阿若才剛來，就這麼說要讓她做帳房，桃子那兩丫頭又要說自己偏心了。

一轉眼便是兩個月過去，老帳房和酒樓的契約終於到期了。

黎湘發了雙份月錢給他，好聲好氣的將人給送了出去，回頭便告訴酒樓裡的人，正式升阿若做帳房。

黎江兩口子早知這事，他們也看過阿若算帳的能力，還算認可。桃子幾人也沒啥意見，帳房和廚房沒什麼衝突，礙不著她們什麼。

唯一不高興的大概就只有小花了。

明明是一起被買進來的，自己還天天灰頭土臉的在燒火，阿若卻已經搖身一變成了帳房，每月還能拿不少的工錢。

如今已是八月，天氣燥熱難當，灶前更是悶熱難耐，自己一身臭汗狼狽不堪，阿若卻能舒舒服服的坐在酒樓裡，只需動動手寫幾個字，這差別也實在是太大了，怎能叫人舒坦。

當晚小花便發作了，也不幹別的，就是假裝睡覺踢人，一晚上踹了阿若好幾次。

阿若知道她心裡不痛快，卻也不是個逆來順受的，晚上受了氣，第二日便去「告了狀」。

儘管她現在經常在幹活，手上粗糙了不少，可還是有些嬌小姐的特質在的，被小花踢了幾腳，身上有很明顯的瘀青，她剛抬個手黎湘便注意到了。

「怎麼回事，手怎麼青了？幹活磕到了？」

阿若搖搖頭，朝著倉庫努了努嘴，黎湘頓時明白過來。

敢情是小花不滿意自己升阿若做帳房，故意刁難她？這兩人是不能住在一起了，日後肯定一堆矛盾。

小花這人心氣不怎麼樣，但人是很勤快的，這兩個月看下來是個能吃苦的人。黎湘不願將她想得太壞，打算先讓阿若搬出來。

「先跟我住一陣子吧。」

表姊就快嫁了，到時再讓阿若搬過去。

「表妹，妳過來一下。」

剛想到表姊，黎湘就聽到表姊在屋子裡喚她，立刻應了一聲準備過去，轉身又想到了什麼，叮囑了阿若兩句。

「去收拾一下衣裳放到我屋裡，然後去找苗掌櫃拿竹簡，我已經跟他說過了，日後由妳來記帳。」

阿若點點頭，乖乖的照著去做了。

小帳房正式上任第一天！

走了老夥計，苗掌櫃心情不是挺好，不過阿若是東家親自選的，再怎麼也要先看看能力再說。

他把阿若安排到櫃檯後，告訴她筆墨的位置便將櫃檯交給她。

做帳房可不是那麼容易的事，要熟練的背下酒樓裡所有的菜式價錢，還有廚房的各種花銷，還得算帳、收錢，稍微馬虎大意都不行。

阿若心裡頭明鏡一樣，只要順順利利的接過了這擔子，日後自己就是堂堂正正的帳房，廚房那地方就再也不用去了。所以她就算再累再費腦子，也得拚了命辦好帳房這差事。

黎湘在廚房忙活了半個時辰後，悄悄出來看兩眼，發現阿若在櫃檯絲毫不見慌亂，苗掌櫃對她也是連連稱讚，這才放心了許多。

之前還擔心她應付不過來，畢竟在前頭可不只是記帳就行了，小丫頭沒有怯場，非常不錯。

回到廚房的黎湘臉上掛著笑，正準備接著炒菜，就看到娘和嫂嫂回來了。嫂嫂臨盆之期就在這半個月左右，肚子大得她都不敢看。

明明那麼嬌小的一個人，肚子卻像是氣球般鼓了起來，走路低頭都看不到腳的那種，沒人扶根本就不敢走動。

「娘，不是說嫂嫂臨盆近了？怎麼還到酒樓裡來？」

黎湘不太贊成嫂嫂到酒樓裡來，主要是送菜的夥計來來回回走動人多，院子裡洗菜殺魚殺雞的地上水也多，實在不適合一個孕婦走動。

關氏何嘗不明白這個道理，只是兒媳婦在宅子裡待得實在悶得慌，這兩日胃口都小了，這才決定陪她出來走走。

金雲珠上前一把挽住黎湘，略有些賴皮道：「小妹妳都不去宅子看我，我來看妳還不成麼？我啊天天在園子裡逛來逛去，裡頭有多少花我都數得清清楚楚，實在是沒意思得很，左右還有半月呢，也就今日出來轉轉。」

「行行行，妳是咱家的老大，妳說了算，出來前吃過東西沒？要不要我給妳做點好吃的？」

「不用不用，一個時辰前剛吃了一碗甜糕，還沒餓呢。」

金雲珠拉著黎湘去看她今日採買回來的東西，有布料有小玩意兒，林林總總的堆了一大桌子，都是給小娃娃準備的東西。

黎湘也是服了，這婆媳倆每次出門逛街都要買買買，明明小娃娃的東西準備得都有半間屋子那麼多了，購物慾還是那麼旺盛。

「小妹，我屋子裡的東西準備得都差不多了，只缺一張小床，妳說妳有準備，我們就沒有去訂，妳快說說妳準備的是什麼小床啊？」

金雲珠都快好奇死了，小妹的點子總是奇奇怪怪又格外的新穎，拿出來的東西總是能叫人眼睛一亮，像是家裡的衣櫃、梳妝檯等等，既實用還有各種小心思，確實是不錯。

當初聽到小妹說她要準備小床時，一家子想都沒想就同意了，結果這都大半個月了，小床還沒有蹤影。

「小床……」

黎湘忙得差點都忘了這一茬了，之前說要準備，直接畫了草圖和朱師傅溝通完便直接交給他了。

她設計得有些複雜，加上小奶娃身嬌肉貴，小床要仔細打磨了又打磨，不能出現一絲木刺，所以製作期會比較久一些，她記得朱師傅好像說需要半個月才能完工，算算時間也差不多了？

「師父！朱師傅送小床來啦！」

真是說曹操曹操就到，黎湘趕緊出去瞧了瞧。

朱師父已經扛著小床走進了院子。

「阿湘姑娘，妳訂的這床可算是做好了。要放哪兒？」

「放那屋吧。」

黎湘指了指大哥大嫂的屋子，讓他搬了進去。

金雲珠好奇的圍著小床轉了轉，上手一摸，頓時有些驚喜，這順滑的感覺，一點都不刺手，可見朱家師傅很用心。

「咦，這床怎麼不穩？」推起來略微有些搖晃。

黎湘上手推了推，還挺滿意的。畫圖的時候她就說了，不要做成方正的小床，床腳做得稍微有弧度些，輕輕一推小床便能微微晃蕩，因為弧度不大，搖起來也不會很厲害，若是想固定也很簡單，朱師傅在床腳做了小小設計，放下支撐，小床就能固定住了。

朱師傅解釋了一通，又親自示範一下，金雲珠瞧得眼都亮了。

以前她只看過乳母抱著小奶娃搖啊搖，沒想到放床上也可以。

「這又是什麼？」她指著小床上延伸出來的一根竹片問道。

「這是拿來掛些小玩意的，小娃娃喜歡顏色鮮亮的東西，掛一些在竹片上面可以哄哄孩子，還有，也可以從這裡掛上蚊帳。」

如今這天氣蚊蟲多得很，蚊帳可是太有必要了。

朱師傅都是按照著黎湘當初和他講過的思路又講了一遍，金雲珠越聽越是滿意，結帳的時候除了黎湘給的尾款，她自己還另外包了一份工錢。

到底是見識過好東西的人，這小床怎麼樣她自然是明白的，不說這材料貴不貴，就說這做工、這巧思，都值得這個價錢。

「嫂嫂喜歡嗎？」

「當然喜歡！」

金雲珠摸了摸小床，然後又摸了摸肚子笑道：「小福包，你的小床姑姑都給你準備好啦，再過半月你就能睡上啦。」

話音剛落，她就感覺肚子微微緊了下，也沒放在心上。臨近產期了，她的肚子偶爾便會這樣，緊繃片刻又會放鬆，穩婆和郎中都說是正常情況。

金雲珠拉著婆婆去將之前就準備的小褥子和小床單拿出來，興致勃勃的開始裝飾小床，連蚊帳都拿了布料出來準備裁新的。

黎湘待了一會兒便去廚房繼續忙活了，嫂嫂有娘陪著就行，結果才過不到一個時辰，就瞧見娘慌慌張張的跑進廚房裡。

「湘兒！雲珠好像要生了！妳去陪著她，我去請郎中和穩婆！」

關氏也只來得及交代這一句便急急忙忙的跑了。

黎湘腦袋發懵，趕緊將手裡的活兒都交給了桃子她們，跑進了大哥屋子裡。

結果……

剛剛娘那著急的樣子，她還以為嫂嫂怎麼樣了，結果屋子裡一片祥和，她還在看書簡，悠哉得很。

「小妹……是不是嚇著了？」金雲珠半靠在床上，很是無奈道：「方才見了紅，娘嚇得不行，都不等我話說完便跑了，其實我肚子一點都不疼的。」

「真不疼？」

黎湘身邊孕婦極少，自己也沒見過生孩子是什麼樣，只在電視上瞧見過幾回，一個個都疼得要將牙咬碎的模樣，嫂嫂卻是一點都不同，滿臉輕鬆。

「真不疼，就是肚子一陣陣的發緊，和平時不太一樣，有些頻繁。小福包也踢了我好幾腳，估摸著是想出來看看他的新床了。」

見她還有心情開玩笑，黎湘的心情也跟著放鬆了不少。

「不疼就好，聽說生孩子費體力得很，我去叫桃子給妳做點吃的。」

黎湘不敢離開太久，她總是要守著才能放心些，所以只吩咐桃子幾句後又回到屋子裡。

這會兒被支出去買東西的金書也回來了，一聽主子要生產了，嚇得比黎湘還緊張，不光將屋子裡都收拾了，還拿出了早早就準備好的待產包，其中一大盒的蔘片真是極為醒目。

金雲珠無語。「……」

「妳這也太誇張了，擺這麼多東西出來幹麼？我瞧著張姨娘當初生七妹妹的時候什麼都沒用，不過兩時辰就生了呀。」

「小姐，有備無患嘛。」

金書有句話沒敢說，張姨娘那是生三胎才會那般順利，頭胎可是生了一天一夜，只是小姐那時候還小不清楚而已。人家都說生二胎會順暢很多，她也問過郎中，頭胎會困難些，所以她才會這樣緊張。

「對了，金書妳回來的正好，這裡有小妹陪著我，妳出去叫一下姑爺，姑爺還不知道小福包就要出生了呢。」

金雲珠肚子一點都不疼，也不擔心什麼，只想快些讓丈夫回來陪著，早早見到孩子。

「小姐……妳這都要生了……」

金書想陪著不肯走，可金雲珠堅持一定要她去，最後也只能聽話出去了。

姑爺最近都在新開的鋪子裡，來回速度快的話，兩刻鐘就能回來了。小姐第一胎應該沒這麼快生，她肯定還來得及回來陪小姐。

金書離開了，屋子裡又只剩下了姑嫂倆。

起初金雲珠還能有說有笑的和黎湘說話，結果越說臉色越差，才一盞茶的功夫，她的臉就已經變得慘白，捂著肚子一句話都說不出來了。

「小妹！我我我，我要死了！」

從小如珠似寶長大的金雲珠哪曾受過什麼疼痛，長到這麼大，最疼的也就是手指頭被割傷的程度。她有聽說生孩子會疼，也有心理準備，但真正疼起來整個人都軟了，疼得她只想昏過去。

黎湘哪裡見過這場面，心裡慌得很，只能抓著她的手，大叫桃子她們快去催穩婆和郎中。

「小妹！我我我，好像……要生了！」

金雲珠只覺得身下一陣劇痛，接著便是一股無比舒爽的感覺。

黎湘都驚呆了，她眼睜睜看著嫂嫂的肚子就這麼一下子扁了下去……

第三十八章

場面一度很混亂，黎湘和金雲珠都沒有半點經驗，幸好闞氏回來得及時，還帶著穩婆一起回來了。

黎湘直接被趕出了房間，只能聽到屋子裡傳出來幾聲小奶娃的啼哭聲。

「師父？」

「師父，雲珠姊怎麼樣了？生的是男孩還是女孩啊？」

「師父?!」

幾個人圍著黎湘嘰嘰喳喳的問著，好半晌才見她回過神來。

「我不知道……」

黎湘整個人都是一種嚇傻的狀態，當時她連裙襬都不敢掀開，哪裡知道小奶娃是男是女？

不過嫂嫂好像生得挺輕鬆的？

「先去廚房忙吧，一會兒就知道了。」

黎湘抹了一把臉上的冷汗，招來了燕粟。

「阿粟，去倉庫把雞蛋都搬出來，我要染紅雞蛋。」

「好咧！」

燕粟立刻高高興興的去了。

家中添丁這樣大的喜事，酒樓肯定得有所表示才是，也能收穫收穫大家的祝福，染紅蛋是傳統，她還另外讓掌櫃通知了前面，今明兩日酒菜皆為半價，算是慶賀家裡添丁。

前面如何歡喜她不知道，她只知道娘再不出來，她都要急死了。

「小妹！」

黎澤聽到消息幾乎是一路狂奔回來的，跑得髮髻都要散了，衣衫也是凌亂不堪。

「雲珠呢，怎麼樣了？怎麼沒有聲音？」他一邊問一邊著急的過去趴門縫。

「大哥，嫂嫂都生啦，你別急，娘很快就出來了。」

「生了?!男孩女孩？」

頭一次當爹的黎澤根本不知生孩子有多辛苦，聽到媳婦兒已經平安生產，提起來的心也放了下去，滿臉喜色的關心起孩子的性別來。

可惜黎湘是真不清楚，正尷尬呢，房門一開，是關氏抱著小娃娃出來了。

「娘！」

「阿澤也回來啦，快來快來，看看你女兒！」

關氏笑得眼角都起了幾重褶子，寶貝一樣的抱著小孫女走到兒子面前，露了個巴掌小臉給他看。

「是女兒！」

黎澤歡喜得人都呆了，幾乎是同手同腳的走了過去。

「她……臉怎麼是皺的？」

黎澤自問長得不醜，媳婦更是如花似玉，怎麼女兒卻生得皺巴巴的？瞧著雖然不算難看，卻也沒有兩人的特點。

聽到孫女兒被嫌棄，關氏直接輕踹了兒子兩腳。

「哪裡皺了，剛出生的小娃娃都這樣，過幾日長開了就好。好了，看兩眼就差不多了，我先把小福包抱進去。」

雖說如今天熱不怕著涼，但小奶娃剛出生還是要待在親娘身邊才行。

黎湘一聽要抱走，趕緊湊上去也看了兩眼小姪女。

「娘，小福包秤過了嗎？幾斤？」

「秤過啦，六斤六，好著啊！」

關氏想起來就想笑，畢竟這數字可太吉利了，她反正是高興得很，樂呵呵的抱著孫女又進了產房。

這會兒產房裡頭還亂著，門也是關得緊緊密密的，除了穩婆偶爾會出來端幾盆水，都沒有人進去過。

金雲珠生得快，穩婆沒使上勁，只能多跑跑腿，指望著多拿點喜錢。

眼瞧著進不去，黎湘乾脆回廚房開始染紅雞蛋，酒樓裡的客人要送，周邊比較友好的商戶要送，還有關係親密的如秦家、白家等等，需要的紅蛋可不少。

廚房裡專門騰出兩口鍋來染雞蛋，紅雞蛋用紅麴粉直接熬煮就是，不用費什麼功夫，只要小心些不磕破就行，滿滿兩大鍋，很快開始熬煮起來。

半個時辰後，去碼頭接貨的黎江也回來了。一聽說孫女出世，他高興得連魚都不管了，站在外頭一個勁的叫媳婦兒把孩子抱出來讓他瞧瞧。

關氏看著正在兒媳懷裡找奶吃的孫女，哪裡捨得將她抱出去，直接給了父子倆一個閉門羹，一直到屋子裡都收拾妥當了，才將兒子給放了進去。

黎江哪好進兒媳婦的產房，心裡著急，卻又沒有辦法，只好攬了發喜蛋的活兒去了前頭。

一家子各忙各的，唯有黎澤哪裡也沒去，一直守在屋子裡。

其實金雲珠也就是剛生的那會兒疼，緩過勁後，又休息了一個多時辰，早就沒事了。頭一回當娘也不會抱孩子，瞧著女兒那小小的身子都不敢上手去抱，連摸個臉都是小心翼翼的。

「我家那庶妹剛出生的時候比小福包醜多了，如今長得還算不錯，咱家小福包長開了，肯定比她好看多了。」

「那是自然，咱女兒長得像妳，一定好看。」

黎澤哄人的話一籮筐，哄著哄著，連他自己都覺得皺巴巴的女兒漂亮得不得了，當真是含在嘴裡怕化了，放在手心怕摔了。

「雲珠，小福包的乳母是不是該接過來了？妳如今坐月子出不得門，暫時要在酒樓這邊待一個月呢。」

金雲珠愣了下，看了看女兒，心底升起一絲拒絕來。

想到自己的心肝寶貝要被另外一個女人成天摟在懷裡，吃著她的奶，以後也跟她親近，想想就有些受不了。

她自己從小就是和奶嬤嬤親近，特別明白那種感受。

「不要了，把那乳母辭了吧，小福包我自己餵。」

這個決定一說出來，金雲珠整個人都輕鬆了不少，她就是不願意自己的孩子和別人親近。

黎澤也沒多問，反正媳婦兒說的聽她的就是了。養育孩子一事，他倆都沒有什麼經驗，沒有乳母，有娘在一旁教導著，也不會差到哪裡去。

兩口子就這麼說好了，隔天便辭掉了原本聘好的乳母。

因為金雲珠這突如其來的生產，酒樓裡變得熱鬧起來。前頭做活動，後院聽嬰啼，小福包那哭聲真是關上兩道門都還能聽得清清楚楚的地步，一家子的心神都落在了她的身上。

黎湘不會抱孩子，也不敢去抱姪女那軟綿綿的身子，只能力所及的做些適合坐月子吃的食物給嫂嫂，幫她下奶。

要說這下奶，當然要數鯽魚湯和豬蹄湯最有效果了。不過月子裡天天吃，金雲珠那胃口便有些受不住膩，吐了一次後，黎湘便琢磨著給她改了菜單。

嫂嫂是喜歡吃辣的，坐月子時都不讓她吃，天天吃清淡的，確實難熬，所以昨日傍晚的時候她便讓爹給裘叔他們帶了話，今日抓些黃鱔送來。

炒辣的不行，做點其他有滋有味的菜還是可以的，坐月子一定要舒心才是，她在現代看過太多新手媽媽得了產後憂鬱的新聞，大部分是家裡人不夠貼心才引起的，也有小部分只是因為一時失了關注，便讓敏感的產婦鑽入牛角尖。

天天躺在床上哪兒也不能去，若是再不能吃得舒心些，心裡可不得煩悶嗎？

「師父，黃鱔都送來啦，要怎麼炒啊？」

「送來了，有多少條？」

「呃……數不清楚。」

「……」

黎湘跟著燕粟往外走，到院子一瞧，好傢伙，滿滿兩大桶，裡頭密密麻麻有小福包手腕那麼粗的黃鱔都纏在一起，看著叫人起了一身的雞皮疙瘩。

「裘叔這也太實在了吧，收了這麼多……」

嫂嫂一個人哪吃得了這麼多，看來酒樓又要添道新菜了。

「行吧，都買回來了，做就是了。」

黎湘招呼了二生過來，手把手教他殺黃鱔。

說來也是好笑，酒樓後廚裡膽子最大的就是二生和阿七了，他倆敢徒手抓小龍蝦、抓蟲子，滑膩膩的黃鱔也是絲毫不懼。

這傢伙若是叫桃子杏子來上手，只怕還沒摸就要怕得一直叫了。

不行，得鍛鍊她們才行，哪有做廚子不敢動刀子的。

「桃子杏子！妳倆出來一下！」

「師父，叫我們什麼事？」

姊妹倆還挺高興的，手都沒洗就跑了出來。

「過來，我一起教妳們殺黃鱔。」

桃子姊妹倆一出廚房就瞧見桶子裡那一條條還在不停亂舞的黃鱔，光滑的尾巴肉眼可見的黏液，叫她們頭皮發麻。

黎湘笑著指了指地上的黃鱔道：「過來學一下怎麼處理黃鱔，做廚子的總不能不會處理食材吧。我知道這東西看著可能會有點怕，不過妳們就當牠們是魚就行，魚不也是滑溜溜的嗎？來試試。」

姊妹倆無言。「……」

桃子滿臉都寫著拒絕。

「師父……我寧願殺十條魚都不想殺這東西。」

杏子也跟著點了點頭，甚至還往姊姊身後藏了藏。

這時裡頭的燕粟出來了，直接自告奮勇道：「師父！我來殺吧！」

明明之前還頭一個拒絕的人，居然鼓起勇氣出來說要殺黃鱔。黎湘挑了挑眉，成全了他。

「那你來吧，桃子妳們倆先進去做菜。」

桃子鬆了一口氣，一路小跑進了廚房，杏子有些擔心的看了看燕粟，見他一副胸有成竹的樣子，這才放心進了廚房。不過她一走，那挺直的胸膛便塌了下來，把黎湘笑得不行。

「阿粟，好好跟著阿七學啊，廚師不光要能炒菜，這些基本的東西也是該學學的，殺滿五十條就可以了。」

丟下這句話後，黎湘也回了廚房，準備做她的黃鱔。

嫂嫂坐月子，她是一天四、五頓的準備著，清淡的菜譜也是天天在換，她這兩輩子加起來都沒對誰這樣上心過。

「師父，黃鱔妳要做什麼吃的啊？」

「做妳們自己的菜去，廚房還不夠忙啊？」

黎湘一人彈了個腦瓜崩。

這兩丫頭自從沒了奴籍，當真是肉眼可見的歡快活潑起來，幸虧自己有個師父的身分壓著，不然真就「無法無天」了。

「表姊，妳是不是和我娘約好了晚些時候一起去銀樓？」

正忙活著的關翠兒一聽，羞澀的笑著點頭道：「是約好了一起去銀樓看看，準備嫁妝來著，表妹妳不能去吧？」

她倒是挺想表妹陪著一起去的，畢竟她的人生真的是託了表妹的福才有了這樣大的轉變，不光有了手藝，還找到了自己的幸福。

而且離開了村子，她在城裡其實並沒有什麼熟人，同齡的更是只有廚房的這幾個，看嫁妝什麼的，自然是想著最親近的表妹可以一起。

不過酒樓太忙了……

黎湘也確實是沒空。

酒樓的生意她得照看著，娘不在，嫂子那兒也得去看看，金書照顧小奶娃沒什麼經驗，連抱都不敢抱小福包，大哥也是老怕自己用力不當，每次抱個娃就跟石頭似的，看著就替他擔心。

這兩人都不太可靠，照顧小福包還得自己和嫂子來。

「我是去不了啦，我娘有去就行，到時候我讓她幫妳多挑幾件，不算是添妝，只是以酒樓東家的身分送的禮。」

說起來表姊也算是酒樓裡的元老等級了，從一開始的小鋪子一直跟到了現在，不說親戚這層關係，以老闆的身分也該隨個禮。至於娘家人添妝，那就是另外的了。

黎湘很是感慨了一番。

明明自己才到這裡一年，身邊發生的變化卻是那麼大，這一轉眼表姊都要成親了……

朝夕相處了這麼久，一想到表姊就要搬走，她還挺捨不得。

「表姊妳早點去吧，廚房裡有我看著。」

黎湘給她提前放了假。

如今桃子她們的手藝越來越嫻熟，廚房裡的菜單處理起來也越來越快，除非是真的很耗時的菜，才有可能讓廚房忙不過來，眼下不成什麼問題。

關翠兒天天在廚房待著自然明白，也就不客氣了，炒完手上的那盤菜，便解了圍裙，開開心心的出了門。

杏子羨慕的看了一眼，回頭瞧見姊姊皺了皺眉，連忙又收斂了神色，專心炒菜。

她們姊妹眼下最要緊的是好好學廚藝，別的不該想，也不能想。

兩徒弟的眉來眼去黎湘沒有看見，她這會兒在專心的準備著自己要做的菜，一個人在最角落的灶臺前，身後的案臺上擺著一大盆殺好的新鮮黃鱔。這東西補身味又鮮，在現代的價錢可比一般的魚要貴多了。

黃鱔算是黎湘愛吃的其中一樣菜，好久沒吃了，還怪想念的。她直接裝了一大盤，倒進鍋裡用開水汆燙一遍，不汆燙的話黃鱔身上的黏液就不好洗了，吃起來也會有股腥味。

洗乾淨後直接將肉段撈出來再用清水洗一遍，接著就可以開始燒油炒菜了。

她準備做一道燜黃鱔，不加辣味道也夠，吃起來不會那麼清淡無味。

「小花，火大點。」

黎湘一邊交代一邊將手裡的五花肉扒了一些到鍋裡，混合著鍋裡的菜油一起榨著。菜籽油香是香，只是比起用肥肉熬出來的油要稍微那麼遜色一籌，很快鍋裡的五花肉被炸得焦焦脆脆了，這時她才下了蒜苗進去爆香，然後再加豆醬和其他調料，一起炒香後才下了肉段進去一起炒。

做這樣的河鮮酒當然是不能少的，加進去翻炒均勻後她便不再動了，因為黃鱔肉嫩，下鍋熟了後再翻動，肉就容易散，所以就這樣和均勻即可，然後加點水，蓋上蓋子燜上一刻鐘，就熟得透透的了。

起鍋時她加了點蔥頭和蔥進去，輕輕翻了下，再出鍋，那味道簡直香極了，是一種和肉香截然不同的鮮香味道。

黎湘惦記著嫂子，也不準備給廚房裡的人嚐菜了，直接收拾好就先送飯去。

黎湘把飯和湯連同菜一起端到了大哥屋子裡，一進門她就聽到小福包又在哼哼，不是哭，就是很難受的在輕輕哼哼。

「嫂嫂，小福包這是怎麼了？」

金雲珠尷尬的笑了笑。

「應該是沒吃飽，不知道怎麼回事，今日奶好像沒有昨日多了。」

黎湘愣了下，想到自己昨日還聽到娘說吃得不好或心情不好會回奶，也不知嫂子這是哪一種……

「嫂嫂，那妳先吃飯吧，多喝點湯水奶就多了，我先哄哄她。」

金書很自覺的去扶自家小姐坐起來，在屋子裡只是擺設的僕婦也退到了門外，雖說是叫她來照顧的，但小娃娃太寶貝，一家子都不怎麼願意讓外人碰，金雲珠就更不願意了，她有金書在跟前伺候，所以這僕婦到後來也就是做做灑掃，整理整理東西。

黎湘將飯菜放到桌上，又去洗了洗手，才小心翼翼的抱起了小姪女。

她也不知道為什麼，每次一抱起這個小傢伙就像抱了一團陽光在懷裡一樣，渾身都暖洋洋的，聞著那股奶味，只覺得她真是世上第一可愛的人了。

「哼哼哼……」

小福包沒吃飽，一直在晃著她的頭找吃的，黎湘別的都能幫，這個還真幫不了，只能倒了碗開水吹了吹，拿著小勺子一點一點給她嘬水喝。

這麼小的娃，別的東西也吃不了，除了奶也就只能喝喝水。

不管喝的是什麼，只要嘴裡有東西，小傢伙就不鬧了，安安靜靜的喝著她的水，偶爾還會睜眼看看黎湘，水汪汪的大眼睛真是萌得要命。

金雲珠見狀這才放下心來準備吃飯，今日的菜聞著就香得不得了，她肚子裡的饞蟲都動了。

「小妹，這菜我沒見過，是酒樓新出的？」

她一邊問一邊挾了一筷子菜配飯吃，剛咬一口，就被那細嫩的肉質給驚豔到了，輕輕一抿，肉便散在了嘴裡，又鮮又香，沒有一絲腥味，而且這肉除了一根像刺的骨頭之外便什麼都沒有了，吃起來當真是非常方便！

「小妹，這是什麼肉啊？我彷彿沒有吃過……」

「這是黃鱔，鄉間田裡的東西，就吃個新鮮，嫂嫂喜歡就多吃些。」

「嗯嗯！好吃！」

這是她坐月子以來吃到最合心意的一道菜！

金雲珠胃口大開，一盤子燜黃鱔吃完還吃了半盤青菜，又喝了大半罐的湯，和她前兩日的食量比那真是超出太多了。

黎湘無言。「……」

照這個吃法，她倒是能供，但就怕吃胖了，嫂嫂看著衣櫃裡的漂亮衣裳會不高興……

金雲珠很快吃完飯，將女兒給接了過去。

「小妹，妳廚房還忙著吧？妳先去忙，小福包我一會兒餵了要哄她睡覺，等她再起來，娘估計也回來了。妳別老惦記著我，我這兒有人伺候，想吃什麼會讓金書去和妳說的。」

「那行，我先去忙了，今天表姊和娘出門去了，廚房裡還缺人呢。」

黎湘收拾了碗筷回到廚房，此時的廚房裡已經堆了好幾盆清洗乾淨的鱔段，都是燕粟跟阿七兩人這會兒忙活出來的。

「師父，外頭的黃鱔還剩一小半，還要殺嗎？」

「這些暫時夠了，先上桌看看。」

黎湘也不能保證新做的黃鱔一上桌便能熱賣，這東西在城裡吃的人好像挺少，至少她在別家酒樓的菜單裡是真沒怎麼見過。

「讓阿七繼續刷他的小龍蝦吧，你來跟我學做黃鱔。」

燕粟心下一喜，終於可以擺脫這黏糊糊的東西了！天知道他今日掉了多少的雞皮疙瘩，一輩子的量都掉完了。

「好咧！這就去！」

他歡歡喜喜的跑出去通知阿七，回到廚房的時候正好看到師父將鱔段下了許多到鍋裡焯水，趕緊上前乖乖聽教。

有一說一，雖然燕粟比黎湘要大一些，但他是真心拿黎湘當師父在尊敬，把她放在和自己爹娘一輩的位置上。黎湘不管是教還是訓，他都是乖乖聽著記著學著，比桃子姊妹倆都還要聽話。

「今日咱們上兩道新菜，一道炒菜，一道湯類。」

雖然黃鱔炒出來是挺好吃的，但熬湯的滋味更是鮮香，而且也很養生。酒樓裡好長時間沒有添過養生湯了，正好今日加上。其實說起來黃鱔熬的湯有益氣血補虛損的功效，更加適合嫂子吃，可惜嫂嫂如今對湯湯水水的興趣不大，只能給她先炒著吃。

「黃鱔湯好做，你把配料記下就可以了。」

黎湘去櫃子裡抓了一撮淮山和紅棗，還拿了點陳皮，一起洗乾淨加到陶罐裡。

「記著這個分量，一個陶罐加這麼多就可以了，陳皮可以略少一點，有些人喝不慣這個味道。」

燕粟認真點頭，將配料都記了下來。

燉湯好燉，材料配齊了，再將鱔段放進去，大火燒上一刻鐘再轉小火慢燉就好。比較難的是炒菜，因為師父說過了，這黃鱔肉質和魚肉一般軟嫩，想要炒得好吃還不散架，那就需要好好學學了。

黎湘已經在一旁起了鍋準備炒黃鱔，結果油才剛熱，就聽到外頭一陣吵嚷，出去一問才知道是官府送了牌匾來。

「東家，快快出去迎接吧！」

苗掌櫃興奮得臉都紅了，尋常酒樓哪有這等榮耀，官府獎勵牌匾，還是由上頭批了發下來的，實在是太有面子了。

「李大人無緣無故怎麼會給我們酒樓送牌匾？」

黎湘一頭霧水，不過人都來了，只能趕緊解開圍裙跟著苗掌櫃往外走。

「阿粟，黃鱔先拿去燉湯！」

「知道啦！」

燕粟只來得及應上一聲便看不到人影了。

此時的黎家酒樓外已經圍了不少的人，都瞧著那蓋著紅布的牌匾竊竊私語。

「黎記這是走了什麼運啊，竟然會有官府給他們送牌匾？」

「許是花錢買的，聽說黎家酒樓要搬到內城去了，在造勢吧！」

「胡說八道！要是那麼好買，別人怎麼不買？人家官差都還在眼前呢，嘴上小心些。」

有人一提醒，那些亂說的人便立刻住了嘴，但還是有不少人在討論著官差們抬著的那塊牌匾。

很快眾人便瞧見黎湘帶著苗掌櫃和夥計們出來了，李大人滿臉都是笑意的朝黎湘走了過去，先是將她好一頓的誇，聽了幾句黎湘才反應過來，原來是因為之前賣了做豆花、豆腐的方子給連家姊姊，大司馬用到了軍隊裡，幾個月下來為軍隊節省了不少的軍糧，這才獎勵了牌匾。

「丫頭，這牌匾可是大司馬親自題的字刻印出來的。」

李大人當真是羨慕得很，大司馬親自題的牌匾那是多難得的東西，掛在家裡絕對是非常有面子的一件事。若是這東西能用錢買，他是說什麼都要從黎家手裡買下來的。

可惜，可惜……

「黎丫頭，來揭布吧。」

「東家，去啊。」

苗掌櫃輕輕推了推黎湘，她這才回過神來，走到牌匾旁深吸一口氣扯下了紅布。

「哇！『財源廣進』！」

「雖然有點俗，但放酒樓裡還挺合適的。」

「大司馬一介武夫，能寫個財源廣進就不錯了，哈哈！」

一群人圍著那塊牌匾看了又看，一直到牌匾被夥計們抬進酒樓才慢慢散去。

黎湘將那塊牌匾掛在酒樓大堂的正中，換下了之前那塊「客似雲來」。這塊牌匾有大司馬印戳，掛在大堂還挺能唬人的，這不才剛掛上，平時熱熱鬧鬧的大堂就只剩下了一些碗筷碰撞的聲音，連話都不怎麼說了。

幸好李大人送來牌匾就走了，要是跟著一起進來，估計酒樓裡的人連筷子都不敢動。

這樣的大事傳得很快，李大人前腳剛走，後腳這消息便傳到了各家酒樓裡。當然，正在自家新鋪子裡忙活的黎澤也收到了消息。

「老許，咱們帳面上現在能抽出來的現銀有多少？」

帳房老許聽見，心頭便是咯噔一下。

「東家，現下能抽出來的最多也就八千銀貝，碼頭那邊押了三千，船上還押著兩千，那些都是不能動的。」

「那把能抽走的八千都提出來。」

黎澤想都沒想就交代了下去。

「東家！怎麼可以全都抽出來？萬一碼頭和船上出了點岔子，這鏈子一斷……」

「無礙，後日澍州那批貨便能到店裡了，到時候交貨可以收到一筆錢，應應急是可以的。」

黎澤堅持，許帳房也不好再說什麼，這畢竟是東家的錢，人家要取用，他可沒資格有意見。

「東家，那你什麼時候要？」

「盡快吧，最好明日就能拿給我。」

八千銀貝兌換成金貝還是很好提的，就是帳面上要折騰清算一番有點麻煩，黎澤打算拿著這筆錢去和妹妹談從酒樓裡退出。

要說從酒樓裡退出該是他個人拿出錢來才是，為何要另外從自己鋪子裡取錢呢，這就要從小妹心心念念的大酒樓說起了。

小妹的目標很明確，就是要在內城買下一座酒樓，不過內城酒樓稍微大點的可不便宜，只靠現在那間小酒樓慢慢攢的話，估計還需要一、兩年左右。

雖然時間說長不長、說短不短，但他不想再拖了，酒樓說實在的他也就是初期幫著出了點力、出了點錢，後來忙著自己的鋪子，根本一點忙都沒有幫上，酒樓從上到下都是小妹一個人在忙活，而且酒樓生意之所以那麼好，完全是歸功於小妹的手藝好，所以這酒樓的分紅他拿著著實有些虧心。

正好今日官府獎勵了牌匾下來，他倒是可以回去說道說道了，有了那塊牌匾，小妹去內城再盤家酒樓絕對是一點問題都沒有，也不會有什麼不長眼的來找麻煩，至於欠缺的銀錢嘛，因為數目不小，他決定從鋪子裡提出來，就當自己先借給她的，憑小妹的本事早晚能還上。

自己手上八千，再加上小妹自己的存銀，盤個酒樓、再裝修一下，應該是沒什麼問題。

黎澤當晚便早早的回了酒樓。

當然他到家是要先回屋去看看妻女，一整日忙下來，他最惦記的就是家裡這兩個小祖宗了。

今日回來的不是時候，兩個小祖宗都在睡覺，他只敢湊在床邊看幾眼，便又躡手躡腳的退了出去。

「大哥？今日怎麼回來得這麼早？」

平日裡不到天黑都看不到人影，今日太陽還沒下山，居然在院子裡看到了人，黎湘順口問了一句。

黎澤正好找她有事要說，拉著她便去了二樓的帳房。
「神神秘秘的，大哥你這是幹啥？」
「當然是有事要和妳說。」
他的樣子十分認真嚴肅，跟往日溫和淡笑的模樣大不相同，黎湘心頭咯噔了一下，還以為是出了什麼事，心也跟著提了起來。
「啥事啊？」
「嗯……關於咱們這酒樓的事。」
黎澤坐到桌前，給自己和妹妹一人倒了一杯水，很認真地道：「三天前我聽到一個消息，內城的八珍樓停業準備出售了。」
「八珍樓?!」
黎湘腦子裡迅速回憶起有關八珍樓的所有信息，頓時心動了。
八珍樓算不上城裡的老牌子，但它的位置卻是真不錯，聽說老闆是個有些背景的女老闆，但是一直也沒露過面。酒樓的菜品不是多出色，卻也有自己的幾道招牌菜，加上好的位置，生意還算不錯。
「上個月我路過的時候生意不是還挺好的嗎？怎麼突然就關門出售了？」
「這個嘛……」
黎澤想到已屆婚齡的小妹，笑得有些不太自然。

「因為老闆嫁人了，要跟著丈夫去別的地方定居，酒樓嘛，自然也要搬走了。」說完他頓了頓，直接問道：「怎麼樣，小妹，對八珍樓有沒有什麼想法？」

黎湘眨巴眨巴眼，沒有說話，心裡卻在不停的狂舞。

有啊！她當然有了！

可是錢不夠啊……

「大哥，八珍樓買下來要花多少錢？」

「一萬出頭吧。」

黎澤特地去打探過，自己和妹妹兩個合起來的錢是絕對能買下來的，當然，可能買下酒樓後兩家便剩不了什麼錢，不過那也不是什麼大問題，八珍樓本就是做酒樓生意的，不用大改動就能開張營業，若真有什麼需要裝潢變動的，等賺夠了錢再去改便是。

「八珍樓的老闆將酒樓託給了房牙，算是城中比較大的一家，和六爺那邊有不少的來往，這消息便是六爺打聽了告訴我的。」

「啊……一萬出頭……」

黎湘頓時洩了氣。她現在所有的存銀加上酒樓裡的錢，最多也就幾千，上萬這個數字短時間她是拿不出來的，八珍樓確實是叫她心動了，可惜沒什麼緣分。

「大哥，你回來就是想跟我說這事啊？」

「當然，這事還不重要嗎？」黎澤笑了笑，看出了小妹那心動又無奈的樣子，趕緊又接著道：「我今天交代下去了，讓帳房盡快將鋪子裡的帳整理出來，將能提出來的錢都提出來，差不多有八千的數，加上妳自己的錢，買八珍樓應該可以的。」

黎湘大驚。「！」

「幹麼這副吃驚的樣子？八珍樓那位置錯過了再想買那可不容易了，而且還是現成做酒樓生意的，都不用花太多錢去大改動，多合適。」

聽了大哥這話，黎湘突然隱隱約約猜到了他的意思。

「大哥，你的意思是要抽鋪子裡的錢出來一起去買？」

大哥新開的鋪子賣的都是各地新穎的寶石，進進出出都是大筆的銀子，這幾個月也賺了不少，比起酒樓來那是賺得多了。

「這樣會不會影響你店裡啊？」

能買大酒樓誰不心動，可黎湘心動歸心動，卻也知道其中的利害，如果是要大哥傷了根本拿錢出來買酒樓的話，她是不願意的。

「放心吧，不會影響到我店裡的，我心裡有數。不過，買酒樓這件事，我是沒打算摻和了。」

黎澤直說了自己的打算，他以要照看自己的鋪子為由，拒絕了和黎湘一起經營酒樓的想法，轉而以債主的身分出借銀子給她，也就是說，酒樓買下來就是黎湘一人獨有！

「大哥?!」

這份情誼有些太過厚重了，黎湘心都慌了，儘管她和哥哥是一家人，可親兄弟還明算帳呢，這麼大的一筆數目，大哥這樣說借就借，只是為了給自己圓夢，著實叫她感動。

「傻丫頭，這算什麼，咱們不是一家人嗎？不過區區八千銀貝而已，只要給妳時間，妳能賺回八萬甚至更多，總之，大哥相信妳。」

兄妹倆都沒有推來推去，黎湘也確實是需要銀錢，便說好了等錢到的時候再一起寫個契。

黎澤打從一開始就知道不寫契的話妹妹根本就不會收他的錢，所以早早就說了是以借的方式，錢這種東西，不管感情怎麼樣，都還是掰扯清楚的好。

兩人商量完借錢的事，又討論了下八珍樓的事，一直到半個時辰後燕粟過來請他們吃飯，兩人才止住了話，一起回了後院。

黎澤還在院子裡就聽到了女兒那哼哼唧唧的聲音，高興的飯也不吃了，直接回了屋子。

黎湘自然不會去當那電燈泡，回到廚房挑了四條黃鱔紅燒，配了蔬菜和魚湯，叫杏子一起給大哥大嫂送過去。

「師父，今日是有什麼好事嗎？」

桃子跟著黎湘也算是挺長時間了，一眼便察覺到了師父那喜悅的情緒。

「喲，眼神這麼厲害。」

黎湘只笑了笑，沒有將準備買八珍樓的事情說出來，主要現在八字還沒一撇，連樓都還沒有進去看過，說那些太早了。她準備明日和大哥一起去看看八珍樓的具體情況再說。聽大哥說那邊出的價不算太高，若是能買的話還是要早些定下才是。

「阿若，一會兒吃完飯妳跟我到帳房去。」

正扒著飯的阿若愣了愣，反應過來立刻點點頭應了聲，接著便加快了吃飯的速度。

帳房的活兒桃子和杏子她們是一點忙都幫不上，吃完飯便一起收拾了廚房，安安靜靜的窩在屋子裡做針線。

「姊，我想去學算學。」

「嗯？怎麼突然想起要學那個了？」

桃子懵了一下，頓時想起剛剛師父叫走阿若的事。

「妳該不會是因為阿若吧？」

說到這兒，桃子的眉頭立刻皺了起來，她不想妹妹有這樣的念頭。

「咱們好好跟師父學廚藝就好，學那個算學幹什麼？阿若那是本身就聰明，加上從小就學起才會那般厲害，師父看重她也是應該的。咱們沒那本事，就老老實實學做菜。」

杏子無語。「……」

「姊，妳能不能聽我說完！雖然我有時候瞧見阿若和師父親近會醋一醋，但我才不會跟她比呢，我只是想說咱們學了廚藝，以後肯定也是像師父一樣整日在廚房忙碌，總不能就會算個油鹽醬醋吧？一些基本的食材、調料那些，當廚子的肯定也要了解呀，反正咱們平日裡收工後也沒什麼事做，不如多學學。」

「學……找師父學？」桃子說完，自己又否定了。「不行，師父太忙了。」

「當然不是找師父啦，咱們可以找阿若嘛。阿若晚上不也沒什麼事做嗎？一會兒我找她說說去。」

杏子滿心期待的等著阿若回來，結果等了一個多時辰都沒見到人，姊妹倆睏得不行，桃子已經撐不住睡了，杏子也正準備去睡時，就瞧見師父拿著燈進了廚房。

「師父？」

「杏子，妳怎麼還沒睡？」

黎湘點了兩盞燈放到灶臺上，熟練的繫上了圍裙。

「既然沒睡就幫我燒燒火，我做點消夜吃。」

杏子聽話的坐到了灶前，準備開始生火。她算了算時辰，現在都已經亥時過了，平時師父和阿若最多也就兩刻鐘就能處理完帳房的事，今日怎麼會這麼久？她心裡好奇著，順口就問了一句。

「做消夜？師父妳們還不睡啊？」

黎湘搖搖頭，神情有些鬱悶。

這個時代的燈光真的太不友善了，點了好幾盞燈也不怎麼亮堂，一直盯著那密密麻麻的數字看，時間長了眼睛真是受不了，關鍵是還得早些整理出來，才知道酒樓裡現下能抽出多少銀子，總之今晚眼睛要傷一傷了。

「今晚我跟阿若要忙晚些，待會兒妳也吃點，吃完去睡吧。明日我要出門一趟，廚房裡得靠妳們幾個盯著。」

杏子聽出師父不想多說，便也乖乖的不再多問。

黎湘回頭在櫃子裡翻了下，這一日剩下的肉食就只有幾條五花，菜也多是些白菜、馬鈴薯等禁得住存放的，另外就是魚和黃鱔、小龍蝦了。

這麼晚了，帳房還有一堆的書簡要整理，哪有空再慢慢洗刷小龍蝦，吃起來也太麻煩了，所以她只抓了兩條魚出來殺乾淨剁塊，倒了點料酒醃製。

她準備簡單做道炸魚塊，再配上一壺清茶，墊墊肚子就行。

炸魚的麵糊和炸小酥肉是一樣的，只是加進去的配料略微不同，料酒比較多，薑汁也會多些，加上陳皮，都是去腥提鮮的東西。

黎湘一手扶著麵糊盆，一手拿著筷子挾著魚塊裹上麵糊放進油鍋裡。這還是打從過年後第二次炸魚塊，淡淡的酒香混合著調料的香氣，被油一炸，立刻變成了另外一種更加叫人開胃的香。

杏子會炸小酥肉，但這炸魚確實是沒有好好學過。

「師父，這魚塊不用炸第二遍嗎？」

她記得小酥肉是要回一次鍋才會更酥更好吃。

「不用，魚肉吃的就是鮮嫩的味道，再炸肉質就老了，看各人口味吧。吶，這些妳拿去和金書分一分一起吃，她現在肯定還沒睡。吃完把廚房收拾一下，我跟阿若還有事要忙。」

黎湘交代完了，便端著一盆金黃香酥的炸魚塊回到帳房。

門一開便有微風吹入，桌上的油燈立刻跟著閃了閃，晃得本來就眼花的阿若都快看不清竹簡上的數字了。

「阿若，來休息一下，吃點東西再看，一直盯著眼睛受不了的。」

聽到這話，阿若整個人都精神起來了，天知道她看帳看得眼都要瞎了，總算是能歇息歇息了。

阿若揉揉眼，打起精神喝了杯茶，配著炸得又香又酥的魚塊吃下肚，著實是放鬆了不少。

美滋滋的填飽了肚子，兩人又開始了新一輪的忙碌，一直到過了子時，兩人對了兩遍帳才確定了這大半年來的收益。

除去該給員工發放的紅利後，帳面上黎湘兄妹倆的紅利總共有五千銀貝出頭，提出來的話加上黎湘自己存的近兩千銀貝和大哥那兒的八千，買八珍樓夠了！

算好了帳後，翌日一早，黎湘便跟著大哥一道出了門。

兄妹倆一起先去了房牙處，因著有秦六爺的關係在，那姓劉的房牙態度很是友好，報的價錢也比之前外頭打聽來的要低上許多。

連酒樓帶地契，一共只要約一萬三千銀貝。

這個價格在黎湘的接受範圍內，不過還是要去實地看看再說。三個人便掉頭去了內城，從側門直接進到酒樓裡。

從外面看，八珍樓其實也就比黎記大上一點點，但它能待客的地方卻比黎記要多一些。同樣是三層小樓，八珍樓卻是連接著後院，一起蓋的兩層，一樓後院是廚房和住所，樓上便是長廊和雅間。

酒樓嘛，最重要的就是廚房了。黎湘先去廚房瞧了瞧，灶臺挺多的，還有幾個灶臺明顯沒怎麼用過，灶口都沒有黑煙。櫥櫃應該是被處理掉了，只有空空的牆壁，這些都是小事，到時候在朱家訂製一批裝上就行了。

黎湘比較滿意的是廚房夠大，外頭還有兩口井，那水清澈透亮，絲毫不見渾濁。對酒樓來說，井水是頂頂重要的，若是水質很差，她大概就直接放棄了。

劉牙子見兄妹倆將後廚都看得差不多了，連忙提議道：「走，咱們再到前頭看看。」

他看得出來這兄妹倆對八珍樓目前為止挺滿意的，再加把勁，今日這樓應該就能賣出去了！

一想到賣掉這樓自己能拿的上百兩提成，劉牙子整個人都興奮起來。

「黎姑娘，這酒樓可新著呢，比黎記還晚蓋了幾年。您瞧瞧這大堂的桌椅板凳，也都還很好用，根本不用置辦新的。」

兄妹倆順著劉牙子的話看了看大堂裡的桌椅板凳，的確如他所說的那樣，基本上不用換新的，可以看出之前八珍樓的老闆都有好好養護。

「去樓上看看。」

大堂一眼就能看個大概，黎湘比較好奇樓上的布局。

三個人粗粗看完了大堂便一起上了二樓。

這裡的二樓和黎記不一樣，非常的敞亮，因為它的窗戶都是用能拆卸的木板，不像黎記是固定的窗戶，儘管開得大，也沒有像八珍樓這樣可以幾乎全拆的敞亮。

黎湘一眼就喜歡上了，天氣好的時候拆了那些窗板，二樓就是絕佳適合觀景吃飯的地方，當然，還有三樓！二樓都如此了，三樓肯定也差不了。

黎澤瞧著小妹那亮晶晶的眼睛便知道她滿意得不得了，心裡已經開始琢磨著買樓的契約該怎麼寫了。

他可是比小妹還盼著這一天。

爹娘不肯跟著自己住宅子裡，一直住在外城，兩家一來一回要花上不少的時間。雲珠有身孕時，爹娘大多都是走路來回探望，讓他們坐車，他們總也捨不得。現在好了，等小妹將這樓買下來後，爹娘也能搬進內城，到時候走動起來就方便不少了。

黎澤想想也是哭笑不得，誰家爹娘不是跟著長子一起住呢，偏偏自家這一對非要跟著小妹一起，怎麼也不肯去住大宅子。

「大哥，走，咱們再去三樓看看。」

「哦哦！來了。」

兄妹倆一起上了三樓，不出黎湘所料，三樓和二樓是一樣的，可以將窗板都拆卸下來，尤其三樓視野更好，拆卸下來觀景更為舒適，遠處的果林、流水都能看得明明白白。

美中不足的是三樓的雅間有點少，如果要多弄幾間的話還得自己重新裝修再隔間。不過這都是小問題啦，總的來說黎湘還是非常滿意的。

三個人在酒樓裡上上下下的都查看過後便回了牙行，開始商討起買樓的事宜。因著黎記那邊的錢還沒提出來，黎澤那兒的銀子也要一、兩日才到位，所以三人約好了兩日後再簽訂契約，現下先給五百定錢將八珍樓給定下來，以免被人買走。

一下交出去五百銀貝，黎湘那真是心疼得不只一點半點，都沒功夫去想怎麼裝修新的酒樓，只想趕緊回酒樓忙活。

黎澤也忙著要去碼頭接貨，兄妹倆在街頭便分了手。

到傍晚忙活完了，一家子都在桌上吃著飯呢，黎湘才將自己決定買下八珍樓的事告訴了他們。

「啥?!八珍樓?!」

「師父！妳說的是內城的那家八珍樓?!」

「內城……」

黎湘點點頭。

一桌子的人驚得筷子都要拿不住了。他們雖然兜裡沒幾個子兒，但內城的房價大概都是心裡有數的，一座酒樓沒個上萬的數字怕是買不起，自家這酒樓才開多久啊，怎麼就突然能買內城的酒樓了？

一群人裡，關翠兒和黎江夫妻倆是最為震驚的。畢竟他們是眼看著黎湘從小小的鋪子做到了酒樓的，黎家家底如何他們心裡都一清二楚，充其量也就幾千銀貝，還是將酒樓所有銀錢都拿出來才可能有，反正買八珍樓是絕對不夠的。

「湘兒，妳……」

黎江想問女兒是哪裡來的那麼多錢，只是話一出口看到桌上這麼多人又把話嚥了回去，銀錢的事還是不要在飯桌上討論了。

「算了算了，先吃飯吧，一會兒吃完再慢慢說。」

買下八珍樓已經成了定局，女兒下決心要做的事他算是看明白了，沒人能攔得了她。當家的都發了話，桌上的小輩們便不好再問什麼了，吃完飯便乖乖的收拾了廚房回了屋子。

黎湘自然是被抓到爹娘屋裡好好「審問」，外頭的阿若也被桃子姊妹倆抓到了屋裡。

因著一開始姊妹倆對阿若的態度很不錯，這些日子相處下來關係也是越發的好，阿若還以為她倆是找自己玩鬧，結果沒想到她倆竟是想和自己學算數。

「妳們倆認真的？」

阿若在酒樓裡也待了幾個月了，對桃子姊妹倆不說特別了解，那也知道的不少。她倆從小被賣來賣去，一個字都不識，也是到了酒樓裡跟著黎湘前前後後才學了幾個常用字，算數更不用說了，只能算算十以內的數。這樣一點基礎都沒有的人，學起算數可不容易。她想到自己從小背的那些東西，日復一日的，少一分耐心都不成。

「怎麼突然想起要學這個了？」

桃子看了看妹妹，嘆了一聲答道：「也沒什麼，就是想多學點東西。妳瞧廚房裡的廚子，除了我和杏子個個都會算，都是一家的，我們也不能差太遠啊。師父她太忙了，眼下又要買八珍樓，以後肯定更忙，所以只能來求求妳教我們了。」

這話說得真情實感，桃子倒也沒說謊，只是其中還有更重要的一個原因她沒說。自家姊妹倆如今沒了奴籍，又跟著師父在學藝，這是天大的好事，可小妹她跟阿粟……

兩人之間的差距實在有點大，眼下也只能儘量多學些東西將自己變得更厲害一些，拉近兩人的距離。小妹是真喜歡，她這個做姊姊的當然要幫忙。

姊妹倆拉著阿若軟磨硬泡，阿若見她倆是真心要學，便答應了下來。

只是接下來，一直都沒有找到什麼機會去教她們，因為酒樓裡實在是太忙了……

八珍樓一買下來，黎記便著手開始「搬家」，酒樓裡原本的東西都沒怎麼動，桌椅也還留著，一起留下的還有姜憫。

這座酒樓又重回了它的老本行，開始出售茶點、包子、饅頭，外加一系列的麵食。關翠兒一家和駱澤也一起留在了這兒，再加上姜憫的兩個小徒弟做幫手，做做麵食、賣賣滷味剛剛好。

其他人嘛，當然是跟著黎湘一起去了八珍樓。不，現在已經改了名，叫湘記酒樓。兩家酒樓一起經營，帳目卻是分開的。湘記如今算是黎湘一人所有，除去給酒樓眾人的福利，其餘所賺的銀錢都是她一個人的，頭一個月開始營業便賺了黎記兩、三個月的收益，著實叫人咋舌。

內城外城一字之差，收益卻相差那麼多，也怪不得人人都想到內城來了。

第三十九章

一晃三個月過去，湘記酒樓憑藉著各式各樣新奇的菜式和獨特的味道徹底在內城站穩了腳跟，名頭甚至已經超過了東華。不過東華裝潢華麗是湘記無法比的，所以一些商戶請客做宴還是會選在東華，兩家倒也沒什麼衝突，加上湘記大堂內還掛著大司馬親題的牌匾，宛如一根定海神針，再有小心思的也沒空來湘記找麻煩。

黎湘埋頭在廚房裡彷彿陀螺一般忙了兩個多月，才稍稍清閒了些。少了表姊和姜憫兩個人，廚房裡實在忙碌，好在三個徒弟這幾個月下來大多數的菜式都已經得心應手，加上有阿七他們從旁協助，廚房裡才沒亂起來。

不過廚房人少了可不行，趕上客人多的時候忙一整天下來腰痠背痛就像是搬了一天磚似的。為了身體健康著想，黎湘趁著一場大雨酒樓裡沒有那麼忙的時候出了趟門，去牙行買了四個人。

酒樓裡的生意越來越好，添人是必須的。她不是沒想過再帶幾個徒弟出來，只是現下確實是沒什麼空教徒弟，就連桃子她們幾個現在都是在半自學中，而且明日就是表姊成婚的日子，只會更忙，黎湘恨不得多生幾隻手出來忙活。

「師父！明日喜宴上妳要的蔬菜都送到了，肉類也差不多都齊了，只有蟹還沒有送到。

剛剛小寶去了碼頭一趟，等了半個時辰也沒等到船回來。」

「這個點還沒到？」

黎湘只是愣了下神，很快又接著去炒她鍋裡的菜。

「再等等吧，興許是鎮上那邊有什麼耽誤，有我爹跟著呢，晚上應該能到的。」

明日的婚宴有多重要家裡人都知道，她相信爹能把食材都帶回來。

燕粟得了話心裡踏實了不少，畢竟是頭一次跟著籌備喜宴，沒有經驗，難免有些緊張。

一眾人都沒怎麼把這事放在心上，忙忙碌碌一直到傍晚還不見人回來才開始著急起來，酒樓也早早的打了烊，本是想著一家都去碼頭等等看，結果一行人剛走到了街口，就瞧見一隊板車拉著貨回來了。

黎湘探頭看了看，沒有看到爹的身影，忙上前去問最前頭趕車的車夫。

「哦黎老爺啊，好像是受了什麼傷，讓人給送到醫館去了。」

一句話炸得黎家眾人臉色大變。

「什麼？受傷了？受了什麼傷？」

關氏急得聲音都變了，好好的跟船押貨怎麼會受傷呢？這些貨看上去都好好的，怎麼人反而出了事？

趕車的車夫也是在碼頭接的貨，並不清楚實情。

「夫人這您就得去醫館問問了。」

關氏著急的還要再問什麼，黎湘伸手拍了拍她，先安撫她的情緒，然後轉頭交代燕粟把這些貨接回酒樓，自己則是走到最後面找到了押貨的兩個夥計問了舅舅和爹走時的方向，直接找了過去。

碼頭附近就兩間醫館，既然他們說爹傷得挺嚴重的，那肯定是就近醫治，應該好找。

一家人都提著一顆心，關氏甚至都已經開始忍不住默默流起了眼淚，黎湘心也跟著慌了起來。

打從她來到這裡，爹在她心裡就是家裡的定海神針，一直都無條件的疼愛她支持她，是她最堅實的後盾，怎麼就突然受傷了……

「娘，到了！我先去仁心堂看看！」

黎澤一邊說著一邊大步的朝醫館跑了過去，正好和裡頭出來的人撞了個滿懷，一抬頭發現竟還是個熟人。

「哎！四娃?!」

明明應該在外走鏢的人居然會出現在城裡的醫館裡。

伍乘風也驚了下，不過他很快回過神來，一抬眼就看到了醫館外的黎湘母女，連忙出去將她倆接進醫館。

「嬸兒，我正準備去酒樓通知你們呢，大江叔沒什麼事了，都處理好了，也用了藥，一會兒醒了就能送他回去。」

「是你送我爹來的？」

黎湘當真是一頭霧水，一個應該在外押鏢，一個應該在鄉下收貨，八竿子打不著的兩人是怎麼遇到一起的？

「我爹到底傷到哪兒了？」

她話剛問完，眼前的簾子就被伍乘風撩了起來，露出了醫館裡頭的情景，走在她旁邊的關氏立刻衝了進去。

「阿弟！你姊夫這是怎麼了？」

平日裡健健康康的黎江此刻正臉色慘白的躺在醫館的竹榻上，一旁的關福眼睛紅紅的，顯然不久之前哭過一場，看到姊姊進來，趕緊起身讓出了自己的椅子。

「姊，妳放心，姊夫他已經沒事了。」

看到自家人都來了，關福心裡放鬆了不少，趕忙將這一路上發生的事說了出來。

要說他們這趟一開始其實挺順利的，只是行到大半程的時候，江上不知怎的起了大浪，船上眾人穩船尾的穩船尾，穩貨物的穩貨物，一個個都恨不得長出四隻手來。

關福蹲在船板上抓著貨框堅持了半炷香的時間，腿都蹲麻了，眼瞧著浪小了便想起來活動一番，誰知又一道大浪捲來，直接將他這個腿麻站不穩的人晃到了江裡。

雖說他有那麼點泅水的能力，但江上浪頭正大，他掉下去剛伸個頭出來就有浪來將他打下去，黎江仗著自己水性不錯跳下水救人，結果差點兩個人都沒能上來。

好不容易把他倆都撈上來了，結果闞福被拖著沒嗆到多少水，倒是黎江悶了一肚子，拉上船直接就昏了。

船上的人做了急救，將他肚子裡的水都壓了出來，可人卻是一直沒有醒，後來才發現是被水裡不知道什麼東西撞到了頭，等他們急急忙忙的一路趕到碼頭時幾乎都筋疲力盡了，也是巧了，碰上伍乘風一行押鏢回來，他們便順手幫了忙，將黎江用馬車趕緊送到醫館裡。

前後就是這麼回事，郎中也看過了，說是沒什麼大問題，只要休息後醒過來就沒事了。

知道沒什麼大事，闞氏提起的一顆心才落了地，黎澤不放心的又去前頭找郎中問了一遍，得知確實是沒什麼危險才放下心來，老老實實的抓了一大堆的藥。等他回轉身便瞧見小妹正盯著爹，而她身後的四娃則是在盯著她瞧，那目光委實有些灼熱。

幾個月沒見到他差點都忘了這小子和小妹的事了。等爹好了，表妹的婚宴也辦完了，到時候得商量他倆的婚事了吧？

黎澤說實話是不怎麼滿意伍乘風的，儘管恢復了記憶後對小時候的他印象挺好，但他那個家裡真是太糟糕了，哪怕已經斷了關係，誰知道哪天那伍家人會不會又發什麼瘋找上門來鬧？

唯一叫他滿意的是伍乘風一直表明態度是入贅不是娶妻，這樣小妹就能一直和爹娘生活在一起，自己也能時常探望，不會叫小妹受什麼委屈。

不過眼下兩人還是不要太親近的好，免得叫人說閒話。

黎澤上前扯了扯伍乘風，先是和他道了謝，然後又提醒他鏢局的馬車都還在門口等著呢。伍乘風頓時明白了他的意思，正好自己也得先回鏢局，左右這裡不用他再看著了。

「嬸兒，我剛回來，鏢局還有事得先回去了，就不送你們回去啦，明日我再上門探望大江叔。」

關氏連連點頭，讓兒子送他出去，一家子都掛心著竹榻上的病人，也沒人想起伍乘風這才剛回來，肯定不知道他們家酒樓已經搬到內城了，而且明日還是關翠兒的大婚，酒樓裡估計得忙翻天。

第二天，伍乘風興沖沖的趕到黎記酒樓，便只瞧見了緊閉的大門，還有大門上掛著的醒目的牌子——

今日東家有喜，暫歇一日。

伍乘風愣住。「……」

東家有喜？誰有喜？黎澤的孩子應該早就生了啊……

伍乘風在酒樓外轉了幾個來回，後門也關得密密實實，沒有一個人在，還是問了隔壁的店鋪才知道原來酒樓早就搬了位置，而且，今日還是關翠兒和駱澤成親的大日子！

問明白新地址後，他第一時間去街上買了賀禮，又備好了散銀，這樣的大喜日子可不能空手上門。

今日他出來的早，買完東西趕到湘記酒樓也才剛過巳時。

此刻的湘記樓外掛著大片大片的紅綢，還寫了不少的喜字，正門大開著，裡頭卻沒什麼人，只有幾個夥計在來來回回的佈置大堂。

他畢竟也是酒樓的熟人了，幾個夥計一眼就看到了他，非常熱情的招呼他進去。

「喲，這不是乘風小子嗎？幾個月不見黑了不少呀。」

苗掌櫃抱著大罐喜糖交給夥計，笑咪咪的朝他走了過去。

「這會兒後頭正忙著呢，小東家應該是沒啥空見你了，要不你先去樓上坐會兒？」

今日的喜宴雖然辦得不大，但也是東家極為看重的，忙得可不只有一點半點，苗掌櫃一路看過來自然是明白伍乘風與黎家的關係，不出意外的話過個兩、三年他就是酒樓的姑爺了，都是自家親戚，二樓三樓當然能坐得。

伍乘風不想去後廚添亂，正準備點頭，就聽到酒樓外傳來一陣嘈雜聲，有男有女，嗓門都還大得不得了。

「好哇，瞧瞧這酒樓，你們都在城裡頭吃香喝辣，把我個老太婆丟在村子裡吃糠嚥菜！」

「就是啊，福子你可真沒良心。」

一聽聲音就知道來者不善，兩人一回頭便瞧見關福木著張臉領著一群人進了酒樓。

看他這樣子兩人頓時明白過來，這便是關家那一家子了。

雖說關福已經和他們分了家，但親娘到底是親娘，女兒成婚不請她是絕對說不過去的。幸好眼下他們只知道這是辦喜宴的酒樓，還不知道這酒樓是黎湘的，若是知道了只怕還要鬧。

關福暗嘆了一聲，上前扯了扯苗掌櫃。

「苗掌櫃，這是我娘，這是我大哥一家，麻煩你帶他們去二樓稍坐吧。」

「好咧！」

苗掌櫃會來事，轉眼便揚起笑臉，客客氣氣的叫了聲老夫人樓上請。

這一聲老夫人叫得關老婆子心花怒放，一時也記不得要和兒子發火了。她還從來沒有被人叫過老夫人，尤其是城裡這樣大酒樓的掌櫃，當真是舒心得很。

「走走走，樓上去看看。」

關老婆子總算是露了個笑臉出來，歡歡喜喜的跟著上了樓。關家大哥有心想跟弟弟說些什麼，卻又被自己婆娘扯著一起上了二樓，那一家子很快便消失在了樓梯口。

關福這才注意到了伍乘風。

「乘風你來啦，去後頭坐會兒吧？樓上大概會有些不清靜。」

「福子叔你這不是跟我見外了嗎？我這身骨頭就是閒不下來的，你看有什麼要幫忙的叫我一聲，今日大喜，我想要忙活的可多了吧？」

關福下意識的點點頭，可不是嗎？姊夫受了傷不好再出門，外頭的事都交到了自己手上，女婿今日也不好跟著一起幫忙，裡裡外外的事還要加上應付老娘和大哥，當真是有些心力交瘁。

左右伍乘風這小子日後也是一家人，他願意幫忙正好，自己頭一回處理這麼多事，真是有些手忙腳亂。

「說來，還真有個忙得請你幫一幫。」

他看了看樓上的位置，湊到伍乘風身旁小聲道：「我這老娘脾性有點鬧騰，若是知曉酒樓是湘丫頭的，必定會鬧上一場，所以我想讓你回去請上幾個兄弟來吃席，順便鎮鎮場子。」

伍乘風無語。「……」

瞧他這神神秘秘的樣子還以為是要做什麼大事，原來就是讓他回去請幾個兄弟來。

「叔，我那些個兄弟走南闖北的，剛回來身上都帶著煞氣，來參加喜宴會不會不太好？」

伍乘風不懂喜事的規矩，生怕其中有什麼忌諱，再三和關福確定沒關係後才離開了酒樓。

說實在的，鎮場子這活兒還真就非鏢局的那些人莫屬了。

見伍乘風回去叫人了，關福心下安定了大半，礙於孝道他請來了老娘，但他心裡也是真怕老娘鬧事，丟人不說，還給姊姊、姊夫惹麻煩。

「福子叔，後頭小東家叫你過去一下。」

「誒！知道了。」

關福擦了擦額頭的汗，趕緊去了後廚。

正經喜宴是在晚上，但中午的席面也不能馬虎，加上還有一些菜品要早早準備，這會兒廚房裡的一眾人都忙得腳不沾地。

他剛走到門口，還沒來得及和湘丫頭說話，就看到姊夫在院子裡朝他招手。

「福子，他們都到了？」

「啊，都去樓上了，我讓苗掌櫃帶著他們。姊夫你好些了沒有？」

黎江點點頭，將他拉到了一旁。

「我這傷沒什麼大礙，酒樓裡頭有我看著，你先去忙別的。對了，我醒了聽你姊說四娃回來了是吧？你找個人跑一趟鏢局，叫他帶幾個人過來一起吃席。」

關福無語。「……」

要不怎麼說是一家人呢，都想到一塊兒去了。

「姊夫，方才他來過了，我也說了這事，這會兒他已經回去叫人了。」

兩人尷尬的相視一笑，都知道這手防的是誰。

「行吧，那你去忙吧，我收拾一下去前頭盯著。」

黎江轉身回了屋子，換了套棕紅色的新衣裳。看著鏡子裡精神滿滿的自己，想著如今都一把年紀的人了，家庭和順，銀錢不愁，過往的那些雞毛蒜皮的恩怨他也不想再去計較，丈母娘始終是丈母娘，該有的禮節不能少，總是要出去見見的。

不管怎麼說她是媳婦的親娘，這些年對自家不客氣歸不客氣，到底沒幹出什麼傷天害理的事，她那一家也沒在自己手上討到過什麼便宜。

今日翠兒的大喜之日，能忍就忍忍。

黎江收拾好自己後直接去了前面大堂，問了苗掌櫃才知道他把人帶去了二樓的包廂裡。

也是，坐包廂裡比較好。

「那我上去瞧瞧，苗掌櫃，一會兒四娃要是帶人來了，你直接讓他到樓上來，不要收他們的禮錢。」

「自然自然。」

都是一家人，收什麼禮錢？苗掌櫃心領神會。

打發走苗掌櫃，黎江看了看樓梯，深呼吸了兩口氣，直接朝著二樓走去。

外頭這些紛紛擾擾，廚房的人都是一概不知曉。他們今日一大早便起來開始忙活了，洗蝦的洗蝦，刷蟹的刷蟹。黎湘做為主廚自然是更忙了，尤其今日還有重頭菜要上，準備工序繁雜到必須空出三個灶臺位置才能完成。

「師父，先前熬的湯妳看看，我感覺熬得差不多了。」

黎湘正處理著魚膠，聽到燕粟的話立刻便放下東西去看。

這兩大鍋裡熬的可不是普通的湯，是匯集了全雞、全鴨和排骨、豬蹄等一堆好料熬出來的高湯，一大早就開始熬，到現在都快兩個時辰了，打開蓋子便是一陣陣濃郁的肉香撲鼻而來。

「差不多了，這個灶臺的火先蓋住，阿粟你去把我泡好的干貝和鮑魚都拿來。」

「全都拿來嗎？我瞧著泡了好大兩罐。」

黎湘點點頭，使喚著他去將兩樣食材端了過來，轉過頭趕緊將手裡的魚膠處理乾淨，此時灶臺上其他的食材也準備得差不多了。

蹄筋已經冷油下鍋炸過，泡得正正好，香菇、翅絲、海參等也都已經泡發好，就等著她來裝罐子上灶臺。

「師父，這也太多料了吧，全都一起煮會不會太浪費了？」

杏子姊妹倆看著滿灶臺的食材，倒吸了口涼氣，雞、鴨、排骨、蹄子就不說了，肉食沒一個便宜的，另外還有大堆的海貨，什麼干貝、鮑魚、海參，這些東西比肉還貴，再瞧瞧灶臺上還有香菇、翅絲、魚膠，以及一盆子鵪鶉蛋，這麼多的食材，她們都想像不出來一起煮會是個什麼味兒。

食材太多味道太雜，還能出好菜嗎？

「煮出來是給人吃的，怎麼會浪費？」

黎湘忙著做菜，一時也沒時間慢慢講解這道大菜，反正教是肯定會教的，不過得等表姊這喜宴過後。

「桃子，妳去看看肉餡都剁好了沒有，一會兒我要用。杏子妳去把蹄膀過過水，先燉。」

「好咧！」

兩丫頭領了差事立刻忙活了起來，正好燕粟也拿來了食材，都是她在白家挑的上好干貝和鮑魚。

黎湘檢查了下，都泡發得差不多了，轉身將臺子上的其他食材拿過來準備放進罈子裡。最底層鋪上幾片薑片，放上最難熟的蹄筋和最經煮的鮑魚，再放上新鮮的筍片、香菇和翅絲，然後放進干貝、海參和鵪鶉蛋，另外還有她自己特製的準備過年吃的火腿肉，每個罈子她都放了一些。這些東西一樣加上一點，小小罈子便被撐得滿滿當當，只要再加上撇乾淨浮沫的高湯就可以開始燉煮了。

佛跳牆在現代是一道非常出名的菜餚，在這裡嘛，黎湘還沒有聽說過哪家有這樣的菜。僅僅這一罈就包含了數十種食材，價錢也不便宜，一般人怕是捨不得做。

她打算在表姊的喜宴上將這道菜先推出來嘗個鮮，然後再在酒樓裡正式售賣。

「師父師父！剛剛阿七說乘風大哥帶著十幾個人去樓上了！」

聽到乘風兩字，黎湘下意識的愣了愣，昨日還沒好好謝他，今日一早又忙得很，一時沒想起他來。

「他帶了十幾個人？」

很快黎湘反應過來，估摸著他是以為酒樓正常營業才帶了兄弟過來吧。

「來就來吧，阿粟你去和苗掌櫃說一聲，叫他別收那些人的禮錢。」

話剛說完，黎湘突然想到了什麼，立刻問了句。

「我大舅舅他們也在樓上吧？」

燕粟點點頭。

「阿七說這會兒師公和他們都在上頭，由師公親自招待。」

聽到是爹在上頭鎮場子，黎湘稍稍有些放心了。不過想著大舅舅那一家奇葩的性子，中途她還是抽空去前頭看了下，剛走到樓梯口便見到苗掌櫃領著白家兩兄弟進了酒樓。

白家作為酒樓的供酒商，酒樓要辦喜事那肯定是要請他們來的。眼下來的還是老熟人，曾經還是小鋪子的時候就在隔壁的那兩兄弟。

「白叔，你們倆怎麼來得這麼早？」

「早點來沾喜氣呀，妳這酒樓開業後還是頭一次辦喜事，咱們這麼熟，當然要早點來了，湘丫……」

白老大剛要開口叫湘丫頭，轉瞬又嚥了回去，今時不同往日，如今黎湘可不是那小鋪子裡的湘丫頭了，是正經的酒樓東家。

「黎老闆……」

「誒誒誒，可別叫我老闆，還是和以前一樣叫我湘丫頭吧，聽得習慣點。走，咱們去樓上坐吧。」

黎湘一邊笑一邊請他倆上樓，三人說著最近的酒水單子聊得入神，也沒注意身後輕手輕腳的跟了一個人。

這人很是面生，其實就算黎湘回過頭瞧見了也是不認得的。那是關老大的兒媳婦尤氏，她還沒進門的時候黎家一家便開始做買賣進了城，兩家後來也沒什麼來往，自然是相見不相識。

不過尤氏腦袋瓜靈，只跟著聽了幾句便分辨出了三人的身分，尤其是那句湘丫頭，自己家婆母最近可沒少提起這三字。

方才不過是下來找個茅房，誰想竟讓她聽到如此震撼的消息，這酒樓居然是黎湘丫頭的！

難怪二叔一家來了城裡便再也沒回過鄉下，還有能力在這樣大的酒樓裡辦什麼喜宴，敢情這酒樓就是自家的！

沒錯，在她眼裡就是自家人的。

黎湘是姑母的女兒，姑母可是自己關家的人，那這酒樓怎麼也有關家人的一份兒，瞧瞧二叔跟著他們來城裡一年後變化多大，上回見面還是一副畏畏縮縮的樣子，又醜又黑，現在看著比鎮上的人還要氣派。同樣是兄弟，姑母未免也太偏心了些，只關照著二叔，都不知道拉拔一下公公。

尤氏打定主意要將這事告訴阿奶，原本只是想占占二叔家的便宜，現在嘛，她想和丈夫一起留下來，大酒樓住著吃香喝辣多好，誰要回那苦巴巴的村子。

黎湘上樓的時候一眼就看到了坐在圍欄邊的那兩桌人，實在是他們一個個人高馬大的又有氣勢，招人得很。她看了眼伍乘風，見他正在和同桌的兄弟說話，也沒去打擾，先安頓了白老大兩兄弟落坐，然後去了大舅舅那桌。

尤氏趕在她招呼白家兩兄弟的時候回了桌位，飛快的將自己聽得的消息告訴了丈夫和公婆，一家子看著黎江的眼神頓時火熱起來。

關老大心裡直冒酸水，到現在他才算是明白了為什麼老二能在城裡混下去，還混得挺不錯的樣子。自家比老二家也好不到哪去，怎就沒見小妹兩口子幫幫自家？太偏心了。他一屁股坐到黎江旁邊，正想套近乎，就瞧見黎湘坐了過來。

「爹，你們怎麼就乾坐著呀，讓他們上點吃的啊。」

說完她招呼了夥計去廚房端些零嘴上來，轉頭才和關家一家打了招呼。

「姥姥許久不見，身體可還康健？」

關老婆子不是很想搭理她這個丫頭片子，不過孫子在一旁一個勁兒的給她使眼色，她還是給面子的點了點頭，只是到底心裡頭不爽得很。

「難為妳還知道許久不見，這麼長時間了，也沒見個人回村子裡探望探望，一家子在城裡吃香的喝辣的，哪管我這個老太婆的死活。」

黎江聽了不樂意，立刻懟了回去。

「娘妳這話說的，逢年過節我們可是託人送了禮回去的，再說不是有大哥一家照顧妳嗎，哪兒輪得到我這個女婿出力？瞧妳這精神滿滿的樣子，可見日子過得不錯。」

「你！」

關老婆子下意識的想發火，才開口說了一個字，就見圍欄旁那兩桌子凶巴巴的男人齊齊看了過來，嚇得她又把話嚥了回去。關成生怕阿奶再說什麼將姑丈一家給得罪了，連忙找了個藉口說是要陪她在這樓裡逛逛拉走了她。

黎湘看著桌上幾個人那熾熱的眼神，隱隱約約有些懂了。

她並沒有刻意要隱瞞自己就是酒樓老闆的事，她也不怕有人鬧事。自家在城裡雖說不是什麼權貴之家，但治兩個鬧事的人那是綽綽有餘的，李大人和他的手下都是酒樓的常客，只要捎個口信出去，不出一炷香便會有巡街的差役過來，當然了，今日是表姊的大喜日子，她不想出什麼岔子，大舅舅一家最好老實些吧。

「爹，我廚房還忙著呢，得先下去，這裡你招呼吧。白家叔叔在那邊，你記得一會兒去看看，另外還有幾家平時合作的老闆也遞了消息說要來，得你去招待了。」

黎江點點頭。

「知道了，我心裡有數，妳去忙吧。對了……」

他看了看圍欄旁的伍乘風，張口想說點啥，話到嘴邊又說不出來了。

「妳忙去吧。」

黎湘順著爹的眼神看過去，正好和伍乘風看過來的眼神對上，那沈靜中又隱隱帶著熾熱的目光，讓她恍惚間又彷彿回到了幾個月前兩人還天天待在一塊兒的日子。

昨日看得不仔細，今日才發現他又瘦了不少，想也知道幾個月的風餐露宿很是辛苦，可惜現在沒什麼空去和他說話，只能讓夥計去給他們那兩桌多上兩盤小酥肉和下酒的小菜。

她剛走一會兒，關成便帶著已經通過消息的阿奶回來了。

關老婆子張口就要找女兒。

黎江皺了皺眉道：「她這會兒正陪著翠兒呢，要晚上才會過來。」

一聽這話關老婆子就笑了。

「那正好，你快些送我過去，翠兒怎麼說也是我的孫女，她成親我怎樣也要過去看看，哪有在這兒等晚上再見的，我還有東西要給她呢。」

黎江無語。「……」

他有些摸不著這丈母娘是什麼心態，平時也沒看到她對翠兒有多好，怎麼就突然想要去看看翠兒了？而且還說有東西要給翠兒，實在不像她之前的為人。

不過，女子出嫁做奶奶的在場也是應當，若是丈母娘老老實實的不作妖，送一送倒也無礙。

關老婆子見他沒有第一時間反對，立即追著好聲好氣說了幾遍想去看看翠兒。當然，她沒那麼好心真去送嫁，只是想去找女兒說說這酒樓的事。她又不傻，女婿根本不會吃她那套，只有找女兒先賣賣慘才能占到便宜。

黎江最後還是聽了話，將丈母娘等三名女眷都送去了翠兒那邊。他沒從大門出去，而是帶著人走酒樓後門，剛走沒多遠便在巷子轉角遇到兩個吵嘴的婦人，走出老遠才反應過來，那吵嘴的其中一個聲音很耳熟，尤其是那股子撒潑勁，聽了好些年實在難忘得很。

四娃他娘？

黎江帶著人直直往前走，並沒有回頭看，左右四娃已經和伍家斷絕了關係，有什麼事也輪不到他來操心，他也不想再和這過往的鄰居有什麼瓜葛。

巷子裡的喬氏和人爭辯完，心滿意足的將搶到的兩斤便宜雞蛋放到提籃裡。要說買雞蛋，其實她現在住的宅子附近有更大的菜市，不過那邊的雞蛋比這裡要貴上兩銅貝，所以她寧願走遠一點來這邊買。

當然便宜的雞蛋誰都想要，遇上一次也不容易，今日便是來得有些晚了，差點叫人給買完了，還好她嘴皮子厲害，將那和她搶雞蛋的人擠兌走了，這才買到了最後兩斤。

付完錢的喬氏從錢袋裡拿出四枚銅貝，藏到了自己的衣襟裡。每日出來買買菜，一日就能攢上十幾銅貝，這也是她一日當中唯一開心的事了。

自從她發現了丈夫在城裡的宅子養小三，又和那小妖精起了爭執後，就差點被趕回了村子。她性子再潑辣再凶悍，可她始終是個依靠男人的婦人，不想回村子裡就只能聽丈夫的話和那小妖精「和平共處」，誰叫她兩個兒子都是好吃懶做的性子，一點都靠不住呢。

還有女兒已經到了婚嫁的年紀，回了村子就只能嫁給泥腿子，留在城裡讓她爹給想想法子，興許還能嫁個掌櫃什麼的。

當然，最大的原因是她要面子。

村子裡的人都知道她帶著一家子進城是來過好日子的，若是就這麼灰頭土臉的回去，她可丟不起那樣的臉。再說有大宅子能住，她憑什麼回老家，把這宅子讓給那小妖精？

等著吧，早晚有一天她會把那小妖精給趕出去！

喬氏提著雞蛋拐了個彎準備再買點青菜便回去，走到湘記酒樓前瞥見一條條的紅綢，下意識的抬眼看了看，不看不要緊，一看嚇一跳。

哪怕是很長時間沒見了，她也還是一眼就認出了那酒樓二樓欄杆旁坐的正是她那被趕出家門的小兒子！

老四?!他怎麼會在酒樓裡？瞧瞧那衣著打扮，哪裡像是欠了債的樣子……

喬氏頓時走不動了。

她以為小兒子被趕出家門後會被斷手斷腳，或者是給人當奴才，日子應該過得是狼狽不堪淒淒慘慘才是。

可眼前看到的這一幕卻和她想像的差太遠，著實是叫她愣了好半天才回過神來。能進酒樓吃飯，看來四娃混得不錯啊……

喬氏想都沒想就提著籃子走進了酒樓。

苗掌櫃剛從樓上下來，見她提著一籃雞蛋就往二樓去，還以為喬氏是關家那邊的親戚，順口問了一句是不是來參加喜宴的，喬氏眼睛一轉，點頭承認了。

大酒樓的喜宴，誰不想吃？至於她的身分嘛，四娃都在，她這個當娘的自然也可以上桌，村子裡吃酒誰家不是拖家帶口的去坐席，她跟著自家兒子那是理所當然。

喬氏沒覺得自己有什麼不對，苗掌櫃一早又得了東家消息不收關家那邊的禮錢，先前看著關福帶來的那一家子什麼都沒準備，這個好歹還帶了一籃子雞蛋，也算是有心了，是以也沒多想，客客氣氣的將人領上了二樓。

此刻樓上沒多少人，空桌子格外的多，苗掌櫃想著樓上還有關家人在，他們都是一個村的，想來也不需要自己再多做介紹，便給喬氏指了位置，自己又下樓繼續忙活了。

喬氏看著掌櫃下了樓，一回頭立刻興奮的將最近桌子上擺放的那些瓜子核桃蠶豆都倒了一半進籃子裡。這些東西平時買其實也不是很貴，但她是捨不得花私房錢去買來吃，瞧著這酒樓這麼大，桌上的零嘴這樣豐富，想來她拿一點也沒關係，現成的便宜不占白不占！

她一連倒了三桌，籃子裡的雞蛋都遮蓋不住了這才停下來，想起自己上樓的正事。不等她走過去，迎面先走來了兩大漢，穿著常服卻自帶一股氣勢，一看就不是好惹的，欺軟怕硬的喬氏下意識的讓開了路。

兩個人只掃了她一眼便自顧自的說著話下了樓，前面的話喬氏沒怎麼聽明白，但最後兩句話她是聽得清清楚楚的。

「嘿嘿，我瞧著小伍成婚也快了。」

「應該還有些日子吧，那黎湘丫頭年紀還小呢，小伍也說了她現在一心都撲在酒樓經營上，短時間怕是成不了。」

「也是……」

兩個人下了樓，聲音也漸行漸遠，喬氏一開始只覺得黎湘這名兒熟悉得很，走了兩步才反應過來，黎湘不就是自家對門的那臭丫頭！

黎家也在城裡，還經營酒樓？

喬氏倒吸了口涼氣，不願意相信，等等！那兩人口中的小伍難不成是四娃？他和黎家那丫頭好上了?!

一連串的消息砸得喬氏有些懵，當然她下意識還是不信的，這才過了多久，那窮巴巴的一家子就能有酒樓？

怎麼可能，許是同名罷了。

喬氏將這怪異的幾句話甩到了腦後，直接朝小兒子走了過去。伍乘風正和兄弟說話，瞥見來的是她，臉頓時沈了下來，眼裡露出幾分厭惡。
「妳來這兒幹什麼？」
他這一句先聲奪人倒是將喬氏剛要說出口的質問給壓了回去，大概是怎麼也沒想到從前一直唯唯諾諾的廢物兒子居然敢這樣和自己說話。
「小伍，這位是……」
桌上其他人在兩人之間來來回回的瞧著，推了一人出來問話。伍乘風看都沒看喬氏，只輕飄飄的回了一句道：「無關緊要的人。」
「放屁！我是你娘！」
喬氏被激怒了，在她的認知裡她可以不認兒子，但兒子卻不能不認她，怒氣上頭的她早已將斷絕關係的契約忘到了九霄雲外。
「好一個白眼狼啊，如今瞧著人模狗樣的，日子好過了，就把家裡人給忘了，這麼長時日也不見你回去探望探望！」
「小伍……你不是說已經跟家裡斷絕關係了？」
作為伍乘風一起出生入死的兄弟，這些事情在座的幾個鏢師都是知道的，此時聽見喬氏一席話，又有些糊塗了。
伍乘風點點頭，道：「是斷絕關係了，這人不是我娘。你們先坐，我去跟她把話說清楚。」

今日人家酒樓辦喜事，他並不想在這裡和這個曾經的娘吵起來。伍乘風清楚的知道這個女人有多難纏，不管是因為什麼她今日來到這裡，都要盡快將她打發走才行。

於是在喬氏還沒怎麼反應過來時就已經被伍乘風拉拽著到了角落裡，拉拽之間籃子裡的雞蛋晃晃悠悠的將下面的瓜子核桃都露了出來。

伍乘風無言。「……」

雖然早知道這個女人是個貪小便宜的，但親眼瞧見她在黎家酒樓裡做出這樣的事還是叫他震驚不已，再次無比慶幸自己和伍家斷了關係。

「這裡不是妳該來的地方，趕緊離開。」

「憑啥？你能來我為啥不能來？死小子你現在是連娘都不叫了是吧？要反了天了？」

喬氏一邊罵罵咧咧的一邊習慣性的伸手想去揪小兒子的耳朵，卻不想才剛伸出手就被抓住了手腕，那力道重得離譜，疼得她臉都皺成了一團。

「這位大嬸，我得提醒妳一句，我伍乘風早就和你們家斷絕了關係，官衙都是有記錄的，少來我面前充什麼長輩派頭，我可不會對妳客氣！今日不管妳是因為什麼來酒樓的，現在立刻馬上離開這兒。」

聽到斷親契約一事，喬氏心虛了幾分，但很快她又理直氣壯起來。

「斷親那是迫不得已，你總歸是我肚子裡爬出來的，說破天去你也是我兒子，當初那不是因為你在外頭欠了那麼多錢嗎？咱們家什麼情況你又不是不知道，娘也是沒有辦法。」

伍乘風贊同的點點頭，笑了。

「我當然知道妳家裡是什麼情況，城裡大宅子住著，吃香的喝辣的，還有下人伺候著，前陣子好像還添了丁？一家子過得很是逍遙，令人羨慕得很呢。」

喬氏心下一跳，臉已經開始不自覺的脹紅起來。

這小子居然什麼都知道！連那狐狸精生了孩子都知道，那他也定然知道自己被一個小妾騎在頭上欺負……

太丟臉了！太丟臉了！尤其是在自己從來看不上的小兒子面前丟了這個臉。

「大嬸，咱們兩個呢，早就沒了關係，你們現在住大宅子也好，吃香的喝辣的也好，都和我沒有關係。今日是我朋友的喜宴，請妳離開這兒，不然的話，我就只能請我的鏢師朋友們將妳『送』出去了。」

臉皮脹紅的喬氏聽到鏢師目光閃了閃，剛剛那一桌子人的確個個都有氣勢得很，原來是鏢師。

那之前那兩個下樓的魁梧漢子口中所說的小伍，肯定就是眼前的小兒子了。

喬氏緊了緊手中的籃子，吃不吃喜宴已經不重要了，她現在迫切的需要搞清楚兩件事。一是四娃如今幹的什麼活計，還欠不欠債；二嘛，就是弄清楚他跟那黎湘丫頭是個什麼情況，若真是自己想的那個黎家，那她可有得說了。

至於那斷親的契，她根本沒放在心上，說破天去四娃也是她的親生兒子，哪能靠一份契就能斷了母子關係，他若是出息了就對自己不管不顧，那就是不孝，一人一口唾沫都能淹死他。

喬氏盤算好了，也不多糾纏，提著自己的寶貝籃子就往樓梯走去。

這麼容易就將人打發走，伍乘風也是沒想到的，他原以為還要再多費些口舌甚至要動手才能將人趕走。

真是奇了怪了，難不成這人變性了？

變了性的喬氏下樓後沒有離開，而是轉轉悠悠的走到大堂內，找了一個夥計打聽事情。她打聽的也不是什麼大事，只是問問這間酒樓的東家姓甚名誰，黎湘從來沒有交代要隱瞞什麼，是以夥計們很乾脆的回答了喬氏這個問題。

其實若是喬氏識字的話，只看外頭的招牌就能知道了，這會兒她從夥計嘴裡打聽了個全，心中震撼得幾乎連籃子都要提不住了。

這麼大的一座酒樓，居然還真是對門黎家的！大家都是泥腿子，他們憑什麼一飛沖天了?!

酒樓的事是真的，那麼臭小子跟湘丫頭的事必定也是真的了！嘖，還真是沒看出來他倆能攪和到一起，指不定當初在村子裡就勾搭上了。

喬氏的眼滴溜溜的轉，心裡頓時有了主意，一時也顧不得再占什麼便宜，提著籃子急急的回了家裡。

很快日頭便升到了正中，忙碌了一上午的伍大奎也回家準備吃飯，只是瞧著桌上只有一碗簡簡單單的麵後，他的臉色有些不太好看。

「怎麼回事？我記得早上走時給過妳菜錢了。」

「是是是，給過了，菜我也買回來了，只是路上遇了點事耽擱了。當家的，你過來，我有話跟你說。」

喬氏一臉興奮的樣子，倒真像是有事。伍大奎看了一眼小嬌妾，見她噘著嘴一臉不高興的樣子，正準備拒絕，就聽到喬氏說是有關四娃的事。

聽到四娃，伍大奎很是恍了下神。

這個兒子從出生就招他討厭，往年回去在家看到他永遠都是一副唯唯諾諾的模樣，彷彿陰溝裡的老鼠一般叫人實在是喜歡不起來。當初一家子上城裡來，聽說四娃欠了債和家裡斷了關係，他其實還鬆了一口氣，可這會兒想起來心裡又覺得挺惆悵，好歹也是自己的兒子……

「行了，說吧，老四怎麼了？」

「老四他啊，如今可不得了了！」

喬氏將她今日在酒樓裡的所見所聞都告訴了丈夫，眼巴巴的看著他，希望他拿個主意。

「當家的，四娃可是咱們親生的，他的婚事怎麼說咱們也要過過眼吧，斷親也斷不掉血脈不是？」

伍大奎一聽湘記酒樓，頓時就心動了。

能在城中有一座酒樓，那可不是一般的有錢，雖然曾經的對門現在過得比自己好，讓他心中很是不爽，但一想到能和黎家結親，搭上了這麼一條大船，他心裡的那一點不爽又很快消失了。

看來這個兒子還是有那麼點用的。

夫妻倆躲在屋子裡嘀嘀咕咕商量了一番，準備傍晚的時候一家子都去酒樓找兒子。喬氏想著今日酒樓正辦喜事，傍晚正是人多的時候，臉皮厚些還能蹭上一頓飯。伍大奎則是想著今日去酒樓喝喜酒的老闆不少，他想去看看能不能結交一番。

當然，最重要的是把兒子和黎丫頭的親事整明白。

傍晚夫妻倆慎重裝扮了下，特別是喬氏，藉著不能給丈夫丟臉的理由，光明正大的從小狐狸精那裡拿了幾件首飾。

伍大奎覺得有理，畢竟喬氏還是他的原配，跟著他出去太過寒酸丟的也是他的人，所以儘管小心肝哭天搶地的，他也沒讓喬氏把首飾還回去，只許了個諾說下次帶她買更好的。

收拾好了兩人便一起出了門。

這會兒湘記酒樓正是宴客之時，他倆混在賓客當中一時竟沒被人發覺，尤其是喬氏中午便來過一次，記性好的夥計還很友好的將他們夫妻倆領上了席位。

伍大奎貪婪的看了看整間酒樓，眼裡是說不出的羨慕和嫉妒。他是一直瞧不上黎家的，可誰知黎家竟是這般走運。

「當家的，你看那是不是黎大江？」

喬氏一聲驚呼，伍大奎也順著她所指的方向看了過去。樓梯口處正站著一個男人，那一身的行頭他一個內行人自然能看出價值不菲。雖然傍晚燈光有些昏暗，但還是能看出那人隱隱約約的樣子，的確是村子裡住自家對門的黎江。

伍大奎眼尖得很，不光認出了黎江，還認出了黎江身旁的正是他一直想搭上的絲繭商王老闆，頓時想也不想便迎了上去，一臉的熱絡。

「哎呀大江！真是好久不見啊！」

黎江愣了下，自從進城後已經沒有人這樣叫過他，原以為是哪個親戚來了，抬頭一瞧發現竟是伍大奎夫妻倆，他的眉頭立時皺了起來。自家女兒和四娃的親事已經差不多是板上釘釘了，這兩口子突然出現在這裡是什麼意思？

來賀喜？怎麼可能。

「大奎……」

伍大奎非常自來熟的勾上了黎江的肩，笑道：「咱們好歹也是從小一起長大的夥伴，家中有喜怎麼也不告訴我一聲？」

說完他又彷彿是想到了什麼，又接著道：「哎，瞧我，都忘了，我從鎮裡升到城裡估摸著你還不知道吧？哈哈，以後咱們都在城裡，可要多走動才是。」

黎江並不是很想搭理他，但大喜的日子也沒必要去掰扯什麼，上門皆是客，只要不是來搗亂的，他也並不介意多雙筷子。

「大奎你們先坐，我還有事，晚些再聊。王老闆，樓上請。」

黎江直接帶著人上了樓，一點要邀請伍大奎兩口子上去的意思都沒有，氣得伍大奎在心裡大罵了一通，眼瞧著再多說幾句話就能和那王老闆搭上話了，沒想到黎江這麼不給面子。

夫妻倆面上都不太好看，只好重新坐回他們的位置上。

天色越來越暗，酒樓裡的人漸漸多了起來，來賀喜的人中一些是和黎記有生意往來的商戶，一些則是和黎澤有生意往來的客人，還有這些日子以來跟黎家一家來往得比較密切的鄰居等等，很快大堂便坐了大半客人，樓上也坐了七、八桌。

後廚的黎湘聽了前頭夥計們的回話，確認重要的客人都已經來了之後，這才點頭開始上菜。

酒樓難得辦一次喜事，黎湘又特別看重表姊，所以這次的喜宴她準備得那是相當用心，光冷盤一桌就準備了六盤，更不要說還有壓軸的佛跳牆了。

關老婆子拿著筷子的手微微發抖，一時間竟不知該先朝哪盤下手。這桌子上的菜她光是聽著那一串串的名就暈了，看都看不過來了。

「阿奶，快吃啊！」

闞成飛快的從桌上挾了菜塞進嘴裡，甜的鹹的辣的都有，滿滿一嘴也品不出什麼滋味，只知道一個詞：好吃！

平時在鄉下哪有這樣的好東西吃，過年都吃不著這些東西，瞧瞧這炸的肉條，金黃酥脆，一看就費了不少的油，誰家捨得這樣做？還有這裹著糖漿的不知道什麼玩意兒，又甜又軟，窮人可吃不起。

闞家一家彷彿是餓了幾天沒吃飯似的將那六道冷盤以最快的速度吃了個乾乾淨淨，也是幸好黎江早有先見之明，給他們安排在包廂裡，不然就他們這副狼吞虎嚥的樣子，還是新娘子的娘家，實在有些丟人。等到最後一道佛跳牆上來的時候，一家子的肚子都已經撐得滾圓，連口湯都喝不下了。

喬氏這會兒也差不多，吃得直打飽嗝。伍大奎嫌她丟人，早就坐到了對面離她遠遠的，他自詡如今是城裡人，哪怕桌上好東西再多，他也克制著自己吃得很是斯文。不過在看到最後一道菜的時候，還是略微失了態。

味道還是其次，關鍵是裡頭的料！

託了家裡那個小妖精的福，她那孕中可沒少讓自己去白氏糧行給她買海貨補身體，所以他一眼就認出了桌上罐子裡頭的那些鮑魚、干貝。

「嘖嘖，黎老闆這喜宴辦得可真大方，我瞧著光是這道佛跳牆裡的食材就值得好幾銀貝了。」

「幾銀貝那太少了，我剛嚐了一碗，都恨不得將舌頭吞下去一起吃了，幾十銀貝也使得！」

隔壁桌的客人你一言我一語對這道佛跳牆評價著實不低，聽得伍大奎兩口子心怦怦跳個不停。

一道菜就要賣那麼貴，那這酒樓得多賺錢啊！

這些可都是自己未來兒媳的！

夫妻倆對視了一眼，一齊放下了筷子，火熱的目光盯著樓上，打定主意一會兒要好好和黎家兩口子「討論討論」。

巧了，酒足飯飽的闞家人也是這樣想的。

另一邊，已經有人注意到喬氏了。

「小伍，你瞧瞧，下頭牆角那桌那個婦人，是不是先前來酒樓裡找過你的那個？」

「什麼？」

伍乘風放下筷子低頭一瞧，一顆心也跟著沈了下來。

先前將喬氏打發走了，他還納悶呢，以為喬氏轉了性子，沒想到她只是回去喊人罷了，這夫妻倆一起來，肯定是來找自己的，得趕緊將他們帶出酒樓，不然等下他們在這裡鬧事就不好了。

「老傅，你們先在這兒坐會兒，還是幫忙盯一下，別讓人鬧事。我下去有點事，一會兒就回來。」

伍乘風打了個招呼便下了樓，直接去了喬氏那一桌。

「老四……」

伍大奎很震驚，在他的印象裡，老四應該瘦瘦小小十分瑟縮的樣子，可眼前這個，身材彷彿拔了苗一樣已經長得和自己差不多高，臉上稚氣盡褪，沈著臉的模樣竟是比自家少東家還有氣勢。

這個兒子好像和他想像的不太一樣啊……

「你們應該吃飽了吧？出來一下，我有事和你們說。」

伍乘風直接上手拽著伍大奎，半拉半拽的將他拉出了大門。

喬氏眼睛一轉，乘機溜了，跑去找了一個夥計，問他茅房在哪兒。

好心的夥計給喬氏指了一個附近的公用茅房，不過喬氏捂著肚子裝著一副馬上就要忍不住的樣子，夥計也只好將她帶進了後院，給她指了後院的茅房。

其實平時也有客人會到後面的茅房，只不過因為今日辦喜宴，食材雜物格外的多，後院也著實亂得很，一般是不想讓外頭的客人進來看見的。

「阿七？你在這兒站著做甚，前頭菜上完了，快進來吃飯。」

廚房門口的杏子一招手，竹七連忙應了一聲走過去，順便將茅房裡還有個女客的事告訴她。自己一個男的不好在外頭守著，還是姑娘家更方便些，杏子正要應呢，就感覺到肩膀被拍了拍。

「杏子妳去吃飯吧，外頭我來。」

黎湘忙活完廚房的事，正好準備出去瞧瞧。這一整日都在廚房裡實在是悶得很，一出來感覺臉上頭上都是油膩膩的，不過這會兒不好去洗頭，只能在井裡打水出來洗把臉。剛洗完就聽到茅房那邊傳來的腳步聲，抬頭一瞧，只隱隱約約瞧見個有些壯碩的黑影在東張西望些什麼。

人嘛，都有那麼點好奇心，這位客人想看看後院也沒啥。黎湘抹了把臉走過去，剛開口喊了聲客官就愣在了當場。

儘管她穿越到這裡的時間不是很長，跟對門那位極品鄰居相處的時間也不長，但她還是認出了眼前這位就是她家對門天天罵個不停的喬氏！

第四十章

「喬嬸兒？妳怎麼會在這裡？」

「哎喲！湘丫頭！」

這可真是剛剛好，想什麼來什麼！

喬氏親親熱熱的拉起黎湘的手，語氣和婉得彷彿三月裡的春風。

「湘丫頭，可真是巧了，我正想找妳來著。妳爹娘呢？帶我去見見，也好敘敘舊。」

黎湘無言。「……」

她忍著一身的雞皮疙瘩將手抽了回來，滿腦子的莫名其妙。自家和她家平日裡在村裡遇見不嘴上罵兩句都算是和平了，哪有什麼舊好敘？

「喬嬸兒，今日我爹娘忙著呢，怕是沒空跟妳敘舊，我也有事，還要忙，就不送妳了，再見。」

「誒！等等！湘丫頭！」

喬氏一把將脫了身的黎湘又抓了回來，語重心長道：「啥事也不急啊，再急能急得過妳的終身大事？」

「我的終身大事……喬嬸兒妳這心也操得太過了吧？」

黎湘總算是有些明白這人為啥會出現在這兒了，敢情是為了這個，說句不好聽的，伍乘風早就和伍家斷了親，自己就算要和伍乘風成親，那也跟伍家沒有一毛錢的關係。

今日表姊大喜，她懶得跟喬氏在這裡拉拉扯扯。再一次將自己的手強抽回來，正準備將人打發走，就瞧見小舅舅帶著關家一家也進了後院。

經過了下午的一番明裡暗裡的打聽，關家眾人都知道如今酒樓的實際掌權人正是黎湘，好不容易看見了人，立刻都笑著圍了過來。

「湘丫頭啊，今兒可是辛苦妳了，吃過飯了嗎？」

「湘丫頭妳的屋子是哪間？走走走，咱們去屋裡好好說會兒話。」

關老婆子一屁股擠開了喬氏，占據了黎湘身邊的位置。

黎湘這會兒才有些頭大起來，應付一個極品她可以想法子脫身，應付這麼一群，她還真是頭疼，只好給一旁的小舅舅使眼色。

「小舅舅，後院沒有多餘的房間……」

關福秒懂，上前扯了扯自家娘的衣袖，不耐煩道：「娘，時候不早了，我那院子還有一堆事要處理，你們若是不跟我回去，那今晚便自己出去找客棧住吧。」

關老婆子可不想去住什麼客棧，付不起錢是一回事，還有住了客棧明日就沒人管他們了，不管怎麼說，先住進小兒子的院子再說，住進去了，想再來這酒樓那不是很容易的事嗎？

她做好決定，給兒子兒媳婦都使了眼色，一家子正開口跟黎湘道別，喬氏又擠了進來，諂媚的笑道：「親家姥姥別急著走呀！」

親家姥姥！

一群人宛如被雷劈了一般。

黎湘實在是沒想到喬氏居然會如此的厚顏無恥，一時間都氣笑了。

「喬嬸兒，今日我們酒樓辦喜事，我便不說什麼難聽的話了，還請妳哪兒來的回哪兒去吧。」

「妳這丫頭，害什麼臊，這年紀到了，談婚論嫁不是很正常的嗎？既然妳與我家老四有緣，又互相有情，早些將婚事定下來也沒什麼不好的啊。」

喬氏既然來了，沒得到好處哪裡肯走，當下便親親熱熱的挽上了關老婆子的胳膊，一副死豬不怕開水燙的樣子，打定主意賴著不走了。

不過她顯然不知道自己抱錯了大腿，還以為關老婆子是那個能在女婿家作威作福的丈母娘。

黎湘實在沒忍住翻了個白眼，轉身就走，傻大個這會兒應該還在樓上，這喬氏還是讓他來趕吧。

不過她上樓找了一圈沒找到人，倒是遇上了正要離開的幾位老闆，都是常來酒樓用飯的大客戶，黎湘自然是要上前打招呼順便再將人送下樓的，等她送到大門外和幾位老闆道了別，正要轉身進酒樓時，突然聽到不遠處傳來的幾句爭吵，期間夾雜著各種不堪入耳的辱罵。

被罵的那個人聲音她太熟悉了，一股無名火頓時湧上心頭，黎湘忿忿不平的朝那兩人走了過去。

伍大奎此時已經火冒三丈，任他怎麼說，老四就是不同意他們插手他的婚事，甚至連爹也不曾叫一聲，語氣中更是充滿了嫌棄，好似跟他有關係是件很糟糕的事情。

「話我就說到這兒，日後別叫我在這酒樓看見你們。斷親已經斷了，府衙都是有記錄的，少打著為我好的藉口來騷擾黎家人。下次再這樣，我可不會客氣。」

伍乘風話音剛落，伍大奎便大罵一聲小畜生抬手打算搧他一巴掌，不過如今的伍乘風已經不再是小時候那個只會忍痛挨打的小可憐了，下意識的抬手一擋，又伸腿一踹，只聽得一聲痛呼，那十分有分量的伍大奎直接被踹倒在地，捂著肚子試了好幾下才爬起來。

本來還擔著心的黎湘頓時鬆了口氣，還真怕他會顧及著親生父母傻傻的挨打。

「四哥……」

伍乘風一僵，萬萬沒想到自己打人會被心上人看到，這打的還是親爹，在世人看來恐怕是大逆不道的行為，他有些擔心黎湘的看法，小心翼翼的走到她身邊，直到看清她眼底只有擔心時，才放下心來。

兩人還沒來得及說話呢，爬起來的伍大奎又撲了過來，嘴裡不停的罵著伍乘風不孝忤逆，為免他傷到黎湘，伍乘風只好箝住他的雙手，將他禁錮在身前。

「湘丫頭，看這情形我就不進去了，替我跟大江叔他們說一聲，明兒我再過來，我先把他弄走。」

「只怕是不行。」黎湘無奈的笑了笑，朝著酒樓努了努嘴道：「那裡頭還有一個呢，正纏著我姥姥在跟她『商量』親事。」

伍乘風無語。「……」

差點把裡頭的喬氏給忘了，真是麻煩。

對於這種無賴就是不能慣，沒有一次將他們收拾了，日後就會有無窮無盡的煩惱找上門。兩個人都明白得很，於是商量了下，想著趁這會兒宴席散了，他們不忙了，乾脆把這伍大奎兩口子的事給一次解決掉。

其實收拾伍大奎簡單得很，他最看重他的管事職位，如今在城裡的所有一切也都是靠這份差事，黎湘雖然和那路氏布莊的東家不熟，可大哥熟嘛，貌似關係還挺不錯的樣子，一個管事而已，伍大奎若執意糾纏，那她也不介意幫幫他，讓他回老家種地去。

兩個人帶著伍大奎回了酒樓，隔得老遠就聽到後院一陣吵鬧，黎湘正好聽見她爹特別中氣十足的一聲吼。

「老子的閨女輪不到你們做主！」

一聽聲音就知道這是動了真火。

伍乘風下意識的一抖，默默的收回了原本準備擋在黎湘前的腳，走到了她的身後。

此刻後院的人那是真不少，有剛休息下來的夥計和廚子，還有關家一家和黎家自己一家，加上伍乘風和他那兩個斷了親的爹娘，一時間院子裡都沒什麼空地讓人站著，還是夥計們將雜物收了收，才稍顯寬敞了些。

黎湘非常自覺的站到了爹娘身後，這會兒爹的心情不太好，她再跟伍乘風站在一起，肯定會火上澆油。

「爹，你要不要喝茶……」降降火。

黎江白了女兒一眼，輕哼了一聲。他也不是不講道理的人，伍大奎兩口子是什麼德行他可太明白了，遷怒倒是不會，就是有些惱這些人挑酒樓辦喜事的時候來，今日本就累了一日，誰不想舒舒服服的回屋睡個好覺，偏偏叫這些人攪和了。

「慧娘，妳和阿澤媳婦先進屋去吧，小丫頭該洗漱睡覺了。」

關氏心知丈夫這是讓自己躲出去，免得在老娘和他之間兩難。她笑了笑，當真轉身帶著兒媳婦和小福包回了屋子。

「誒！慧娘！」

關老婆子心焦的連喚了幾聲，結果只看到屋子裡亮了燈卻沒人回應她，只能臭著個臉又坐了回去。

「行了，人都在這兒了，咱們話就一次說清楚。」

凡事都講個親疏遠近，關家再怎麼不是那也是自己媳婦的娘家，黎江下意識的將他們的事壓到後頭，準備先將伍大奎兩口子打發走再說。

「四娃，不瞞你說，我之前是有意讓你和湘兒訂親來著，可我瞧著你這家裡頭還是理不清楚，我看訂親的事就先緩一緩，左右你倆年紀也不大，也不急於這一時。」

聽到要緩一緩，伍乘風攥著親爹的手驟然緊了緊，疼得伍大奎忍不住又嗷了一聲，喬氏這才注意到自己男人正以一種詭異的姿勢窩在兒子的胸前，當下就要大罵，一抬眼卻對上兒子那雙冷冰冰的眼，一時竟噎住了。

伍乘風眼瞧著自己這麼長時間的努力都化為泡影，心裡那叫一個難受，卻又明白這未來老丈人生氣是應該的，尤其是在這樣大喜的日子裡，所以他也沒爭辯什麼，但喬氏不幹了。

「黎大江你這話就說得不對了，怎麼能緩一緩呢？兩個孩子既然有意就該早些定下來，今日成親的那關翠兒也沒大湘丫頭多少，她都成親了，湘丫頭也該準備起來了。」

「準備嫁妝嗎？」黎江冷哼一聲，問道：「既然妳這般操心我家湘兒與四娃的婚事，那想必是你們已經為四娃準備好了聘禮，若是準備好了，那我也不是個不講道理的，這親事還有得商量。」

「……」

喬氏沈默了好久，她怎麼可能會給老四準備聘禮？不過老四在鏢局有活計做，他肯定有錢。

「老四，你應該自己有存銀吧，拿來娘幫你準備聘禮去。」

這算盤打得好，拿了錢還能占點便宜，辦點面子貨就成。

可惜她兒子不給面子。

「我沒錢。」

伍乘風不知想到了什麼，笑了下，拽著伍大奎跟黎江道歉並告辭。

「大江叔，今日真是打擾了，他倆我先帶走了，保證處理好，不會再讓他們來酒樓鬧騰。」

事關自己的終身幸福，伍乘風可不敢開玩笑，使了個眼色給附近的兄弟，幾個人半拽半拉的直接帶走了伍大奎夫妻倆。

等他們一走，苗掌櫃非常有眼色的招呼著夥計們將吃了開頭的飯菜端到前面去，將後院留給黎江他們。

之前在黎湘還沒進來前，黎江就已經和關老婆子起過爭執，當然，沒啥結果，只是吼了一頓。

這會兒黎江已經冷靜下來了，說話也不再急躁。

「都不是外人，那我就直白的說了。岳母，你們不用打我家這酒樓的主意，這是湘兒自己的產業，不管是嫁人還是納夫都是她的，永遠不會變，你們若是識相老老實實的回去，逢年過節該送的禮我照舊送，畢竟你們關家還是我媳婦兒的娘家，該有的禮數我不會忘。」

一番話說得關家眾人臉色很是難看。

逢年過節那點禮才多少？這是打發要飯的呢。關老婆子撇著嘴，狠狠瞪了眼站在黎江身後的黎湘。

「湘丫頭畢竟是個女娃，這酒樓怎麼可以讓她拿在手裡？大江，你們才到城裡多久，根都沒扎穩，還是要有兄弟幫襯才行。」

明明臉皮都撕破了，卻還能做出一副關心的模樣來說話，黎湘也是著實佩服她這外祖母的臉皮，忍不住插嘴道：「姥姥說的是，這酒樓確實要人幫襯，不知大舅和表哥有何才能？識多少字？能算帳嗎？會記人臉嗎？擅烹煮嗎？」

關家父子倆語塞。「……」

「不會可以學嘛，妳大舅表哥可聰明了，還有妳舅母表嫂，都聰明得很，肯定能幫上忙！」

關老婆子將老大一家誇上了天，任誰都看得出來她這是想賴在城裡不走，不光如此，她還想將老大一家都塞到酒樓裡做事撈錢。

黎江還沒說什麼呢，關福先沈了臉。

「娘妳夠了，今日宴也吃過了，明日我便送你們回去，其他的就別說了。」

「幹啥不說？老二你在城裡倒是吃香的喝辣的，也不管管你老娘，你還好意思開口？」

關老婆子想起來便是一陣火，她上午才去瞧過孫女兒，看過那方小院，自己住的屋子還沒人家的茅房好，實在叫她窩火。

「今日累了，你先帶我們回去安頓，等明兒咱們再好好細說。」

「不行，今日就說清楚，你們若是來賀喜的，我和翠兒她娘就好好招待你們幾日，總之別想打酒樓的主意，也別想留下來賴著不走，左右翠兒已經嫁人了，我也沒啥好操心的了，惹急了我便帶著翠兒她娘回村裡，看你們還有什麼名目留下來！」

關福難得這樣「大膽」一次，幾句話震得他娘啞口無言。

是啊，老二若是回了村裡，她可沒什麼名目留下來了。翠兒和慧娘都是外嫁女，出嫁從夫，她和老大一家怎麼可能住在人家家裡？那姓駱的小子今日見面就沒給過他們好臉色，大江就更不用說了，自從他兒子落水後就再不跟關家來往，今日也是絲毫不給自己面子，就因為自己想插手湘丫頭的婚事，剛剛還吼了她。

關老婆子心裡那叫一個難受啊！女兒沒用，孫女兒也沒用，就連孝順的老二都變了。自己的兒子自己了解，她知道老二這次是來真的，若是自己和老大一家當真要糾纏下去，他肯定會帶著他媳婦兒直接回村子。

伸手就能摸到的富貴就這麼撒手她是真的不甘心，卻又一時想不出什麼好法子，想找女兒賣個慘吧，偏偏她又躲進屋子裡不出來。

「娘……」

「奶……」

關成心焦不已，見識過了城裡的繁華，他才不想再回村裡，二叔都能在城裡，憑啥他們不能？只要阿奶能巴住二叔，他們一家子就有留下來的希望！

黎江看著那眼神不住往屋子瞟的丈母娘，心裡哪還不明白？她這還是想走慧娘的路子，指望自己再帶大舅子一回。

「行啦，話已經說到這兒了，有臉皮的人都知道該怎麼做。總之我還是那句話，不管是湘兒的婚事，還是酒樓的經營，你們誰也插不了手。福子，天色也不早了，我們馬上要收拾打掃酒樓了，你趕緊帶他們走。」

關福連連點頭，一把拽過大哥便拉著他往後門走，關老婆子心知留下來也撈不上什麼好處了，只能跟在兩個兒子身後一起離開。

當然她還是不死心，想著先住下來再說。結果第二日一早便瞧見新出爐的孫婿套好了騾車，正等著送他們呢。

「阿奶，翠兒半夜著了涼身體不舒服，就不來送你們了，我已經備好了禮，也請了假，專程來送你們去碼頭。」

駱澤笑咪咪的樣子很是無害，可惜他在鎮上「威名」傳得十分的響亮，關家一家還挺怕他。

「福子呢？你叫他出來，我要他送！」關老婆子恨恨道：「我可是他親娘，他哪有攆我走的道理！」

「是是是，岳父自然是沒有的，可這院子是我的名字，它姓駱，它不樂意給你們住，趕緊走，再不走就把昨晚留宿的銀錢付一下。」

一聽要錢，一家子立刻從院子裡溜了出來。

酒樓女婿不讓去，院子孫女婿又不讓住，老二也不現身，闞家眾人摸摸空蕩蕩的錢袋，在這城裡恐怕一日都撐不過去，再怎麼不甘心，他們也只能乖乖上車被送上船。

一家子就這麼被攆了出來，除了從老二闞福那裡套來的幾十個銅貝和幾匣子糕點零食，他們一無所獲。

闞老婆子當然是不死心的，幾十個銅貝能幹啥？連酒樓裡的一盤菜都不夠買。上船前她又逮著老二鬧了一通，結果氣得闞福乾脆帶著媳婦兒跟她一起回了村子。

兩口子回了村子也無賴了一把，住回老屋，平時也不幹活，只出去和人閒聊，路上順便再撿兩根柴，就是一日的勞動成果了。當然，他們吃的卻是最多的，偏偏一家子還不好說什麼，他們還指望老二能回城裡帶他們一起發財，就算是有意見也只能憋在肚子裡。

一連過了半月，闞成媳婦兒就受不了了。

「我不管！你快點去找阿奶讓他們走！」

回來半個月，吃住都在大房，一個銅貝的都沒見這個二叔拿出來過，本以為只是回來小住幾日，結果他們居然還要修屋頂打算常住！若是二叔肯帶他們進城發財，那他們供也就供了，可只要一跟他們說起進城的事，這兩口子就轉移話題裝傻。好處都撈不到，憑什麼讓他們在這裡白吃白住，早就分了家的！

關成也煩得不行，阿奶沒用得很，這麼長時間都沒能讓二叔鬆口帶他進城發財，姑丈那邊就更不用說了，阿奶裝病姑姑都沒回來，只讓人捎帶了一袋粟米，分明是不想拉拔大房，著實狠心。

當晚小倆口便摸黑去了堂屋，一家五口總算是商量好了，第二日一早便將關福兩口子給趕出了家門。

「一天天好吃懶做的，多大的人了還賴在老娘這裡白吃白喝！趕緊回去掙錢去！」

關老婆子黑著臉攆走了老二，心裡一口氣真是怎麼都嚥不下去，老二平時可聽話了，找他要錢每次也能要來一點，可偏偏就讓他帶著進城掙錢這事他怎麼也不答應，跟那黎大江一樣，又臭又硬。

一個是女婿，一個是分家出去的小兒子，她再想賴也賴不上，而且老二只要每月將她的贍養錢給了，誰也說不了他什麼。

一想到城裡那麼大筆錢她沾不上邊，心裡的火就別提了，慪來慪去還真生了一場病，不過這都是後話了。

關翠兒喜宴當晚，伍乘風拖著伍大奎兩口子出了酒樓，直接將兩人送回了宅子，瞧著好聲好氣的，他也確實沒再使用暴力。

喬氏心頭一喜，還以為這個兒子對他們還有那麼一點親情，當即便要親親熱熱的將人拉進屋子。

伍乘風一把甩開了她，厭煩道：「早些年也沒見你們疼過我幾分，這會兒便不要來裝什麼母子情深了，怪噁心的。」

他跟著鏢隊走南闖北的，打過架罵過人，除了在師父和黎家眾人面前會略微收斂些，其他人可沒這待遇，哪怕面對的是自己的親生爹娘，他也沒什麼好口氣。

「我知道，你們定然是知曉了我與湘丫頭的事，看著那酒樓眼熱了，才又想起了我這個兒子，可惜咱們早已簽了斷親契，我跟你們已經再無任何關係。」

瞧見伍大奎脹紅著臉又想罵人的樣子，伍乘風笑著朝他走近了幾步，嚇得他一腳退進了宅子裡，堪堪扶著門邊才站穩。

「你！」

「伍大掌櫃可站穩嘍，要是一不小心摔到哪兒受了傷，怕是十天半個月都沒法去布莊上工了。」

伍大奎眼神閃了閃，這才終於對這個兒子有了幾分忌憚。看來這小子還記著小時候的仇，心硬得很，連他都敢打，再打親情牌顯然不管用。他說的話可不像是開玩笑，萬一真惹惱了他將自己打傷，布莊那邊才不會等自己慢慢養傷。

「另外啊，我再告訴你們一件事，黎家那邊呢，我是打算入贅的，所以別想打著我親爹親娘名號去占便宜，所謂出嫁從夫，從婦也一樣，我若真和湘丫頭成了親，那就是黎家人，跟你們伍家再沒什麼關係。」

喬氏一噎。「……」

兩口子包括在伍乘風身後路邊等著的幾個兄弟都被他這話雷得外焦裡嫩。堂堂男子漢竟然將入贅說得跟吃飯喝水一樣平淡。

入贅，於男人來說那可是極其沒有面子的事，不光以後的兒女都要隨女方姓，若是女方強勢些，男方挨打挨罵也是有的。

正常來說沒有哪個男人會願意入贅，除非一些實在窮得揭不開鍋的人家，才會賣兒子給人入贅。

所有人都沒想到，伍乘風居然同意去做一個贅婿，明明他走鏢賺得也不少，人長得也不賴，實在是叫人想不通他怎麼會有這樣的念頭。

伍大奎兩口子氣得臉都白了，入贅丟的可是伍家的臉，日後村子裡的人若是知曉了，肯定會在背後戳他們伍家的脊梁骨，還不知道會編排成什麼樣。

「入贅不成！就算斷了親也不成！說出去簡直丟了祖宗的臉！」

「成不成不是你們說了算。」

伍乘風早已不是當初那個只能任人蹂躪的小娃娃，他現在有錢有人，自由自在，誰也管不著他。

「伍大掌櫃，今日話我已經給你們說明白了，黎家那邊不許你們再過去打擾。若是叫我發現你們不老實，那我也就只能想法子叫你在家多『休息』、『休息』了，至於休息多久，那真不好說了，我這些年在鏢局可學了不少本事。」

他的聲音突然壓得很低，只有喬氏和伍大奎聽清楚了。

「保證看起來只是意外。」

兩口子噤聲。「……」

突然覺得有點冷。

伍大奎感覺剛剛才被掰折過的手臂又開始痛了起來，一直到人都走出巷子口了，兩口子才回過神。

「大奎……老四他……」

「閉嘴！以後不許再提他！都是妳生的喪門星！」

伍大奎吐了一口唾沫，恨恨的轉身進了宅子。

便宜沒占著，還挨了兒子的打，回來又被威脅一頓，實在叫人窩火。若不是看在喬氏給他生了幾個子女，這些年也沒出過什麼岔子，他還真不想要這婦人。

喬氏還不知道自己已經在被休棄的邊緣晃了一圈，不過她慣會看人臉色，知道當家的心情不好，尤其這事還是自己惹出來的，當然要小心再小心的服侍了。

大婦謹小慎微，小妾便更加的囂張跋扈起來，宅子裡每天除了嬰孩吵鬧、婦人吵架，時不時的還有成年的幾個娃一起吵，幾乎就沒個安生日子。

伍乘風蹲了兩日，發現伍大奎是真的老實了，並沒有再去黎家鬧事，這才放下心來，回去便整理了自己的所有存銀，一股腦的拿到湘記去。

他錢雖沒有黎湘賺得多，但每一枚都是他風餐露宿拚著命賺回來的，攢了這麼久，粗略一瞧也有好幾百銀貝，這些錢拿來娶妻過日子還是可以很寬裕的。

「四娃，你真想好了？入贅？」

「想好了！」

「……」

黎江看著這麼多銀貝，震撼是震撼，不過他震撼的是四娃對女兒的心，居然能這樣毫無保留的將自己多年積蓄全都拿來給女兒。儘管自己女兒能賺呢，那到底是不一樣的。

這個娃算是自己從小看著長大的，出來後又相處了這麼久，他是什麼品性，黎江清清楚楚，除了那危險的職業，黎江再無不滿。他看了看身旁的妻子，用眼神詢問她的意見。

關氏微微點了點頭。

她也喜歡四娃這孩子，關鍵是她看得出來女兒也喜歡，幾日前也曾偷偷問過，得了女兒的準話。如今家中能有這樣的局面都是女兒自己賺出來的，婚事自然是要以女兒的意願為先。

夫妻倆都沒意見，又聽說伍大奎那邊也沒了問題，當下便點了頭，應下這門親。

「錢你自己先拿回去吧，還沒過門呢，咳……拿回去……當嫁妝。」

說起嫁妝，三個人面上都有些不太自然，還是關氏先笑出聲來道：「行了，這錢先放樓上鎖著，一會兒走的時候再拿。四娃你去後頭瞧瞧湘兒去吧，念叨你好幾日了。」

得了未來岳母的允許，伍乘風高興得差點沒忍住跳起來，只是怕給二人留下個不穩重的印象，便一直忍到出了門才小跑起來。

從酒樓前頭到後院不過短短幾息工夫，這幾息時間裡他腦海裡如走馬燈一樣浮現出自己和湘丫頭相識相知的一幕幕，而最叫他難以忘懷的，大約還是他被家中責打後湘丫頭給他做的那碗禿黃油拌飯。

所有痛楚在那間昏暗又充滿香氣的廚房裡被抹平，只剩下安寧和填飽肚子的舒適，叫他能在窒息的日子裡喘上一口氣，也是那日，他才對湘丫頭開始有幾分上心了。

「四哥，想啥呢，跟個呆子似的站在這兒，快過來吃飯。」

黎湘眉眼彎彎的站在伍乘風面前，戳了戳他肩膀，將他帶進廚房裡。

「聽阿七說你半個時辰前就來了，一直在樓上跟我爹他們說什麼？還沒吃飯吧？這是昨兒個新到的蟹剛做的禿黃油，給你拌了一碗……」

她還待要說什麼，一旁的伍乘風卻忍不住一把將她拉進懷裡，眼底全是熱意。

「丫頭，大江叔同意咱倆的婚事了。」

他終於能有一個自己的家了。

一個溫暖的家。

三年後——

伍乘風在鏢局總鏢頭的再三挽留下，還是辭了鏢師的活兒。很早之前他就答應了湘丫頭，成婚前一定會辭了鏢師這個活兒，畢竟做鏢師走南闖北的，一出去就是幾個月，就可憐了妻小見不到人，還要為他提心吊膽。

半年前師父受了傷已經退了下來，他嘛受了鏢局的恩，還是多做了半年，等新招的鏢師上手了他才請辭。

過了三年時間，湘丫頭都快十九歲了，一直拖延婚事的大江叔前幾日突然隱晦的暗示了他幾句，難得的鬆了口，大好的成婚機會就在眼前，他要再不抓住不知道又要等多久，所以這次他很乾脆的辭了鏢局的活兒，隔天便提著大堆東西去了酒樓告訴他們這個好消息。

這三年來酒樓生意很是火爆，每月必出新菜品不說，還道道精品，那菜單上的字稍微大點酒樓都掛不下，別的酒樓眼紅歸眼紅，明裡一點動作都不敢有，只能暗地裡去勾搭廚子，還有偷偷扒牆想偷師的。可惜廚房裡的人都忠心得很，黎湘給的工錢還高，任誰也沒能挖走一個。

偷師就更別想了，湘記牆上扎了不知從哪兒弄來的什麼海蠣殼，又尖又硬，扎手得很。

好幾年了，除了幾道容易做出來的小菜，其他酒樓愣是沒學會湘記一道招牌菜。就算掛著一樣的名字，做出來的味道也相差甚遠，只能徒惹笑話。

湘記酒樓兩年前便打敗了所有酒樓成了城中第一酒樓，名聲更是遠傳，連周邊幾城都知曉，往來的商客若是進城，那必定是要到湘記酒樓來嚐一嚐的。

不能到城中心的湘記吃的，他們也會到外城的黎記吃上一頓，黎湘的小徒弟們也都個個爭氣，如今外城開的兩家黎記分店便是由關翠兒和燕粟在做主廚。

酒樓開得多了，黎湘卻沒以前那麼忙，現在新人都讓小徒弟們去帶，她嘛，偶爾指點指點，或者看看小徒孫們的成果如何，自然是輕鬆許多。

這會兒她正自己一個人在小廚房裡折騰著做新鍋底，正準備放辣椒進去炒，就聽到外頭阿七喊了她一聲。

「東家！伍大哥來了！」

黎湘手一抖，半罐子乾辣椒都掉進了油鍋裡，一陣煙飄起來嗆得她和燒火的小丫頭眼淚直流，趕緊跑了出來。

伍乘風一進院子就瞧見未婚妻眼淚汪汪的，打趣道：「不過幾日未見，看見我至於這麼大的反應嗎？」

「少貧嘴，快打盆水給我。」

黎湘使喚起人來自然得很，伍乘風也習慣了，兩三下便打了桶水下來，又去黎湘房間給她拿了塊乾淨的布巾擦臉。

正擦著呢，他冷不防的說了一句話。「湘丫頭，鏢局的那活兒我已經辭了。」

「當真?!」

黎湘喜得連眼睛的刺辣都給忘了，要說她現在的日子那是有錢又有閒，唯一叫她不順心的就是伍乘風的工作了。每次他一出門走鏢就要為他懸著心，有時候還會作噩夢，然後好幾日都睡不好，催了他好幾回，終於聽到他說辭了。

「我還敢騙妳不成？」

「諒你也不敢。」

黎湘忍不住彎了彎唇，擦完臉後很順手的將帕子放到伍乘風手裡，讓他去收拾。

「辭了那你就得來酒樓給我打工啦～～」

「那是當然，總算可以好好陪陪妳了。」

想想都可憐得很，他倆每年可以在一起的日子兩個月都不到，還得扣除有其他人在的時間，單獨相處的時刻那就更少了。

「對了，前幾日大江叔有跟我提過……若是安定下來了，便可以……」

伍乘風話沒說完，他那略微發紅的耳朵已經將他要說的話給補全了，黎湘也難得的有些羞澀起來。

成婚啊，從一個人變成兩個人，關係也會變得更加親密，以前最多拉拉小手、親親嘴，成婚了就不一樣了……

「這事你和我爹商量就是了，跟我說幹什麼！」

黎湘扯過帕子，又重新沾了水拍了拍發熱的臉蛋，伍乘風忍了又忍才沒伸手去捏她那紅豔豔的耳垂。

這小丫頭平時談起婚事和以後的生活可是絲毫不會臉紅的，沒想到真的臨近了倒是害羞起來，一向要強的她突然這副羞澀小嬌嬌的模樣，看得他心底直癢癢。

伍乘風沒敢在後院多待，簡單交代了下自己最近要做的事情便回了自己住的地方。婚禮的事他操不了多少心，畢竟是入贅，安安心心的等著黎家來下聘就是了。

別人說起上門女婿都是避之不及，偏他還覺得挺開心的，日子一定下便迫不及待的去給師父和熟絡的兄弟們發喜帖。

很快便到了成婚的日子。

黎江特地去算的上上吉日，辰時過半，黎湘便騎著馬帶著隊伍出門迎親。她並不像時下女子成婚那樣穿著厚重的嫁衣裙裳，而是穿了一身大紅福字長袍，配著她那紮得高高的馬尾，十分的英氣。

她這一身打扮，再加上胸前大紅的綢子遮擋，不知情的乍一瞧還以為是哪家俊朗小官人。

「這小郎君還滿俊的，不知道是哪家成親啊？」
「什麼小郎君！這是個姑娘家！這是那湘記的老闆黎姑娘，今日納夫呢！」
「天！納夫?!這麼大的陣仗？」
幾個路人都半信半疑，入贅哪家不是低調又低調，辦這樣隆重的還真是頭一回見。
路邊的人知道的不知道的都在討論著這場婚事，黎湘騎在馬上隱隱約約也聽到了一些，討論歸討論，倒是沒聽見什麼難聽話，她也就無所謂了，今兒可是她的人生大事，得高興才是！
迎親的隊伍越來越遠，看熱鬧的人正準備散呢，就看到湘記掛出了公告——
東家大喜！今日凡湘記、黎記相關酒樓菜品皆半價！
「所有黎記都半價啊，嘖，有好幾家呢，這得虧多少錢。」
「哎，就一天虧啥虧？再說那黎老闆都富得流油了，還怕虧這一點？走走走，咱們先去占個好位置，一會兒好位置都沒了！」
說話的兩人推推攘攘的從人群中走出來，直接進了酒樓，在他倆身後，喬氏看著黎家成婚的場面，心裡實在是難受得很，真想像在村子裡一樣不管不顧地在地上撒潑打滾，讓黎湘認下自己這個婆婆。
可她不敢。
當家的都說了，如今連他那布莊的老闆見了黎家人都是客客氣氣的，若是將黎家人惹毛了，害他丟了活兒那就慘了，而且還有老四那個糟心的，時不時就帶著那些凶神惡煞的鏢師在門口晃悠，她要真敢讓這婚事黃了，自家也沒安生日子過了。

「呸！」

喬氏只能往地上吐上一口口水表示心中憤慨，她絕不承認自己是嫉妒。

「當家的，方才我是不是眼花了，我好像看到喬氏了。」

黎江瞥了一眼喬氏消失的方向，一絲厭煩滑過眼底。

「今日人多，許是看錯眼了吧，四娃不是說已經處理好了，她應該不會過來鬧事。好了，妳去把喜餅拿出來分吧，我到樓上看看。」

安撫好妻子後，黎江上樓將阿七叫到一旁仔細叮囑了一遍，只要看到伍大奎夫妻倆靠近酒樓，不問緣由先讓夥計們把人綁到倉庫，等婚禮結束了再說，他絕對不許女兒的婚禮有任何的意外。

阿七見過那兩口子且印象深刻，領了這個任務便到門口做起了迎賓的活兒，不過一直到傍晚東家都快拜堂了也沒瞧見那兩人的人影。

天漸漸暗了下來，酒樓裡的尋常食客都走得差不多了，現下來的都是給東家賀喜的客人。

一輛輛豪華馬車在門口停下，城中有名有姓的大老闆幾乎來了大半，阿七眼力再好，今日也是看得眼花撩亂，正靠在門邊準備歇息一下，門口又停下了一輛馬車。

那輛馬車外頭看著挺樸素的，卻比尋常馬車大了許多，像他這樣的男子若是平躺在裡頭也是足夠的，阿七習慣性的端了凳子上前，正瞧見那馬車簾子被撩開，出來了一男一女。

兩人應當是新婚夫妻？下個馬車還要摟著，那黏糊勁，他只在新婚夫妻身上瞧見過。不過面相太陌生了，他在酒樓迎來送往這幾年，一次都沒有看過。

「老爺夫人也是來參加我們東家的婚禮嗎？」

「婚禮啊……」

嬌俏的女子眼睛一亮，轉頭看向自己夫君道：「來得早不如來得巧，既然趕上人家的婚禮了，那就進去喝杯喜酒吧？」

男人笑著點頭應了。

「聽妳的就是，不過我得回車裡拿點賀禮。」

阿七聽得雲裡霧裡，兩人都不知道東家今日成親，那這夫妻倆和東家應該不相熟吧？既然不相熟，那又為何說要進去喝喜酒……

「不知夫人府上是哪裡？」

「我啊，淮城玉氏。」

一聽淮城玉氏，阿七愣了下。

要說淮城玉氏，那可真是出名得很，全國都知道有那麼個玉氏三姊妹逃荒到淮城，靠著自己研製的海鮮醬發家的故事。

這要是真的，那可是大人物！

阿七趕緊將人迎進酒樓，一轉頭又跑到後頭去找黎湘。

「東家！外頭來了兩位客人，說是淮城玉氏的人。」

「玉氏?!」

那個穿越前輩！

黎湘心頭一跳，整理了下衣服頭髮便去了三樓，方才拜堂推推攘攘的，衣服頭髮都亂了。

幸好今天是納夫，她才不用蓋著蓋頭枯坐在臥房等待，這會兒也是該出來招待客人的時候。

其實很早之前，在她聽說了玉氏姊妹的故事後就十分想見見這位穿越前輩，奈何淮城遙遠，她又丟不開手中的事，只能作罷。大家同為做餐飲的，又都是穿越，是以還沒見面她就已經對這個穿越前輩心生好感。

在她的想像裡，這位前輩應該是個很堅韌自強的女子，畢竟能在逃荒之中活下來再發家，堅韌的心性是必不可少，可實際上她見到的卻是個小嬌嬌。

包廂裡的那位姑娘一身素紗長裙，撐著下巴噘著嘴正眼巴巴的看著桌子上的幾盤零食，想吃又不好動手，看著就像是個饞嘴的小姑娘，黎湘實在無法將她和腦子裡的穿越前輩合在一起。

莫不是認錯人了？

「誒！妳就是黎湘對吧？」

玉竹瞧見那一身大紅的喜服便知道了來人的身分，立刻興奮的出去將人牽了進來，然後一轉頭便將丈夫趕了出去。

「小十五，你先去外頭轉會兒，我有話跟黎湘說。」

「好。」

男人雖然好奇妻子不知為何突然這樣亢奮，但他聽話得很，轉身便出去，還將門給順手帶上。

「黎湘妳好，我是玉竹！」

她用的是現代常見的握手禮，身分不言而喻。

黎湘又驚又喜，雙手都握了上去。

「久仰大名啦，玉老闆！」

「嘿嘿，彼此彼此啦。我在淮城就老聽說這兒有家湘記酒樓，做的菜那叫一個好吃，什麼水煮魚、佛跳牆、火鍋，好多我都不會做，饞得我作夢都在流口水。」

玉竹說起好吃的，眼睛都格外亮了不少，真的很難想像就是這樣一個嬌嬌俏俏的姑娘打下了玉氏醬料的江山。

黎湘一見她便覺得親近得很，十分熱絡的將桌上那幾盤小零嘴都推到她的面前。

「饞了可不正好，我這酒樓別的沒有，吃的最多。妳嚐嚐這個小酥肉，還有這個蠶豆，這盤辣條是我新推出的，味道也還不錯。」

玉竹剛剛一進屋子看到桌上的小零嘴就已經饞了，只是沒得主人家允許不好動手，這下黎湘親自推到嘴邊來了哪有不吃的道理，她直接挾了條小酥肉，吃完又挾了塊辣條。

「好香！好好吃！」

在海島上天天魚蝦蟹吃著，好久沒有吃過這樣重油重辣的東西，玉竹只覺得胃口大開，一路顛簸的疲累都給忘了。

兩人一邊吃一邊聊著從現代到這邊後的事，越聊越投機，只恨不得晚上也一個被窩睡了徹夜長談，直到阿七再三敲門，黎湘才想起來今天是自己的大喜日子，還要去招待客人的，玉竹也才想起自己的丈夫還在外頭晾著。

兩人一時都笑了。

「好啦，阿湘妳先去忙吧，大喜的日子可不能馬虎，我呢這回是特地出來玩的，還要在這兒停留些日子，等明日我再來找妳。」

黎湘欣喜點頭，轉頭交代阿七一定要招呼好玉竹兩口子，這才出去招待賓客。

今晚的黎記那可比關翠兒成親的時候熱鬧多了，這回來的老闆，那一輛輛馬車停在路邊一眼都望不到頭，幾乎是和黎家有過生意往來的老闆都攜家帶眷的來了，甚至還有金家那邊的客戶，也跑來酒樓蹭杯喜酒。

整座酒樓燈火通明，人聲鼎沸，菜香酒香飄出老遠，不知勾了多少人的饞蟲。

黎湘和伍乘風兩個人逐桌敬酒，兩人的杯子一杯是水，一杯是摻了水的酒，本來好好的，誰知敬著敬著就亂了，兩人手上也不知是被誰換成白酒，一堆人起鬨要他們喝交杯酒，喝完黎湘就有些暈了，最後幾乎是倚在伍乘風的身上才敬完了酒。

一直鬧到半夜，宴席才散，兩人也回了新房內。

伍乘風還好，這些年出門走鏢遇見那冰寒的天氣總是會喝些酒暖身子，他的酒量還是不錯的。黎湘就不行了，早就軟成了棉花，抱上床就沒了動靜。

不過床上放了太多的桂圓、棗子硌人得很，她睡得很不舒服，哼哼唧唧的只能扭來扭去抗議，桂圓、棗子沒蹭掉，倒是將衣裳給蹭開了。

端著一碗酒釀圓子回來的伍乘風一進門便瞧見這活色生香的一幕，方才喝過的酒頓時在體內沸騰起來。

空氣開始變得灼熱，腳下也變得輕飄飄的，他激動得險些將碗裡的圓子給打翻，好不容易才安全的放到了桌上。

「湘丫頭……」

伍乘風發誓他這輩子都沒有聽到過自己這麼溫柔的語氣，輕柔得彷彿變了一個人。

床上的黎湘還在動，她被硌得實在難受，瞇著眼看到床邊有人，也不管是誰就去拉，然後用她最綿軟的語氣撒嬌道：「好硌啊，你幫我弄弄嘛。」

「好好好，弄弄弄！」

命給妳都行！

伍乘風一雙眼想看又不敢看，憋得鼻血都出來了，只能轉頭拿了塊帕子捂著鼻子去撿床上的乾果子。

撿了一大堆，還有一些被黎湘壓在身下，等最後的那些也被撿出來的時候，伍乘風的臉都紅得能滴血了。

這時候床上的小人兒又開始嚷著渴，要喝水，喝完水又喊著餓，新郎官被指揮得團團轉，直到近子時才消停下來。

伍乘風收拾好屋子跑出去沖了個冷水澡，總算是上了床，到這時他才有種心裡石頭落地的感覺。

他終於和湘丫頭成親了！

洞房花燭之夜，想想就叫人激動。

只是這新娘子已經醉了，伍乘風也不好有什麼動作，只能伸手將人摟進懷裡過過癮。要知道，他和湘丫頭最出格的便是親了幾次，抱是沒有的，拉拉手都只能偷偷摸摸，這還是他頭一次完整的將人擁進懷裡，這種滿足感就不說了。

伍乘風打算就這樣抱著自己的新娘睡，可黎湘不配合，不過一炷香又鬧騰起來，又要洗臉又要洗澡，還嫌身上的衣裳勒得很，自顧自的便開始解起來，解到一半突然愣了。

「嗯……咦……四哥？你怎麼在我床上？」

醉得迷迷糊糊的黎湘鬆開衣帶，湊近了像是要瞧仔細一樣，那迷濛又可愛的樣子，誰招架得住？

反正伍乘風是招架不住的，在他第二次流鼻血後，終於沒忍住將人給撲倒了。

被翻紅浪，春宵又苦短……

第二天，沒有意外地小倆口都起晚了。

不過黎家是黎湘當家，也沒有什麼惡婆婆，自然是小倆口怎麼舒服怎麼來，關氏甚至還特地將院子裡的人都清走了，就想讓女兒能睡個好覺。

黎湘這一覺便一直睡到了下午，還是肚子餓得實在受不了才醒過來。等她和伍乘風起床收拾好房間又吃了飯，這才想起昨日玉竹說過今日要來找自己。

「都怪你！玉姊姊肯定要笑話我了！」

伍乘風最愛看她臉紅的樣子，聽她這樣說也不惱，一邊將小媳婦兒吃剩的粥拿過來自己喝了，一邊笑道：「咱倆昨日成親，洞房花燭誰都知道，有眼色的今日都不會來。」

「就你會說！」

黎湘沒好氣的擰了他一下，起身出去到酒樓找來阿七一問，才知道玉竹當真沒有來。

「東家，那位玉夫人沒來，但她叫人送了口信，說是明日午時會再來。」

明日午時，來吃午飯啊……

黎湘頓時興奮起來，她要準備好多好吃的，好叫玉竹吃饞了嘴在這裡多玩幾個月，難得在這個時代遇上「老鄉」，哪裡能只說個幾句就走呢，再說她和玉竹又那麼投緣，當然要好好盡盡地主之宜了。

玉竹十分感念她的心意，每天都吃得肚子圓圓的才從湘記離開，十五生怕她吃壞了肚子卻又拿她沒辦法，只能給她多熬些消食的湯汁。

兩個月後……

「小十五……我是不是胖了？我怎麼感覺最近我吃了好多還是餓啊？」

十五無言。「……」

他哪敢說胖，說了今晚就得睡榻上去。

「吃得多那肯定是黎湘手藝太好了，我也吃很多啊，吃得比妳還多！」

玉竹點點頭，覺得有理，但她低頭看了看肚子，總覺得肚子好像有點大了。傍晚再去湘記吃飯時，她順嘴問了一句。

「阿湘，我最近吃得好多，妳看我肚子是不是變大了？」

黎湘一聽肚子大了，眨巴眨巴眼，疑惑問道：「妳大姨媽多久沒來了？」

玉竹靜默。「……」

好像有兩個月了，玩得太嗨最近都忘了。

不行，等下吃完飯得去找個郎中把把脈，有娃娃可不是小事。玉竹驚訝過後，心中開始有些興奮起來，正想和好友分享激動的心情時，發現她整個人都呆呆的。

「阿湘，妳怎麼了？」

「我……」

黎湘下意識的摸了摸肚子，聲音飄渺。

「我好像有一個半月沒來了……」

「走走走，看郎中去！」

——全書完

2022年1月出版

食尚千金

文創風 1025～1027

既然世人皆知，她是錯養在相府的冒牌千金，
與其怨嘆命運弄人，不如努力活得比正牌還要出色，
在名門有貴女的優雅，回老鄉也有農家女的瀟灑～～

一雙巧手暖生香，滿腔摯情訴相思／霜月

在京城當不成名門閨秀，那就回鄉做她的農家女吧！
重活一世，被錯養成相府千金的消息一傳出，
她早就想好了退路，那就是遠離京城是非之地，
然後回鄉認親，當個平頭百姓，走在發家致富的路上！
人人皆誇她手巧，不只吃貨神醫歡喜地收她做徒弟，
就連在村中養病又嘴刁的六皇子也賞識她，成為開店大金主。
原本只是單純的合作夥伴關係，直到皇帝突然下旨指婚，
堂堂皇子的正妃，不選世家貴女，而要她區區一個農家女？
認真說起來，她只不過幫他煎了幾次藥、做了幾回吃食，
怎料一個峰迴路轉就發展成「以身相許」的階段了，
再看這位天之驕子從泡茶到煎藥都偏愛她來伺候，
這……到底是心悅她的人，還是心悅她的手藝啊？

天涯地角有窮時，只有相思無盡處／踏枝

2021年12月出版

媳婦好粥到

雖說這個朝代民風較開放，女子和離也很普遍，
但像她家婆婆這樣心疼她年紀輕輕就守寡，
並且還一心盼著她改嫁的，可也不多吧？
婆婆不僅幫忙相看、撮合，連嫁妝都替她存上了，
要她說，這根本超前部署，但她真沒想過要改嫁啊……

文創風 1020 1

顧茵繼承家裡的老字號粥鋪，生意極好，誰知她卻在加班時暈了過去，
再睜開眼，她居然穿越了，從粥鋪老闆成了農戶人家的童養媳，
說起這個原身，那是比她慘多了，親娘病逝後，親爹續娶，又生下兩兒，
後娘本就容不下原身，枕頭風吹了兩三回，原身就被賣給了武家夫婦，
這武家是地裡刨食的莊稼人，並沒有富裕到能買丫鬟回家伺候的地步，
實因長子武青意被術士批了命，說是剋妻的孤煞命，到十五歲都沒說上親，
眼看再拖下去不是辦法，武家夫妻才牙一咬，花錢將原身買回家當童養媳……

文創風 1021 2

在武家吃飽穿暖地過了三年，顧茵原身從黃毛丫頭長成了美人胚子，
可就在這時，朝廷突然開始強徵各家各戶的壯丁入伍攻打叛軍，
凡是家裡沒銀錢疏通關係的，男丁一個不留，都得上戰場拚命去！
當時已懷孕的武母無計可施，只能眼睜睜看著自家男人和大兒被徵召，
臨行前一晚，武母堅持讓大兒武青意和原身拜了天地，
五年多後，朝廷總算傳來消息，說是前線軍隊全軍覆沒，武家父子沒了！
也就是說，她這個童養媳如今還當上了熱騰騰、剛出爐的小寡婦？

文創風 1022 3

任顧茵怎麼想，未來的路都艱難得很，偏偏老天彷彿覺得她還不夠難似的，
在一個月黑風高、大雨滂沱的夜晚，有個採花賊摸到家裡來了！
這賊子是村裡有名的地痞流氓，里正是他親叔，縣老爺是他家親戚，
因為得知武家男人戰死，他便起了色心上門，幸好最後被婆媳倆合力制住，
但這朝廷自上到下是爛到了芯子裡，不然也做不出強徵男丁的混蛋事，
所以想抓這賊人見官怕是無用，他們婆媳叔子三人只得包袱款款，連夜閃人，
哪知半路卻聽說村中遭遇洪水，無人倖存！他們這下大難不死，定有後福吧？

文創風 1023 4

日子就算再難，也是得過，顧茵都想好了，她別的不行，廚藝可是頂尖的，
鎮上碼頭邊有許多賣吃食的攤販，於是她也尋摸個位置，做起了生意，
她最擅長的是熬粥及煲湯，至於其他白案點心做得也很不錯，
真不是她要自吹自擂，她煮得一手好粥，那是吃過會懷念，沒吃要想念，
一連十天，鎮上那位文老太爺的早膳都是吃她煮的皮蛋瘦肉粥，
文老太爺那是什麼人物？三朝重臣、兩任帝師啊！什麼樣的好東西沒嚐過？
連他老人家都讚不絕口的粥，能不好吃嗎？每天排隊的人龍就沒斷過！

文創風 1024 5 完

顧茵是真心把婆婆和小叔子當成家人的，就沒想過要改嫁，
何況穿來這兒後，她只想著怎麼吃飽穿暖了，哪有心思想別的？
正當她一個頭兩個大地返鄉掃墓時，她男人武大郎回來啦！
原來當年被朝廷徵召時，父子倆陰差陽錯，最後加入的竟是義軍，
因為到底是反抗朝廷的「叛軍」，所以多年來他們都不敢往家裡遞消息，
如今新朝建立，公爹成了英國公，而他竟是傳聞中能生撕活人的惡鬼將軍?!
唔……要不，她還是乖乖聽婆婆的話，帶著收養的小崽子改嫁吧？

能吃是福，好運食足／浮碧

小漁娘大發威 4 完

國家圖書館出版品預行編目資料

小漁娘大發威 / 元喵著. --
初版. -- 臺北市 : 狗屋出版社有限公司, 2022.03
冊 ; 公分. --（文創風 ; 1041-1044）
ISBN 978-986-509-302-0（第4冊 : 平裝）. --

857.7　　111001289

著作者　元喵
編輯　黃淑珍　李佩倫
校對　吳帛奕
發行所　狗屋出版社有限公司
地址　台北市104中山區龍江路71巷15號1樓
電話　02-2776-5889～0
發行字號　局版台業字845號
法律顧問　蕭雄淋律師
總經銷　知遠文化事業有限公司
電話　02-2664-8800
初版　2022年3月
國際書碼　ISBN-13　978-986-509-302-0

本著作物由北京晉江原創網絡科技有限公司授權出版

定價270元
狗屋劃撥帳號：19001626
網址：love.doghouse.com.tw　E-mail：love@doghouse.com.tw